회사원도 초능력이 필요해

민제이 소설집

회사원도 초능력이 필요해

팩토리나인

목차

1.
신입 사원
김가현

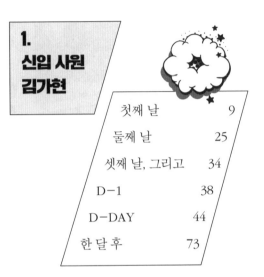

첫째 날	9
둘째 날	25
셋째 날, 그리고	34
D-1	38
D-DAY	44
한 달 후	73

2.
주임
이나정

면접	83
5층	94
8층	107
지하 1층	124
옥상정원	140
1층 아지트	148

3.
**과장
강다영**

첫 만남　　159

출근　　168

주말 출근　　182

콘퍼런스　　197

워크숍　　209

다시, 출근　　225

4.
**대표
최라희**

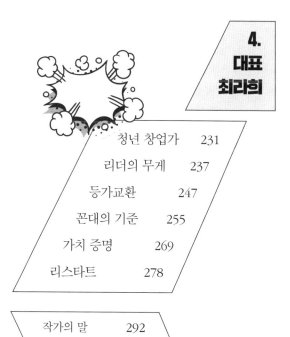

청년 창업가　　231

리더의 무게　　237

등가교환　　247

꼰대의 기준　　255

가치 증명　　269

리스타트　　278

작가의 말　　292

신입 사원 김가현

1

 이제 전화벨 소리만 들어도 심장이 밖으로 튀어나올 만큼 두근두근 떨려온다. 투박하고 거대한 회색 사무용 전화기. 그 끄트머리가 빛으로 반짝거리며, 단음으로 이루어진 벨 소리가 사무실을 요란하게 채운다. 아무리 두려운 마음이 몰려온다 해도 저놈의 전화를 안 받을 수는 없다. 여전히 아무것도 모르는 신입이지만 난 이 사무실의 어엿한 일원이고, 이 전화는 내 자리에 놓여 있으니까.

 전화벨 소리를 알아채자마자 작은 화면으로 발신 번호를 확인했다. 익숙한 전화번호. 전화를 건 사람이 대표라는 걸 알고 나니 손까지 덜덜 떨리기 시작했다. 또 같은 실수를 반복해서 잔소리를 두 배로 들을 필요는 없으니, 정신 차리고 잘하자, 잘! 숨을 한 번 후 내쉬고 수화기로 손을 뻗으며 인사말을 속으로 되뇌었다. '여보세요?' 말고, '네' 하고 관등 성명. '네'로 받고 관등 성명. 마침내 수화기를 들어 귀에 대고 익숙하지 않은 문장을 입 밖으로 내뱉었다.

"네, 리얼커뮤니케이션 김가현입니다."

"박 대리 지금 자리에 없어?"

대표는 앞뒤 설명도 없이 또 박 대리를 찾았다. 연이은 직원들의 퇴사로 대표가 믿을 구석이라곤 입사 후 오래도록 자리를 지키고 있는 박 대리뿐이었다. 힐끔 그녀의 자리를 바라보았지만, 여전히 비어 있는 책상.

"네! 팀장님이랑 미팅에서 아직 안 들어왔습니다."

"그러면 지난번에 견적서 그거 지금 저쪽으로 보내."

"네?"

분명 방금 전에 한바탕 혼쭐이 난 통화를 마치고 바로 보냈는데 무슨 뚱딴지같은 소리인지. 그렇다고 그대로 물어봤다가는 또 사달이 날 것 같아 머리를 굴리다 대표에게 되물었다.

"대표님께서 조금 전에 메일로 보내라고 하셔서 대리님이 보냈는데 혹시 수신이 안 되었을까요?"

"뭔 뚱딴지같은 소리야. 지금 처음 전화했는데!"

분명 방금 보냈는데, 수화기를 들고 메일 보관함을 아무리 찾아봐도 그 메일은 보이지 않았다. 당황스러운 마음을 숨길 길이 없었지만 티를 내면 한 소리 더 들을 것 같아 입을 다물었다.

"정신 똑바로 안 차리지?"

"아⋯. 넵, 다시 한번 확인하고 메일 보내겠습니다."

"보내고 톡 해라."

"네. 알겠습니⋯."

대표의 전화는 늘 이런 식이었다. 앞뒤 인사 없이 자기가 필요한 말만 하고 대답도 듣기 전에 끊어버리는 식. 본인은 항상 이토록 무례하게 통화하면서도 수화기 너머 직원들의 사소한 한마디는 끝까지 따지고 들어 기어이 꼬투리를 잡았다. 전화 때문에 몇 번을 혼이 났는지, 이제 기종에 상관없이 사무실 전화기가 세상에서 제일 꼴 보기 싫다. 그나저나 박 대리가 보낸 메일은 왜 사라진 걸까. 다시 메일함을 살펴보려고 마우스를 쥐다 그 옆에 찢어진 채로 널브러져 있는 명함 조각이 눈에 들어왔다.

'아, 맞네. 대표한테 한 소리 듣고 욱한 마음에 내가 이걸 찢었구나.'

한숨을 몰아쉬며 힐끔 시계를 봤다. 3시 45분. 응? 45분이면 아까 박 대리가 보낸 메일 확인했을 때인데, 뭐지? 왜 아직도 3시 45분이지? 시간이 되돌아간 건가? 정신을 차리고 다시 한번 곰곰이 조금 전의 기억을 되짚었다.

전화가 울렸고 전화번호 뒷자리를 확인했다. 대표로부터 걸려 온 전화였다. 요즘 대표는 나를 마주칠 때마다 일거수 일투족을 트집 잡아 타박했다. 그는 하나부터 열까지 남을 지적하려고 태어난 사람 같았다. 그러니 그의 얼굴은 물론 차 번호판, 전화번호 뒷자리만 봐도 오들오들 치를 떠는 상황이었다. 얼마 전엔 벨이 세 번 넘게 울리도록 전화를 받지 않았다고 혼쭐이 났었기에 그저 전화를 빨리 받을 생각밖에 없었다. 마음이 급해 아직 입에 익지 않은 회사 인사말까지 생각하지 못한 것이 큰 문제였지.

"아, 여보세요?"

"아, 여보세에요? 야! 누가 그따위로 전화 받아? 너 누구야?"

"아…. 대표님. 안녕하세요. 저 가현입니다."

"너 전화 받는 법도 모르냐? 내가 월급 주고 기본 매너도 가르쳐야 되냐고! 아, 애 골 때리는 애네. 전화 하나 똑바로 못 받아?"

"죄송합니다. 저는 대표님 번호를 보고 빨리 받아야 한다 싶어서…."

"대표건 뭐건 간에 회사에 전화가 오면 관등 성명을 똑바로 대야 할 거 아니야! 대표 번호로 오는 전화도 받는 애가 회사 얼굴에 똥칠해도 유분수지. 또 그러면 잘라버릴 줄 알아! 알았어?"

"네, 알겠습니다."

겁을 주겠다고 단단히 마음먹고 으름장을 놓는 사람에게 일개 직원인 내가 할 수 있는 말은 사무적인 대답뿐이었다. 내가 아무리 억울하고, 속이 상해도 이러쿵저러쿵 토를 달 수 없는 곳이 회사이니.

"박 대리 지금 자리에 없어?"

"어…. 네….."

"넌 뭐 대답을 그렇게 매가리 없이 하냐. 그 지난번에 견적서 그거 지금 저쪽으로 보내."

"그…. 지난번 견적서…요?"

"아, 애 말 두 번 하게 만드네. 그 왜 그거 있잖아! 박 대리는 다 잘 알아듣는데 너는 왜 그 모냥이냐!"

아무리 똑똑한 사람도 멍청이가 되어버리는 곳이 회사라지만 대표와 대화하면 나는 늘 모자란 사람이었다. 내가 그의 기준을 채울 수나 있을까? 그냥 애당초 나를 쓸모 있는 사람이라고 생각하지 않는데 혼내도 기죽지 않을 거 같아서 뽑은 걸까? 오만가지 생각이 들었다. 내 안에 쏟아지는 질문들을 무시하고 그가 원하는 바를 찾기 위해 스무고개를 하며 정답을 찾았다.

"아, 네. 메일 보내겠습니다."

그가 원하는 답을 입 밖으로 내뱉었을 때는 이미 전화가 뚝 끊겨버린 뒤였다. 나 혼자 끊긴 수화기를 붙들고 잘못했다고, 주의하겠다고 인사를 하는 꼴이라니. 목숨이 오가는 일도 아닌데 매번 이렇게까지 혼나야 하나. 억울하기도 하고 욱 하는 마음에 입에서 험한 말이 튀어나오려 했지만, 사무실이라는 걸 되새기며 꾹 참았다.

내 모든 센스를 동원해 짐작컨대 이 일은 분명 박 대리의 업무 같았다. 대표가 생각 없이 회사 대표 전화번호로 전화를 걸어 아무 직원에게나 일을 쏟아냈구나 싶었다. 짧은 고민 끝에 수화기를 들어 박 대리의 전화번호를 눌렀다. 곧이어 전화를 받은 그녀에게 최대한 공손한 말투로 상황을 전했다.

"아, 그거 제 컴퓨터에 파일 있는데, 모니터 아래에 패스워드 치고 들어가서…."

한참 설명하던 그녀가 말을 멈추더니 갑자기 상황을 단순하게 정리해 버렸다.

"그냥 제가 모바일로 보낼게요. 가현 씨도 참조 걸어줄 테니까 수신만 더블 체크 해주세요."

해결사처럼 전화를 끊어버린 그녀의 목소리를 뒤로하고,

메일은 대체 언제 늘어오나 싶어 넋 놓고 모니터만 바라보았다. 분명 그때가 3시 45분이었다. 이후 박 대리가 보낸 메일을 보고, 말을 전한 내가 괜히 혼이 나진 않을지 초조한 마음에 앞에 보이는 아무 종이나 집어 말없이 박박 찢었으니까. 막연히 혼나기 전으로 시간을 돌리고 싶다는 생각을 하며 조각조각 내고 있었는데, 정신을 차리고 보니 내가 찢어버린 게 하나 언니가 준 명함이었다.

하나 언니와는 광고 동아리에서 만났다. 대학 시절, 동아리 하나쯤 들어가야 꽤 멋있는 대학 생활을 할 수 있을 거란 생각에 적당히 도움이 될 것 같아 보이는 곳을 하나 골라 들어갔다. 그리고 그 별생각 없던 선택이 내 인생을 여기까지 이끌었다. 평범한 어문학 전공자가 광고 회사에 들어온 것만 봐도 그렇잖아. 하나 언니는 새내기 시절 처음으로 들어갔던 프로젝트의 팀장이었다. 한 학년밖에 차이 나지 않는데도 팀장이라는 모습에 홀려서인지, 아니면 마음먹은 일은 꼭 다 해내고 마는 모습 때문인지, 그 뒤로 언니는 나의 롤모델이 되었다.

'어쩜 저렇게 잘났을까?' 싶을 정도로 졸업 후에도 일류 광고 회사에 척 하고 입사해서는 여전히 멋지게 사는 언니가 부러웠다. 어느 시절엔 질투를 하기도 했는데 주변 친구들에게 나의 못난 마음을 풀어보니, 어느 곳이나 그런 뛰어난 인재 하나가 온 사람들 자존감을 깎아먹고 있더라. 어디 하나 구김살 없고 밝아서 주변 사람들을 부러움에 몸서리치게 만드는 그런 사람.

취업 준비를 하는 내내 회사 동기들과 환하게 웃는 사진이 두어 장씩 올라오는 언니의 SNS를 힐끔 염탐하며 생각했다. 언젠가는 나도 이런 사람이 될 수 있을까? 뭐든 잘하고, 빈틈없이 해내는 사람. 그러다 겨우 취업에 성공해 작은 광고 대행사에서 며칠 동안 고군분투해 보니 결론이 나왔다. 내가 하나 언니처럼 멋진 회사원이 되려면 한참은 걸리겠구나. 학교 다닐 때는 내가 어느 정도 역할은 할 거라고 생각했는데, 회사에 들어와 보니 나는 멍청한 실수나 반복하는 겨우 그런 사람이었다. 오히려 그렇게 결론 지어버리고 나니 마음이 편해져 오랜만에 만난 언니 앞에서 하소연을 술술 풀어냈다.

***

"망한 거 같아요. 그냥 다 망했어요."

이미 직무 연차가 꽤 쌓인 언니는 내 회사 생활에 대한 하소연을 들어주며 마냥 귀여워했다. 나한테는 세상 둘도 없이 심각한 일들인데 언니는 별일 아닌 듯, 대수롭지 않게 넘기는 거 같아 보였다.

"처음엔 원래 다 그래. 안 그런 사람이 어디 있어. 나도 그랬어."

"거짓말 하지 마요. 언니는 다 잘 하잖아요. 지난 달 사내 공모전에서도 금상 받았으면서…. 퍽이나 위로가 되네요."

"그냥 버티면 돼. 까이고 다시 하고, 또 까이고 다시 하고. 그렇게 버티다 보면 언젠가는 올라가 있겠지."

"성장은 바라지도 않아요. 맨날 실수해서 이렇게 까이는데 버틸 수나 있을지…."

대표에게 핀잔을 들었던 기가 막힌 실수들이 새록새록 떠오르니 할 말이 사라져 말끝을 더 잇지 못했다. 생각에 잠겨 앞에 놓인 커피 잔만 멍하니 바라보고 있는데 시야에 낯선 물건이 보였다. 언니가 손에 쥔 세 장의 명함.

"실수만 되돌리면 다 잘 할 수 있을 거 같아?"

언니의 질문을 듣고 생각해 봤다. 사실 지금까지 저지른 실수들은 한 번만 겪고 나면 다시는 반복하지 않을 만큼 별 것 아닌 일들이었다. 이딴 '별것 아닌 실수들'을 지워내면 그래도 꽤 완벽한 신입 사원이 될 수 있지 않을까? 언니가 던진 질문에 대한 내 답은 명확했다. 나는 한 치의 망설임도 없이 "네"라고 대답했고 언니는 장난기 가득한 웃음과 함께 말을 이어갔다.

"언제로 돌아가고 싶은지 생각하고 명함을 조각내 찢어봐.

그럼 그때로 돌아가 있을 테니까. 믿든지 말든지 네 마음인데, 시간을 돌이킬 수 있는 기회는 세 번뿐이니까 잘 판단해서 써. 알았지?"

언니가 명함을 건네면서 덧붙였던 아리송한 문장이 온전히 이해되진 않았다. 믿지 않았다는 게 더 솔직한 마음이었다. 그럼에도 이걸 준 사람이 '장하나'였기 때문에 주머니에 쏙 소중하게 집어넣을 수밖에 없었다.

***

명함을 받을 때도 언니가 위로하고 싶어서 건넨 시답지 않은 말이라고 여겼는데 그 말이 사실이라고? 명함을 찢어서 과거로 돌아갈 수 있다니. 이게 진짜라니. 무슨 영화에나 있을 법한 일이었다. 진짜 말도 안 돼! 이 믿기지 않는 상황에 놀라 딴 생각에 빠져든 잠깐 사이, 고새를 못 참고 전화가 울렸다. 또 대표였다.

"네, 리얼커뮤니케이션 김가현입니다."

"너 왜 메일 안 보내냐?"

"아, 지금 보내겠습니다."

"지금 미팅 중이니까 바로 보내. 아, 대행비 20퍼센트에서 15퍼센트로 줄여서 보내라."

"넵. 일겠습니다."

다시 뚝 끊겨버린 전화. 잠깐이지만 이럴 때 딴 생각에 빠진 걸 후회하며 마우스를 움켜잡았다. 견적서를 수정해서 보내라는 말이었는데, 견적서라. 나는 우리 회사 견적서를 직접 써본 적은커녕, 본 적도 없는데 수정까지 해서 보내라니. 설상가상으로 모두들 외근 중이어서 사무실에는 나밖에 없었다. 바로 물어볼 데도 없는데 내가 그냥 찾아 수정해서 보내도 되는 걸까. 오만 생각이 가득했지만 더 머리 굴릴 시간이 없었다. 급하다고 하시니 빨리 보내는 게 제일 중요하겠지…?

슬며시 박 대리의 컴퓨터로 다가가 모니터 아래에 적힌 암호를 키보드에 한 글자씩 눌렀다. 바탕화면에는 장황하게 늘어놓은 파일이 가득했다. 여기에서 어디로 들어가야 견적서가 있을지 고민을 하다 파일 검색 기능으로 겨우 원본 파일을 찾아 USB에 담고 다시 내 자리로 돌아왔다. 엑셀 파일이니까 숫자만 고치면 되는 거겠지. 뭐 복잡한 수식도 아니니까. 잘 짜인 양식을 찬찬히 읽어보고 하나씩 눌러보며 엑셀에 걸려 있는 수식을 확인했다. 한국어를 못하는 게 아니니, 20퍼센트로 설정되어 있는 대행료 부분이 어딘지는 금방 찾을 수 있었다.

별일 아니라는 걸 알면서도 손은 왜 이렇게 덜덜 떨리는

지, 겨우 키보드를 두드려 숫자를 15로 수정했다. 숫자 20을 15로 바꾸는 것뿐인데 이렇게까지 긴장해야 할 일인지 싶다가도, 회사에서 멍청한 신입으로 낙인찍히는 것보다는 바짝 긴장을 타는 게 낫겠다 싶었다. 더 바꿔야 할 데는 없는지, 숫자를 고쳐서 어그러진 부분은 없는지 눈으로 처음부터 끝까지 세 번을 다시 읽었다. 그렇게 확인에, 확인을 거치고 난 후 수정 파일을 저장해 메일에 첨부했다. 깜빡하고 파일을 첨부하지 않은 채 메일을 보냈던 적이 있어서 더는 같은 실수를 하지 않으려 마지막으로 한 번 더 첨부 파일을 확인하고 보냈다. 이제 별일 없겠지. 또 틀린 건 없겠지. 혼날 일 없겠지. 메일을 보낸 뒤 아무 일도 생기지 않게 해달라고 습관처럼 두 손을 모으고 멍하니 모니터를 보며 중얼거렸다. 누가 보면 이런 사소한 일에도 이렇게 간절하냐고 묻겠지만, 하도 혼나다 보니 이런 일조차도 대단히 거창하게 느껴졌다. 학생 때는 뭐든 알아서 척척 해냈는데, 회사에서 나는 실수투성이 신입이었다. 더 센스 있게 해내고 싶은데 어쩜 이렇게 모자란 사람이 되었는지. 그렇게 한숨을 쉬는데 책상 한쪽에 놓인 찢어진 명함이 눈에 들어왔다. 그 뒤쪽에 놓인 똑같은 명함 두 장. 이제 두 번 남은 거구나. 아, 진작 알았으면 좀 값지게 쓰는 건데. 아쉽네.

하지만 전화벨이 다시 울리기 시작해 다른 상상에 빠질 틈이 없었다. 전화벨이 내 가슴을 쿵쿵 때렸다. 전화 받기는 무섭고 그 무서움에 망설이면 더 혼나고. 돌고 도는 굴레를 몇 번 겪고 나니 '매는 먼저 맞는 게 낫다'라는 결론에 도달해 벨이 세 번 울리기 전에 용기를 내 수화기를 들었다.

"네, 리얼커뮤니케이션 김가현입니다."

"야! 견적서를 누가 엑셀로 보내!"

익숙한 대표의 목소리. 또 탈탈 털리는구나 하고 그의 짜증 섞인 목소리에서 느낄 수 있었다.

"어느 회사가 견적서를 수정할 수 있는 파일로 보내느냐고. PDF는 폼이야? 문서 변환도 몰라? 4년제 대학은 뭐 하러 다녔고, 뭐 배우고 졸업했냐?"

대표의 피드백을 듣자마자 내 잘못이 무엇인지 단번에 알아차렸다. 외부로 나가는 문서는 다른 사람이 수정할 수 없는 형식의 파일이어야 한다는 기본적인 사실을 몰랐던 게 문제였다. 나도 할 말은 있다. 누구도 내게 견적서를 보낼 때는 PDF 파일로 보내야 한다고 말해주지 않았고, 견적서를 주고받는 메일에 참조를 걸어준 적도 없었으니까. 그래도 다 내 탓이지? 다 내 탓이야. 분명 잘못한 건 알지만, 마음이 오락가락하며 억울함이 밀려왔다.

본 적도 없는 문서를, 어디 있는지도 모르는 걸 찾아서 보냈는데 그 이상 어쩌라는 거냐. 회사에 누구 하나, 언제 한 번이라도 제대로 업무를 가르쳐준 적이 있었느냐는 말이다. 익숙해지기도 전에 줄줄이 퇴사하는 선배들의 일을 떠안아 막 아내느라 얼마나 바빴는데. 난 지금 최선을 다하고 있는데 회사는 어쩜 이렇게 나한테 모진 걸까. 그렇다고 지금 하소연을 내뱉을 수는 없으니 내가 할 수 있는 건 묵묵히 대표 잔소리를 듣고 견디는 것뿐. 여긴 학교가 아니니까. 최선을 다한다는 건 의미가 없지. 잘해야 했는데 못했으니까. 그래, 그냥 다 버티는 수밖에.

"사무실에 아직도 아무도 없어?"

"네…."

"아니 다들 뭐 기어 오는 거야?"

"죄송합니다."

"박 대리 오면 제대로 수정해서 다시 보내."

이번에도 어김없이 뚝 끊겨버린 전화. 그리고 30초도 지나지 않아 다시 전화가 울렸다.

"네, 대표님. 김가현입니다."

"됐고, 지금 미팅 때 볼 거니까, 그냥 5분 내로 보내라."

이 말을 시작으로 대표는 어리숙한 내 업무 능력을 못 믿겠는지 처음엔 10초, 20초에 한 번씩 전화해 내용을 한 줄씩 확인하고 수정을 지시했다. '이제는 괜찮겠지'란 생각이 들 때쯤에는 1분 간격으로 다시 전화를 해댔다. '언제 보낼 거냐', '아직도 안 끝났냐'부터 '넌 왜 일을 그렇게 하냐' 등 잔소리마저도 한 번에 몰아서 하지 않았다. 전화했다가 다시 끊었다가 다시 전화했다. 연이어 전화해대는 통에 오히려 요청했던 수정 사항을 하나도 고치지 못하고 있었다. 이 망할 놈아, 네가 전화를 끊어야 시킨 대로 수정해서 빨리 보낼 거 아니야. 다그치지 말고 닥치란 말이야!

"다녀왔습니다."
"수고하셨습니다."
마음속 롤러코스터를 대여섯 번쯤 타고 다시 탑승할 때쯤, 외근 갔던 팀장과 박 대리가 사무실에 돌아왔다. 회사에서 그나마 가장 마음을 터놓고 친해진 박 대리의 목소리를 듣자마자 주르륵 눈물이 쏟아지려는 걸 겨우 참고 자리에 앉는 그녀에게 쪼르륵 달려갔다. 솔직한 마음으로 그녀를 보자마자 '엄마!'라고 외치며 달려가 하소연을 늘어놓고 싶은 심정이었지만 그럴 시간이 없다.

"저, 대리님. 대표님이 견적서 수정 요청하셨는데 한번 검토해 주실 수 있을까요?"
"무슨 견적서요?"
의아한 듯 나를 보는 박 대리에게 몇 분 동안의 자초지종을 이야기하니 그녀는 픽 하고 웃어넘기고 옆자리 스툴을 당겨 앉으라 말했다. 자리에 앉고 딱 5분이 걸렸다. 회사 공통 서식 폴더를 공유해 주고, 어떻게 쓰고, 수정하고, 저장하는지, 회사 주요 거래처에는 누가 있는지 하나하나 짚어주는 데 고작 5분. 어쩌면 더 짧게 끝낼 수 있는 설명인데 이 간단한 설명을 미리 해주지 않아서 이 사달이 생기다니. 아니지. 내가 애당초 묻지 않아 생겨버린 일인가?

회사 일이라는 건 도대체 어디서부터 어디까지 물어봐야 하는 걸까. 10년이 넘도록 학교에서 그렇게 열심히 공부했는데 어디서도 회사에서 눈치껏 살아남는 법은 가르쳐준 적이 없었다. 시작은 '어떻게 해야 잘 버틸 수 있을까?'였지만 오만가지 생각을 돌다가 결국엔, '내가 회사라는 조직에 맞는 사람이긴 할까?'라는 데 다다랐다. 이런 온갖 잡생각을 남은 명함 두 장과 함께 가방에 욱여넣고 겨우 퇴근길에 올랐다. 진이 쏙 빠진 하루. 정말 싹 다 지워버리고 싶을 만큼 지긋지긋한 하루. 다시 되돌렸으면 좋겠다. 오늘 딱 하루만.

아직은 익숙하지 않은 번호의 버스가 정류장에 섰다. 앞서 타려고 스멀스멀 몰려드는 사람들을 제치며 남아 있는 졸음을 쫓기 위해 눈을 부릅떴다. 오늘은 운 좋게도 빈자리가 가득한 버스를 만나서 금세 자리에 앉을 수 있었다. 아직까지는 이런 순간에 웃음이 새어 나온다. 우연히 찾아온 행운에 '오늘 하루는 왠지 잘 풀릴 수도 있지 않을까' 기대를 걸어보게 된달까. 창밖으로 가로수 사이마다 햇살이 서서히 차오르는 게 보였다. 어느덧 다가온 여름인가. 나의 봄은 어디로 가버린 걸까. 학교 다닐 때는 중간고사 준비한다고, 취업 준비를 할 때는 공부한다고 못 즐기고 막상 취업하고는 사무실에 처박혀 사느라 계절을 느낄 새도 없는 삶. 그래도 내 돈 주고 버스를 타고, 남들처럼 회사를 가는 건 다행인 일이지. 이렇게 기분 좋은 하루의 시작을 와장창 깨버리는 문자만 없다면 말이야.

리얼컴 대표님 │ 어제 계약한 기획안 인쇄해서 박 대리랑 방으로 들어와.

출근 시간이 다 되지도 않았는데 재촉하는 문자가 왔다. 그 문자 하나로 애써 기분 좋게 출근하려던 노력이 물거품이 되었다. 또 심장이 두근두근거렸다. 오늘은 또 얼마나 혼날까. 또 뭐로 혼날까. 아침이니 힘을 내보려 애쓰며 출근길에 나섰지만 사실 무엇 하나 괜찮은 게 없었다.

간밤엔 어제의 일이 자꾸만 떠올라 잠을 설쳤다. 내가 어떻게 행동했어야 더 나았을지, 어떤 선택을 했어야 문제없이 상황이 해결되었을지 아무리 생각해도 이렇다 할 답은 떠오르지 않고, 전혀 다른 욕심만 생겨났다. 한 번쯤은 꼭 해보고 싶었으나, 차마 결심하지 못했던 일. 그 일을 실현하기로 결정하고 나니 오늘 아침을 좀 더 특별하게 즐기고 싶은 마음이 내 안에서 화산처럼 터져 나왔다. 더 적나라하게 표현하자면 일평생을 조용히 바른 생활 청년처럼 살아온 내가, 그 누구도 말리지 못할 미친년처럼 날뛰고 싶었다.

버스에서 내려 사뿐사뿐 가벼운 발걸음을 옮겼다. 사무실 건물에 도착해 평소에는 잘 가지 못했던 1층 카페의 문을 활짝 열고 들어갔다. 출근길에 커피 한잔 마시는 여유를 즐기고 싶었지만 막내인 내가 한 손에 커피를 들고 출근하는 게 영 건방져 보일까 싶어 늘 망설이다 결국엔 문을 못 여는 곳이었다. 그러나 오늘은 다르니까. 카페 문을 열고 들어가 평소에 먹지 않는 제일 비싼 커피를 시켰다.

"자바칩 프라푸치노 벤티 사이즈요. 저지방 우유로 바꿔주시고 거기에 헤이즐넛 시럽 세 번 추가해 주시고 자바칩 추가해서 위에 올려주세요. 휘핑크림은 에스프레소 크림으로 바꿔주시고, 테이크아웃 할 거예요!"

요상한 주문을 곁들여 아침 출근용으로 절대 주문하지 않을 것 같은 화려한 커피를 완성했다. 크림이 가득 올라가는 바람에 돔 커버까지 씌운 거대한 커피를 들고 사무실 자리로 가 털썩 앉았다. 남들보다 이른 출근이라 아무도 없는 사무실에서 여태 눈치를 보느라 한 번도 즐기지 못했던 모닝커피를 호로록 마시며 달달함을 만끽했다. 이내 서랍을 열어 작은 쪽지를 꺼내 머릿속에 맴도는 생각들을 끄적거렸다. 그러다 보니 얼마 지나지 않아 금세 직원들이 출근했다.

"가현 씨. 오늘 느낌이 되게 다르네? 좋은 일 있어?"

"그런 건 아니고 오늘은 어차피 지워질 거라서요!"

좀처럼 알아듣기 힘든 대답에 박 대리는 이해할 수 없다는 듯 갸웃 고개를 기울여 나를 바라보았지만 그저 미소로 답했다. 신비로운 명함의 능력을 나도 믿을 수 없는데, 앞뒤 사정을 모르는 그녀는 당연히 상상도 할 수 없을 테지. 더 설명을 덧붙일 필요가 없었다. 오늘 나의 목표는 오로지 하나. 대표야, 어서 와라. 아침을 하얗게 불태우고 나는 과거로 돌아가서 이 모든 기억을 바꿔놓을 거니까.

"안녕하세요."

대표가 회사 문을 열고 들어오는 소리가 나자 앉아 있던 팀장과 대리가 자리에서 슬며시 일어나 인사말을 외쳤다. 나도 반사적으로 벌떡 일어났다가 정신을 차리고 다시 자리에 털썩 앉아버렸다. 내가 자리에 앉는 걸 본 박 대리는 맞은편에 놓인 내 모니터를 통통통 두드렸다. 발소리가 사무실 안쪽으로 더 가까워질수록 모니터 두드리는 소리도 점차 다급해졌지만 나는 아랑곳하지 않았다. 평범한 회사원의 로망인 깽판을 기필코 오늘 저질러보겠다고 굳게 다짐했기에, 팔짱을 끼고 다리를 꼰 채 삐딱하게 앉아 고개만 숙여 인사했다.

"너 뭐니?"

40, 50대쯤 되었을 대표는 다소 건방진 아침 인사에 당황스러운 듯 미간을 팍 찌푸리며 내게 물었다. 팀장도 인사에

대해서는 두 번, 세 번 강조했었다. 사회생활의 기본이 인사라면서, 아무리 바빠도 인사는 꼭 챙기라고 누누이 말하곤 했다. 실상 팀장뿐 아니라 누구라도 했을 말이다. 아득히 먼 옛날, 골목을 뛰어다니던 어린이 시절에 엄마, 아빠는 어른을 보면 두 손 모아 공손하게 인사를 하라고 분명 나에게 일러줬다. 그걸 몰라서 이렇게 앉아 있는 게 아니다. 일부러 하지 않는 것이니, 대표의 반응은 이상하지 않았다. 나는 아침부터 혼자 끄적인 쪽지를 들고 일어나 대표를 향해 외쳤다.

"어제 대표님이 하도 저를 달달 볶아서 정신 그냥 놔버렸어요! 왜요? 제가 인사를 안 한 것도 아니고 그냥 좀 앉아 있었을 뿐인데 욕을 먹어야 하나요?"

"뭐라고?"

기막혀하는 대표를 보고 나는 일부러 90도로 몸을 접어 깍듯이 인사를 건넸다.

"안녕하세요! 됐습니까?"

다소 저돌적인 태도에 대표는 한껏 얼굴을 구기곤 나를 향해 삿대질하더니 주변에 서 있는 팀장과 박 대리를 번갈아 보며 물었다.

"이게 미쳤나 봐. 애 왜 이러니?"

나는 그런 대표를 앞에 세워두고 쪽지에 써두었던 문장들을 하나씩 차분히 읽어 내려갔다.

"첫 출근 하자마자 거래처에서 감사 나오는 바람에 다들 정신없으셔서 교육도 못 받았어요. 안 대리님, 성 대리님, 민정 씨 퇴사 소식은 전날까지 안 알려주셨고, 인수인계 담당자도 결국 못 뽑아서 당일에 급하게 인수인계 받았고요. '알려준 대로만 하면 된다'라고 하셨는데 그 뒤에도 새 프로젝트 백업으로 다 투입시키셨잖아요. 그러서 놓고 클라이언트들한테는 담당자가 바뀌었다고, 퇴사자 없는 것처럼 사기나 치고! 꼭 미리 말 안 하고 당장 필요할 때 연락하셔 가지고 '그거 해라', '저거 내놔라' 이렇게 얘기하면 어느 신입이 그걸 다 찾아 내놔요. 제가 신입이지, 신입니까? 전 대표도 아닌데 왜 맨날 대표처럼 생각하고 일하라고 하시나요? 말은 그렇게 하면서 월급은 신입으로 주시잖아요. 저도 우리 집에서는 귀한 자식이에요. 우리 엄마, 아빠가 대표님한테 욕먹으라고 낳은 자식 아니라고요. 이 손톱만 한 회사에 들어오면 키워주겠다고 해서 왔더니 맨날 사람 돌려 까기나 하고, 서러워서 아주 못 살겠다고요."

나를 황당한 표정으로 바라보는 대표의 손을 잡고 따로 준비해 두었던 사직서 봉투를 집어 들어 턱 하니 내놓았다. 대리와 팀장도 나의 돌발 행동에 당황스러워하며 물었다.

"가현 씨, 갑자기 왜 그래요."

"한 번은 이렇게 해봐야 나중에 힘든 일이 생기더라도 버틸 수 있을 거 같아서요. 그래서 미친 척 좀 해보려고요! 그 동안 많이 신경 써주셔서 감사합니다. 안녕히 계세요!"

나를 멍하게 바라보는 팀장과 대리를 향해 인사를 꾸벅 하고 사무실을 나와버렸다. 짐을 챙길 필요도 없었다. 어차피 명함 한 장을 쓰면 모든 게 없었던 일이 될 테니까. 시간을 되돌릴지라도 퇴사하고 싶은 마음은 진심이다. 힘들게 들어온 직장인데 때려치울 수는 없고 그렇다고 해서 스트레스를 차곡차곡 쌓으며 살 수도 없으니 이렇게 마법처럼 시간을 되돌릴 수 있을 때 쿨하게 사표를 던지고 싶었다. 마음에 담아두고 있던 것들을 대표 면전에 하나하나 곱씹어 늘어놓고도 싶었다.

그 사람이 기억하든 말든 아무 상관 없다. 그저 한번쯤은 꽁꽁 쌓아놓은 응어리를 풀어헤쳐 나를 괴롭힌 사람에게 내보이고 싶었으니까. 그렇게 하고 나면, 앞으론 이 기억으로보다 더 담대하게 회사에 다닐 수 있을 것 같았다. 정말로 그만둘 생각이었다면, 조용히 사표를 내놓고 나오면 된다. 허나 아무리 짧게 일했어도 이직할 때 이력서에 이 회사를 적는 이상, 이곳 사람들에게 조금도 밉보이면 안 된다는 것쯤은 안다. 아마 진짜 사표를 내는 순간엔 이런 미친 짓을 벌일수 없을 것이다. 그러니 나는 돌아가기 위해 사달을 낸 셈이다. 명함을 찢고 다시 오늘이 오면 아무 일 없이 회사로 돌아갈 거니까. 다만 나 혼자 간직할 이 기억이 '가슴에 하나씩 품고 사는 사직서'를 대신해 줄 테니 앞으로 좀 더 잘 버틸 수 있기를 막연히 바랐다.

아침부터 화려하게 사표를 던지고 뛰쳐나왔지만 멀리 가진 못했다. 알 수 없는 심란함에 사로잡혀 사무실이 있는 가로수길을 종일 헤집고 다녔다. 이토록 핫한 동네에서 일하면서도 나는 여태 출퇴근을 하는 게 전부여서 남들처럼 테라스에서 우아하게 커피 한 잔의 여유를 즐길 새가 없었다. 그동안 창문마저 작은 사무실에 있던 게 억울해서 카페 테라스에 앉아 사람들을 구경했다. 남들은 어떻게 사나, 앞으로는 어떻게 살아야 하나 생각도 해보았다. 온종일 생각만 하며 보냈는데도 딱히 답은 나오지 않았다. 그저 어서 회사로 돌아가야 한다는 생각뿐. 고작 몇 주, 출퇴근을 했을 뿐인데 이미 내 몸은 '내일이 없던 학생'에서 '내일이 있는 회사원'이 되어 있었다. 어디에도 소속되지 못해 미래에 대한 불안이 끊이질 않던 취업 준비생 시절에 비하면, 매일 아침 가야 할 곳이 정해져 있는 것은 분명 감사한 일이다. 그러나 남들과 똑같은 일상을 반복하고 있다는 생각이 들 때면 더없이 허무해지기도 했다. 어느덧 골목을 채우던 해가 어둑어둑 저물었다. 바쁘게 일하다 저녁 느지막이 되어서야 찾아온 고요함을 만끽하는 회사원인 양 홀로 여유롭게 앉아 맥주를 마셨다. 돈 낼 걱정 없이 마셔도 되는 술이라는 생각에 얼마나 더 마신 걸까. 정신이 희미해졌다. 마시고 있던 수제 맥주를 쭉 다 들이켜 버리고는 소중히 보관해 온 명함 한 장을 지갑에서 꺼내 들었다. 수화기를 들고 전쟁을 치렀던 어제 아침으로 돌아가길 빌며 눈을 질끈 감고 명함을 쭉 찢어버렸다.

셋째 날, 그리고

울리는 전화벨 소리에 당황하지 않고, 자연스럽게 손을 뻗어 수화기를 들고 대답했다.

"네, 리얼커뮤니케이션 김가현입니다."

"어, 박 대리 지금 자리에 없어?"

모든 게 내가 기억하고 있는 그날로 돌아왔다. 달라진 건 앞으로 펼쳐질 일에 대해서 내가 알고 있다는 것뿐. 나는 대표가 무엇을 지적할지, 내가 무엇을 놓쳤는지 모두 기억하고 있었기에 아무 실수 없이 하루를 보냈다. 대표에게 여러 차례 연달아 전화가 오지도 않았고 쓸데없는 잔소리도 듣지 않았다. 되레 '수고했다'라는 짧은 격려 인사도 받았다.

집으로 돌아가는 길, 아쉬운 마음에 가방을 열어 지갑을 찾았다. 지갑 속에 남은 명함은 이제 단 한 장뿐. 당연한 일이지만 시간을 되돌린다고 해서 찢어버린 명함까지 되돌아오는 건 아니었다. 그러나 내 선택을 후회하진 않았다. 오히려 그간 수없이 했던 짜릿한 상상을 현실에서 이뤄 속이 시원했다. 내가 저지른 실수를 만회했고, 어찌 되었든 사표를 집어던졌던 기억을 마음에 품고 다니는 게 나쁘지 않으니까.

그날 이후, 실수를 저지르거나 잘못해도 대수롭지 않게 넘길 수 있는 여유가 생겼다. 큰 실수를 저질러서 정말 만회하고 싶은 일이 생기면 언제든지 남은 명함 한 장을 쓸 수 있다는 희망이 있으니까. 사표도 내봤고, 대표에게 소리도 쳐봤으니 스트레스를 받더라도 그때의 짜릿함을 떠올리며 털어버리려 애를 썼다. 그렇게 착실히 버텼다. 버티니 시간이 흘렀고, 시간이 흐르니 어느덧 신입 사원 티는 조금 벗은 어엿한 팀원이 되었다.

문제는 그 탓에 새로운 직원이 쉽게 들어오지 않는다는 점이다. 분명 내가 회사에 들어온 후 고작 몇 주 만에 퇴사한 직원이 꽤 되었는데, 면접은 계속 보면서 아무도 뽑지 않는 걸 보면 대표는 직원 뽑을 생각이 없는 게 아닐까 싶었다. 그렇게 연말이 다가왔다. 다음 한 해를 맡길 전담 대행사를 찾기 위해 온 관공서와 광고주들이 입찰 공고를 올리는, 한마디로 다음 한 해를 결정지을 중요한 시기였다.

고작 세 명의 실무진으로 온갖 입찰 공고에 참여하려니 1년 차 막내인 나도 프로젝트 담당자로 이름을 올려 기획서를 제출하게 되었다. 일개 사원인 내가 싫다고 해서 담당자가 안 될 수도 없으니 믿을 건 박 대리뿐이었다. 소심한 마음에 이렇게 해도 되는지 마음을 졸이는 나와 달리 이 회사에서 3년을 눌러앉아 일한 박 대리는 대수롭지 않다는 듯 '원래 다 그렇게 하는 것'이란 타성에 젖은 대답만 해주었다.

한편으론 이상했다. 분명 박 대리와 함께 일을 하면서 배우는 것도 많고 내 실력도 늘었지만, 할 수 있는 일이 늘어날수록 그녀의 빈틈이 하나둘 보이기 시작했다. 같이 시작했는데 끝나고 보면 묘하게 일은 내가 다 하고 공은 박 대리가 가져가는 느낌. 그녀는 어느 순간부터 발신처가 어디든지 간에 통화를 마치고 늘 나를 찾았다.

"가현 씨, 여기 수정 요청 왔으니까 레퍼런스 더블 체크하고 실행사 리스트업해서 4시까지 토스해 주세요."

박 대리가 건네준 파일을 받아 들고 자리로 와 서류를 들척거려 보면, 지시 사항이 거창하게 쓰여 있지도 않았다. 대충 휘갈겨 쓴 포스트잇과 한눈에 봐도 성의 없이 체크 표시해 놓은 종이 더미. 책상 한편에 처박아둬도 어색하지 않을 상태의 서류를 전달하면서 꽤나 있어 보이는 말로 지시했다. 자연스레 '재주는 곰이 부리고 돈은 주인이 받는다' 같은 말만 자꾸 떠올랐다. 물론 내 위치에서 할 수 있는 일을 시키는 것이니 딱 꼬집어 문제라고 할 순 없지만, 박 대리는 퇴근하고 나는 남아서 일하는 날들이 점점 늘어났다. 처음엔 내가 업무에 익숙하지 않아서 당연하다고 생각했고, 업무에 익숙해진 뒤에는 그녀보다 손이 느려서 그런가 보다 하고 이해했다.

그런데 어느 날 야근하다 넋 놓고 생각해 보니 내 일은 당연히 내가 하고, 박 대리의 일도 내가 하고 있었다. 분명 서류 속 담당자란에는 각자의 이름이 적혀 있는데 왜 모든 기획안을 내가 쓰고, 내가 편집하고, 내가 정리하고 있는 거지…. 어쩐지 점점 피곤함이 늘어가더라니. 이번 주에 야근을 며칠 했더라. 하, 다 제출하고 나면 제대로 말 한번 해봐야지. 이 모든 게 '일 배워보라'고 시킨 걸까? 그럼 뭘 좀 제대로 알려주든가.

공공 입찰이 처음이라 하나부터 열까지 일일이 체크하며 해치우느라 바빠 미치겠는데…. 뭐 빼먹은 건 없는지, 꼼꼼히 본다고 보는데 아무리 보고 또 봐도 불안하고, 이젠 너무 봐서 더 들추어 보기도 싫을 지경. 긴장을 놓으면 사고가 터진다는데 이제 곧 제출이니까. 진짜, 진짜 조금만 참자. 조금만.

드디어 내일이구나. 처음으로 정식 담당자가 되어 기획안을 제출하는 날. 몇 주를 이날 하나만 보고 달려가는 중이니, 출근길 핸드폰 화면에 뜬 날짜만 봐도 긴장감이 확 곤두섰다. 내일 오후 2시까지 정부세종청사에 방문 제출이니까 웬만하면 오늘 대부분 준비를 끝내놓아야지. 아침 출근 버스에 오를 때부터 쌈박하게 해야 할 일을 정리하며 마음을 다잡았다. 하지만 사무실에 도착하니 그 알찬 계획도 아무 의미 없어지고 말았다.

박 대리님 | 가현 씨, 지금 파일 보낸 거 다섯 개씩 나눠서 표지 바

꾸고 링 제본 부탁해요. ;D

나　　│ 네, 대리님. 알겠습니다.

　박 대리는 흘깃 봐도 정신없어 보였다. 프린트를 뽑다가, 제본을 하다가, 다시 자리로 와서 사무를 보다가, 또 금세 자리를 옮기는 그 사이사이마다 메신저로 지시 사항을 끊임없이 보냈다. 그래, 박 대리가 담당한 프로젝트의 제출 기한이 오늘 6시까지였지. 사람이 급해지면 도와줘야지. 급한 일이니까 다 같이 도와서 먼저 해야지. 그럴 수 있지. 근데 이렇게까지 나를 붙잡아둘 일인가. 자기가 담당이면 미리 준비해야 하는 거 아닌가. 요청한 자료를 정리하려고 프린터 앞에서 출력되는 문서를 기다리면서 원망스러운 마음에 박 대리 자리를 흘겨보았다. 하지만 그런 원망 섞인 마음도 잠시, 평소답지 않게 입술을 앙 다물고 모니터로 빠져들듯 목을 빼고 정신없이 일하는 모습에 무슨 말을 더 덧붙이냐 싶어서 그냥 고개를 돌려버렸다. 그녀는 내가 바라본 것도 인지하지 못한 듯 노트북을 들고 팀장이 있는 회의실로 바쁘게 향했다.

　어쨌든 이렇게 도와주면 내일은 날 도와주겠지. 설마 그냥 모른 척하겠어? 내가 이번에 같이 작업한 게 몇 갠데. 유난히 소란스럽게 일하는 그녀를 보고 있자니, 조용히 일하는 내 마음속에서도 오만 잡생각이 튀어나와 시끄럽게 요동쳤다. 그 생각 고리를 끊어버린 건 박 대리의 자리에서 끊임없이 울리는 전화벨 소리였다. 전화는 계속 울리는데, 받을 사람이 없었다. 서둘러 내 자리로 돌아가 전화를 당겨 받았다.

"네, 리얼커뮤니케이션 박서연 대리님 전화 당겨 받았습니다."

"아 안녕하세요. 스킨네이처 김진희입니다. 박 대리님과 통화할 수 있을까요?"

"아, 지금 대리님…."

하느님보다 위에 있는 광고주에게 뭐라고 해야 가장 그럴듯한 이유가 될까.

"지금 회의 중이신데, 어떤 일 때문에 그러신가요?"

"아, 저희 지금 결산 시즌이라서 계산서를 맞춰보고 있는데 지난 11월 초 마무리했던 대행 건 견적서가 금액이랑 안 맞아서요. 확인해 주실 수 있을까요?"

"아, 네. 알겠습니다. 저희 회계팀에 내용 확인해서 회신 드리겠습니다."

"저희가 좀 급해서 오늘 중으로 답변 부탁드릴게요."

"네. 알겠습니다. 감사합니다."

"네. 감사합니다."

오늘 무슨 날이야? 왜 다들 이렇게 난리야. 마음속에서 울컥 올라오는 화를 꾹 눌렀다. 수화기를 내려놓고 회의실로

가 조심스레 유리문을 두드렸더니, 서류를 검토하고 있던 팀장과 박 대리의 시선이 내게 쏠렸다. 나는 빼꼼 고개를 들이밀고 말을 전했다.

"아, 저 대리님. 스킨네이처에서 연락이 왔는데요. 오늘까지 11월 집행했던 캠페인 견적서랑 정산 서류 확인해서 답변 달라고 하시는데 어떻게 하면 될까요?"

"그럼 그거, 가현 씨가 지민 씨랑 같이 확인하고 답변 보내주세요."

"제가요?"

"네, 오늘까지 보내달라고 했다면서요?"

"네."

"그럼, 지금 제가 할 순 없잖아요?"

그녀는 양손에 서류를 가득 집어 들고 어깨를 한번 으쓱거리며 눈치를 주었다. 분명 입 밖으로 한마디도 튀어나오지 않았지만, 눈빛과 행동에서 생생하게 목소리가 들리는 것만 같았다.

'네가 눈치가 있으면 알아서 잘 해야 하지 않겠니?'

회의실 테이블에 앉아 있으니 그녀는 어쩔 수 없이 나를 올려다보는 모양새였다. 아래에서 위로 고개를 들고 바라보는데도 어쩜 그토록 아랫사람 대하는 듯 느껴지는지 알 수 없는 노릇이었다. 실제로도 내가 아랫사람이 맞으니 그저 묵묵히 지시를 받아들여야 했다.

"아…. 네. 알겠습니다."

박 대리의 답변을 듣고 나니 머리가 핑 돌았다. 나도 업무가 있고 계획이라는 게 있는데, 도대체 왜 내가 담당하는 일은 다들 안중에도 없는 거냐고. 그것도 우리 회사 일인데 말이야! 이 망할 놈의 회사, 나 정말 잘하는 걸까. 계속 여기서 버티는 게 맞는 걸까. 새하얘지는 정신을 간신히 부여잡고 자리로 돌아가 서둘러 제본 작업을 마무리했다.

갑자기 끼어든 광고주의 요청에 내일 준비까지 미리 다 처리하고 가려면 시간이 없다. 더 서둘러야 해. 잡생각 다 집어치우고 일단 급한 것부터 쳐내자. 급하다는 생각을 할수록 오히려 손이 더 둔해지는 것 같았다. 자꾸만 오타가 나고, 물건을 떨어트리고 실수가 튀어나왔다. 평소답지 않다는 걸 알지만 지금 나에게 벌어진 상황 자체가 평소와 달랐다. 나는 입 밖으로 튀어나오려는 한숨을 속으로 꼭꼭 눌러 삼키며 일을 처리할 수밖에 없었다.

정작 나에게 자신의 일을 미룬 박 대리는 마감에 맞춰 서류를 제출한다고 팀장과 일찍 사무실을 나가버렸다. 홀로 남은 사무실에서 타자를 치고 있으니 고요함에 타자 소리가 더 크게 들렸다. 연말 들어서는 혼자 사무실에 남겨져 일을 할 때가 많았는데, 오늘따라 유난히 서러움이 밀려들었다. 물어보고 싶은 걸 물어볼 사람도 없고, 혼자서 이걸 나 하는 게 맞는 건가 싶고. 한번 시작된 물음은 한참이 지나도 끝나지 않고 떠올라서 일 처리 속도만 더뎌질 뿐이었다. 결국 일을 웬만큼 처리하고 사무실을 나설 때는 이미 자정을 훌쩍 넘긴 때였다.

이상한 기운에 눈을 떴다. 지난 밤 집에 들어오자마자 쓰러져 잠들었는데, 눈을 번쩍하고 뜨니 평소보다 방이 너무 환했다. 손에 쥔 채로 잠들었던 핸드폰을 열어보니 이상한 기운은 기우가 아니었다. 지각이다, 지각!

간밤에 퇴근한 모습 그대로 잤으니, 일어나 옷매무새만 다듬고 책상에 놓인 물티슈 하나 집어 들고 그대로 뛰어 나가 택시를 잡았다. 앞뒤 사정도 없이 그냥 빨리 가달라는 말에 택시 기사는 도로를 내달렸다. 차 안에서 화장을 고치느라 어디쯤 온 건지도 못 알아챘는데, 시야에 익숙한 풍경이 들어와 놀라서 정차를 외쳤다.

"아저씨, 저기 앞에 사거리에서 세워주세요!"

"예에!"

급한 마음에 허둥지둥 지갑을 찾아 카드를 꺼내니 기사는 이미 결제를 기다리고 있었다. 이런 센스라니.

"아가씨, 그렇게 서두르다가 오늘 일 치르겠네."

"아… 죄송해요. 죄송합니다. 여, 여기요. 감사합니다. 좋은 하루 보내세요!"

서둘러 택시에서 내려 사무실을 향해 달렸다. 좋은 하루가 되길. 기사에게 건넨 인사는 오늘 나에게 가장 간절한 소망이었다. 부디 무사히 지나가길. 사무실에 조심스레 들어가니 다들 한창 일하는 중이었다. 살며시 들어가다 모니터에서 시선을 뗀 팀장과 눈이 딱 마주치고야 말았다.

"김가현."

짧고 단호한 목소리. 혼쭐이 날 것만 같았다. 그런데,

"너 입찰 제출 2시 아니야?"

"네. 맞습니다."

"기차 몇 시야?"

"기차요. 11시 반입니다."

"서둘러라. 늦는다."

"넵, 알겠습니다."

손목을 들어 시계를 보니 9시가 살짝 넘어가는 시간이었다. 팀장은 내가 지각한 것보다 여태까지 우리가 쏟은 시간이 다 수포가 될까 봐 신경 쓰는 것처럼 보였다. 그렇게 신경 쓰이면 어제 좀 도와주지. 이제 와 이런 하소연이 다 무슨 소용이겠어. 시간이 없다. 서둘러야 해.

"10시까지 제출 기획안 최종본 준비해서 회의실로 들어와."

"넵."

서둘러 자리로 가 컴퓨터를 켜고 가방에서 USB를 꺼내 들었다. 오늘따라 컴퓨터 부팅은 왜 이렇게 느리고 소리는 어찌나 요란한지. 초조한 마음으로 화면이 켜지기를 기다렸지만 나를 맞이한 건 새파란 화면이었다.

"헐…."

나도 모르게 입 밖으로 탄식이 튀어나왔다. 그리고 습관대로 양손으로 머리를 쥐어뜯었다. 전원을 내렸다가 다시 켜보기도 하고 선을 뽑았다가 다시 꽂아보기도 했지만, 영락없이 이건 블루 스크린이었다. 신이시여. 대체 왜 하필이면 오늘 아침에 블루 스크린입니까. 어제 박 대리 일 도와줄 때까지만 해도 멀쩡했잖습니까! 듣는 이 없는 원망이 터져 나왔다. 이럴 시간이 없다. 박 대리의 자리로 달려가 조심스레 어깨를 톡톡 건드리며 불렀다.

"대리님…."

"네, 가현 씨."

"저 컴퓨터가 블루 스크린이라, 혹시 컴퓨터 좀 잠깐 쓸 수 있을까요?"

"아…. 저 오전 중으로 처리해야 할 업무들이 좀 있어서 자리를 비워주기는 어려울 거 같은데…."

박 대리는 난감하다는 표정으로 나를 바라보았다. 살짝 찌푸린 미간 탓에 오늘따라 찢어진 눈매가 나를 날카롭게 훑는 것처럼 느껴졌다.

"USB에 기획안 담겨 있는 거죠?"

이내 그녀는 내 손에 들린 USB를 홀랑 집어 들더니 새삼 쿨한 척 대답했다.

"제가 출력할게요. 가현 씨는 출력물 나오면 받아서 제본해요. 어차피 수정 사항은 이미 다 확인했잖아요?"

그녀의 말을 듣는 순간 욱하는 마음에 '야. 네가 어제 일 시켜서 아무것도 못 했잖아. 인간아!' 하고 단전에서부터 올라온 말이 터져 나올 뻔한 걸 겨우 참고 대답했다.

"네, 알겠습니다. 좀 부탁드릴게요. 아, 그리고 대리님 어제 가져가신 노트북은요?"

"아… 그거 오늘 쓸 일 없을 줄 알고 안 가져왔는데…. 회의실 옆방에 하나 더 있기는 한데 그거는 프린터 연결 안 되어 있어요. 그래도 문서 수정은 할 수 있으니까 기차 탈 때

챙겨 가요."

"네. 알겠습니다."

선심 쓰듯이 해주는 말도 정말 너무했다. 본인 할 일 넘겼다고 공용 노트북도 안 가져왔으면서 챙겨주는 척이라니. 어제 애써서 도와줬는데 이런 식으로 돌아온다고? 그래 놓고는 프린트를 대신 해주니 지금 엄청나게 도와준다고 생각하겠지? 이 엉망진창인 회사. 이 거지 같은 상사.

입사한 지 얼마 안 됐을 때는 지긋지긋한 취업 준비를 끝낼 수 있게 해줘서 그저 감사할 따름이었다. 매일 야근을 해도, 점심시간에 내가 먹고 싶은 메뉴를 단 한 번도 먹지 못해도, 다 이해할 수 있었다. 회사를 다닐 수 있고, 따박따박 매달 월급이 입금되는 것만으로 다 괜찮았다. 어떻게든 하다 보면 하나 언니 발끝쯤은 따라갈 수 있을 것 같았으니까.

그런데 고작 몇 달 사이에 이토록 마음이 180도 달라질 수 있다니. 회사가 화장실도 아니고, 들어올 때 마음과 눌러앉았을 때 마음이 다르다고 누군가 나에게 알려준 적이 있었던가. 이렇게 모든 것이 다 지겨워질 줄이야. 사람도 싫고, 사무실에 있는 볼펜 한 자루까지도 이제 다 징글징글하다. 세상 사람들 모두 이런 시간을 버티며 하루를 산다는 게 믿기지 않았다. 어떻게 하면 버틸 수 있을까. 모든 것들에 기대를 버려야 하는 걸까. 그렇게 기대하지 않으면 좀 나아지려나. 오늘도 또 하나, 회사에 미련을 두지 말자는 깨달음을 얻으면서 나는 부지런히 프린터를 향해 걸어갔다.

분노를 꾹꾹 눌러 담아 터질 듯한 내 마음을 아는지 프린터도 꾸역꾸역 문서를 토해내고 있었다. 몇십 페이지짜리 문서를 열 부씩, 어제만큼 또 찍어내려니 이 녀석도 아마 일하기 싫은 마음이 한가득하겠지. 동질감이 느껴지니 말없는 회사 프린터마저도 친구 같았다. 그러나 이 마음도 오래가진 못했다. 믿었던 친구의 배신이랄까. 아니 좀 더 정확히 말하자면 친구의 고충을 몰랐던 내 탓이지.

용지 부족.

바로 비품실로 달려갔지만 박스가 가득 채워져 있어야 할 자리에 텅 빈 상자만 놓여 있고, 정작 A4 용지는 한 묶음은커녕 단 한 장도 눈에 보이지 않았다. 당황스러운 마음을 안고 서둘러 경영 지원팀에 달려갔다.

"지민 씨, 용지 다 썼어요?"

"아, 어제 대리님이 다 쓰셨는데…. 너무 늦게 말씀해 주셔서 주문을 오전에 했어요."

"하…. 미치고 팔짝 뛰겠네."

결국 참고 참았던 마음의 소리가 입 밖으로 나와버리고 말았다. 앞으로 얼마나 더 많은 말을 못 참고 하게 될까. 여기가 다이내믹한 하루의 끝이었으면 좋겠다. 제발 부디.

"법인카드 좀 주세요. 사무용품점에 갔다 올게요!"

지민이 건네준 카드를 낚아채듯 들고 무작정 뛰었다. 손목에 찬 시계를 보니 이미 9시 반이 넘어갔다. 팀장과 회의하기 전까지 다 준비할 수 있을까. 동동거리는 마음만큼 내달렸다. 초겨울 날씨에도 이마에 땀이 송골송골 맺혔다. 낑낑대며 A4 용지 상자를 들고 뛰어와서 마저 출력한 뒤 제본기 앞에서 기계처럼 제본 책자를 만들어냈다. 오탈자가 없기를 간절히 바라며 링 바인딩을 하고 있는데 회의실에서 팀장의 목소리가 들려왔다.

"김가현!"

"네에! 갑니다!"

팀장의 부름에 제본하던 걸 내려놓고, 완성한 기획안 두 부만 챙겨 달려가며 허공에 SOS를 외쳤다. 어디서 그런 깡이 나왔는지.

"대리님! 저, 시간 때문에 제본 좀 마무리해 주세요!"

그녀가 나를 도울지 안 도울지 의심할 시간도 없었다. 그간의 눈칫밥으로 지금 상황을 파악했다면 도와주겠지. 막연한 기대를 걸고, 그녀의 대답도 듣지 못한 채 회의실로 들어갔다.

팀장에게 조심스레 기획안과 제출 서류를 내밀고 맞은편 자리에 앉았다. 아무리 열심히 준비를 하고 긴 시간 공을 들였다고 해도 누군가의 평가를 기다리는 마음이 편할 순 없었다. 부지런히 1년 가까이 일을 배웠고 이 정도면 모자람 없이 일하고 있으니 괜찮을 거라고, 잘했을 거라고 스스로를 다독여도 자꾸만 손톱을 쥐어뜯게 되었다. 이런 내 마음을 알 길 없는 팀장은 펜을 들고 서류 곳곳에 가차 없이 체크 표시를 그렸다. 처음엔 표시가 몇 개나 될지 세고 있었는데 점차 셀 수 없을 만큼 속도가 빨라져서 셈을 포기했다. 저렇게나 고칠 데가 많다고?

잠시 후, 회의실에서 나올 때 내 영혼은 이미 사무실에 존재하지 않았다. 오탈자부터, 순서 변경에 자료 도식화 비율까지 하나하나 꼼꼼하게 체크한 팀장 때문에, 아니 정확히는 팀장 덕분에 수정해야 할 곳이 산더미였다. 나보다 훨씬 꼼꼼한 상사가 미리 짚어주어서 감사할 따름이지만, 촉박한 시간이 문제였다. 이따 기차에 타자마자 뽑아놓은 서류에서 오타를 일일이 찾아 수정액으로 고치고, 노트북으로 문서도 수정해야 한다. 내 눈으로는 골백번을 봐도 놓쳤던 부분인데 어쩜 팀장 눈에만 쏙쏙 보였을까? 지금이라도 바로 잡아주어서 그나마 다행이라고 생각해야 하는지 아니면 입찰 앞두고 탈탈 털렸으니 기가 팍 죽어야 하는지 나도 내가 어떤 태도를 보여야 할지 알 수 없었다.

그렇게 고개를 푹 숙이고 회의실을 나오니 책상 위에 반 듯이 놓인 제본 열 부가 눈에 들어왔다. 그 제본 더미를 보자 나도 모르게 마음 한구석이 찡해졌다. 여태까지 박 대리에게 품었던 악한 마음들이 이렇게 사소한 걸로 순식간에 녹아내 리는 건가. 난 참 단순하고 바보 같다는 생각이 들었다. 그 감 동이 채 지나가기도 전에 뒤통수로 팀장의 말이 내리꽂혔다.

"박 대리, 지금 준비해서 가현이랑 같이 갔다 와."

"네?"

당황스러운 지시 사항에 숙였던 고개를 쓱 올리다가 팀장 에게 되묻는 박 대리와 눈이 딱 마주쳤다. 그녀 역시 갑작스 러운 일정에 당황하기는 마찬가지 같았다. 그런데 넋이 나간 채로 회의실에서 나온 나를 보고 무슨 생각을 한 건지, 눈이 마주친 찰나의 순간 그녀의 눈빛이 또렷하게 바뀌더니 팀장 에게 질문을 던졌다.

"더 준비할 건 없을까요?"

"그 첨부 서류 중에 몇 개 잘못 뽑은 거 있더라고. 체크했 으니까 연락해서 용역 이행 실적서 다시 뽑아서 챙기고, 같 이 수정 사항 검토해 주고!"

"네, 알겠습니다."

두루뭉술하게 말해도 찰떡같이 알아듣는 두 사람의 대화 가 신기했다. 말이 끝나자마자 박 대리는 바로 수화기를 들고 해당 광고주들에게 연락을 돌렸다. 그걸 멍하니 보다가 내 어깨를 턱 잡는 팀장의 손길에 고개를 돌렸다.

"박 대리 기차표 끊어주고. 늦지 않게 가라."

"아, 넵."

PM으로 이름도 올렸겠다. 입사한 지 1년을 다 채워가니 내가 뭐라도 좀 되는 일당백 사원인 줄 알았는데 막상 들춰 보니 '김가현'은 요란한 빈 수레였다. 열심히 해왔다고 생각 했는데 프로의 세계는 여전히 까마득하구나. 이 마음을 곱씹 을 새도 없이 출발 준비를 서둘렀다. 숨을 돌릴 즈음에 기차 를 타고, 긴장이 풀어질 즈음 세종시에 도착했다. 곧이어 최 종 목적지인 정부세종청사로 가기 위해 서둘러 택시를 잡아 탔다.

"안녕하세요. 세종청사 앞으로 가주세요. 저 기사님, 정말 죄송한데요. 되도록 좀 빨리 가주세요!"

"어이구 급한 일이 있으신가 봐요."

짐 챙기느라 정신이 없으면서도 입은 이미 '빨리, 빨리'를 외치고 있었다. 여유 있게 일찍 오고 싶었는데 수정할 게 많 아 최종 피드백이 생각보다 오래 걸렸다. 어디서부터 꼬인 건 지 아무리 생각해 봐도 답은 나오지 않았다. 정신없던 어제부 터 지금까지 열심히 일만 했을 뿐인데. 순간마다 할 수 있는 만큼 노력했지만 어쩔 수 없이 생기는 불안함에 손톱을 자꾸만 물어뜯었다. 딱 딱 딱. 일정한 소리가 택시 안에 퍼졌다.

"가현 씨."

"네?"

"공공 입찰 처음 해보죠?"

"네⋯."

"한 번이 어렵지, 아마 다음부터는 좀 나을 거예요. 그러니까 너무 걱정하지 말아요."

"아⋯. 네."

박 대리의 짧은 위로가 귀에 하나도 들어오지 않았다. 오히려 원망스러운 마음도 어딘가 피어났다. 어제 자기가 그렇게까지 이기적으로 굴지만 않았어도 내가 오늘 이렇게까지 정신없진 않았을 텐데. 그걸 알아서 미안한 마음에 챙겨주는 건가. 그럼 미안해할 일 없게 애초에 잘해주던지. 여태까지 미루다가 이제 와 잘해주면 다인가. 나쁜 마음이 꼬깃꼬깃 구겨져 한구석에 쌓이고 있었다. 하지만 지금은 믿을 사람이 그녀뿐이라는 생각에 마음속에 쌓인 나쁜 마음 더미를 휙 하고 쓰러뜨렸다. 이런 복잡한 내 마음속 이야기가 그녀에게 들린 걸까?

"가현 씨, 올라가면 혹시 잠깐 면담 괜찮아요?"

"아! 네, 괜찮습니다."

"그래요. 일단 마무리하고 맛있는 거 먹어요."

"네!"

갑자기 무슨 면담? 이 와중에? 무슨 꿍꿍이속인지 모를 일이었다. 어제부터 오늘 아침까지 이어진 대환장만 생각하면 이미 머릿속으로는 그녀 머리채를 잡고 여러 번 흔들어댔다. 하지만 지금 내가 그녀에게 가지는 감정은 애증보다도 훨씬 다채로웠다. 어차피 긍정적이든, 부정적이든 내가 느끼는 이 혼란스러운 감정은 단 한 글자도 표현할 수 없다. 친구도 아니고, 여긴 회사니까. 나는 막내고 까라면 까야지. 내가 상사에게 그 어떤 감정을 품는다고 한들, 그게 다 무슨 소용이겠어.

당황스러운 스케줄을 단번에 받아들이고 대범하게 대처하는 박 대리에 비해, 나는 오만가지 생각을 꼭꼭 숨기려다 손톱을 물어뜯고, 손목을 달달 떨어 티를 내고 마는 초짜였다.

상념이 다 끝나기도 전에 목적지에 도착했다. 미터기를 보고 가방에서 지갑을 꺼내려다가 품에 있던 쇼핑백을 쓰러트려 안에 들어 있던 서류가 우르르 쏟아졌다. 우당탕거리는 나를 보더니, 뒷자리에 있던 박 대리가 내 어깨에 손을 얹고 말했다.

"내가 계산할 테니까 서류 잘 챙겨요. 빼먹지 말고."

"네. 감사합니다."

박 대리는 자기 지갑에서 카드를 꺼내 기사에게 건넸고, 나는 쏟아진 서류를 쇼핑백에 다시 집어넣느라 정신이 없었다. 고개를 숙이니 오히려 메고 있던 가방도 기울어져 또 우르르 소지품이 쏟아지려 했다. 아, 오늘 정말 왜 이러냐. 하나부터 열까지 되는 일 없는 하루에 울컥했지만 지금 여기서 무너질 순 없다. 입술을 한 번 꽉 깨물곤 물건을 쓸어 담고 차에서 내리려니, 박 내리가 먼저 내려 문을 열어주었다.

"감사합니다. 기사님 감사합니다!"

"아가씨!"

"네?"

날 부르는 소리에 돌아보니 기사의 손이 옆자리 바닥에 떨어진 서류 봉투 하나를 가리키고 있었다.

"중요한 일인 거 같은데 잘해요. 놓치지 말고!"

"아이고, 감사합니다."

나는 얼른 기사가 알려준 서류 봉투를 집어 가방에 쏙 밀어 넣었다. 이제 정말 다 와 간다. 몇 발자국만 더 걸어가 서류를 제출하고 나면, 이 모든 잡념들로부터 영원히 안녕이다. 이쯤 되니 입찰 성공 여부는 나한테 중요한 게 아니었다. 회사에게는 결과가 꽤나 중요하겠지. 물론 입찰에 성공한다면 내 커리어 측면에서도 쏠쏠한 키 카드가 될 것이다. 그러나 지금 이 순간 그런 건 중요하지 않았다. 그저 어떻게 되든 끝이 났으면 좋겠다는 생각뿐. 접수처를 앞에 두고 심호흡을 크게 내쉬었다.

"한 번 더 뭐 체크해 볼 거 있어요?"

"아니요. 괜찮습니다."

"그럼 갈까요?"

"네."

박 대리를 따라 뚜벅뚜벅 내딛는 걸음. 내 커리어의 시작이 될 큰 프로젝트. 그녀의 말처럼 이걸 시작으로 '이제 좀 더 프로다운 직장인이 될 수 있을까?' 싶은 고민도 잠시,

"회사명이 어떻게 되시나요?"

"리얼커뮤케이션이고요, 저는 김가현입니다."

"네, 접수증이랑 제출 서류 주시고요. 명함은 여기 올려두시면 됩니다."

"네, 감사합니다."

들고 있던 쇼핑백에서 서류를 꺼내 순서에 맞게 체크하고 책상에 올려두었다. 마지막으로 명함을 꺼내려 주머니에 손을 넣었지만 주머니에 있어야 할 지갑이 없었다. 지갑이 왜 여기 없지? 순간 머릿속이 새하얗게 변했다. 재킷과 다른 옷 주머니를 다 뒤져봐도 지갑은 없었다. 가방까지 이리저리 살펴봐도 지갑이 보이질 않는다. 뒤에 줄지은 사람들이 어리둥절한 표정으로 나를 바라보자 박 대리가 물었다.

"왜요. 명함이 없어요?"

"아, 지갑이…. 지갑을…."

"괜찮아요. 팀에 저도 포함되어 있으니 제 명함 낼게요."

그녀는 별거 아니라는 듯 지갑에서 명함을 꺼내고 제출 서명란에 자신의 이름을 단정하게 적었다. 이건 아닌데. 내가 명함 때문에 대표한테 혼난 게 몇 번인데. 그래서 오만 가방마다 다 명함을 넣어두고, 다이어리에도 넣어두는데. 그리고 지갑은 대체… 대체… 어디로 간 거지. 생각을 더듬어보니 떠오르는 건 하나뿐이었다. 택시!

서울로 올라가기 위해 다시 기차를 기다리는 사이, 나는 핸드폰을 붙들고 어떻게든 그 택시를 찾아보겠다고 애를 썼지만 닿을 길이 없었다. 초조한 마음에 다리를 떨고 있으니 옆자리에 앉은 박 대리가 말을 걸어왔다.

"카드 정지부터 시켜야 하는 거 아니에요?"

"아, 네. 카드 정지."

"결과는 보통 회사 번호로 연락 오고 메일로도 통보 오니까 너무 염려치 말아요. 그리고 아직까지 연락 안 온 거 보면 입찰 서류엔 문제없는 걸 테니까 너무 걱정 안 해도 돼요."

"네…."

대답은 했지만, 한숨은 숨길 수가 없었다.

"또 다른 중요한 거 없었는지 생각해 봐요."

그녀가 물어보지 않아도 이미 알고 있다. 카드 정지 같은 건 생각도 못 할 만큼, 신분증 따위는 조금도 신경 쓰이지 않을 만큼 나에게 중요한 것. 마지막 남은 명함 한 장. 하나 언니가 준 마지막 명함이 지갑에 들어 있다. 그 명함이 어떤 능력이 있는지 누구에게도 말한 적이 없으니 어디다 얘기할 수도 없고 한숨만 나왔다.

"살다 보면 일이 마음처럼 굴러가지 않는 날도 있고 그런 거니까 너무 상심하지 마요. 다 전화위복으로 좋게 돌아올 거예요."

"네…."

너무 좌절한 내 모습에 그녀는 성심성의껏 위로의 말을 전했지만 사실 어떤 말도 들리지 않고 그냥 멍했다. 지금 이 모든 현실이 제발 꿈이었으면 좋겠다 싶다가도, 되돌릴 수 없는 현실이라는 걸 너무나 잘 알기에 그저 집에 가서 기절하듯 누워버리고 싶었다. 아니지, 그냥 시간이 여기서 멈춰버렸으면 싶기도 했다. 이런 내 마음을 알아주는 건 세상 어디에도 없다는 듯 기다리던 기차가 곧 도착했고 우리는 무거운 발걸음을 옮겨야 했다.

"대리님, 이쪽이네요."

"아, 고마워요."

박 대리를 안쪽 자리로 먼저 안내하고 나도 털썩 자리에 앉았다. 세상 다 꺼질 듯 한숨을 한번 크게 내쉬고 싶었지만,

그마저도 눈치가 보여 겨우 숨을 크게 들이쉬고 조용히 내뱉었다.

등받이에 힘없이 기대어 핸드폰을 넣으려 가방을 열었다. 서류 뭉텅이를 제출하고 나니 한순간에 텅 비어버린 가방 속에서 지갑에 정신이 팔려 여태까지 눈에 들어오지 않았던 서류 봉투 하나가 보였다. 그리고 그 순간 택시 기사의 얼굴과 목소리가 다시 한번 선명하게 떠올랐다.

"중요한 일인 거 같은데 잘해요. 놓치지 말고!"

미쳤다, 김가현. 미쳤어. 미치겠다. 바꿔서 제출해야 할 서류가 내 가방에 고스란히 남아 있었다. 팀장 지시로 박 대리가 광고주에게 연락해 겨우 바꿔준 용역 이행 실적서를 수정 전 서류로 내버렸다. 오늘 내 정신은 분명 어딘가 다른 데 있었던 게 분명하다. 그러지 않고서야 이렇게까지 엉망진창일 수 있을까? 하늘이 노래지기 시작했다.

너무나 어색했지만, 최대한 아무렇지 않은 척 서류 봉투를 가방 안쪽 더 깊숙이 쑤셔 넣었다. 가능하다면 영원히 보이지 않도록 블랙홀 같은 게 가방 안에 존재한다면 좋을 텐데 말이지. 왜 지갑 같은 건 잘도 사라지면서 이 서류는 여기에 남아 있는 거지? 아니, 그보다 왜 이 중차대한 사실을 이제야 알았을까. 그간 내가 들인 공과 우리 회사가 들인 시간과 노력, 이 모든 게 나의 어처구니없는 실수 하나 때문에 한순간에 수포가 되었다. 그럼 지갑이라도 잘 챙길걸. 그 명함만 있었어도 이 말도 안 되는 하루를 온전하게 되살릴 수 있을 텐데. 오만 가지 '만약에'라는, 이제는 아무 쓸모 없어져 버린 가정법을 머릿속에서 계속 생각하고 떠올리다 보니 나도 모르게 미간의 주름이 깊어졌다.

"가현 씨, 어디 안 좋아요?"

박 대리가 눈썹으로 한껏 팔자를 그리며 나를 바라보았다.

"안색이 너무 안 좋아 보여요. 괜찮아요?"

"네…. 괜찮습니다…."

괜찮긴 뭐가 괜찮아. 하나도 괜찮지 않지만 나는 솔직하게 말할 수 없었다. 뭘 해야 할까. 뭘 할 수 있을까. 이런 상황에서 지금 내가 뭘 어떻게 해야 가장 영리한 걸까. 그냥 조용히 입 다물고 있을까? 나만 입 다물면, 내가 말하지 않으면 영원히 아무도 모를 텐데. 그래, 모른 척하는 게 어쩌면 제일 좋은 방법일지도 몰라. 어차피 심사 단계에서 서류를 제대로 본다면 입찰은 물 건너간 거고, 떨어진 입찰 서류에 책임자를 찾지도 않을 테니 그냥 입을 다물자. 말하지 말고 조용히 없던 일 셈 치자. 그러면 돼. 그래도 돼.

그렇게 도착한 서울. 아직 많이 늦지 않은 시간. 박 대리가 늦은 점심 겸 이른 저녁을 사겠다며 초밥집에 데려가 주었다. 짧다면 짧고 길다면 긴 1년 남짓한 기간 동안 여럿이서 밥과 술을 나눠 먹은 적은 있어도 이렇게 그녀와 마주 앉아 독대하는 자리는 처음이었다. 어색함에 가방도 내려놓지 못한 채, 무릎에 올려두고 꼼지락거리고 있으니 기차에서의 굳은 다짐과 달리 자꾸만 죄책감이 스멀스멀 밀려왔다. 눈앞의 메뉴판에 집중이 안 되고 자꾸만 딴생각이 들었다.

"A 세트 어때요?"

"네?"

"이 정도면 둘이서 먹어도 괜찮을 거 같아서요."

"네, 괜찮습니다."

"초밥 안 좋아하는 거 아니죠?"

"아, 아니에요. 좋아합니다."

"그래요. 그럼 이걸로 먹어요."

오늘따라 박 대리의 이야기가 평소와 다르게 들렸다. 분명 어제까지만 해도 우리 회사에서 나를 교묘하게 이용하는 빌런처럼 느껴졌는데 오늘은 챙겨주고 도와주고. 이렇게 애매하게 잘해주면 내가 미워할 수도 없잖아. 자꾸만 죄책감이 더해져서 실수를 털어놓아야 할 것만 같다. 하…. 마음속에서 이런저런 생각이 자꾸만 꼬리에 꼬리를 물고 넘쳐났다.

"가현 씨."

"네?"

"솔직히 말해봐요. 무슨 일 있죠?"

"아, 아니에요."

"근데 왜 평소답지 않게 오늘 이렇게 힘들어해요. 아침에
도 허둥지둥하고, 지갑을 잃어버리질 않나. 무슨 일 있으면
편하게 말해도 돼요."

"아…. 그런 게 아니라 그냥 긴장을…."

"무슨 사람 죽고 사는 일도 아닌데 왜 그렇게 긴장을 해요.
그럴 필요 없어요."

"아니…. 그런 게 아니고…. 사실은…. 저… 사실은요."

안 되겠다. 혼이 나더라도 매를 맞고 마는 게 낫지. 이렇게
말 안 해서 화병이 나는 것보단 낫겠어. 기어이 난 가방에 손
을 넣어 서류를 꺼내 박 대리 앞에 내보였다.

"이거…. 이게 가방에 그대로 있더라고요. 아까 기차 탈 때
알았어요…. 죄송합니다."

그녀는 슬며시 손을 뻗어 내가 건넨 서류 봉투를 받아 들
었다. 그리고 뻔히 알고 있는 내용이지만 다시금 봉투를 열
어 서류를 꺼내 찬찬히 읽어 내려갔다. 나는 긴장했던 어깨
를 툭 떨어트리고 말없이 그 모습을 바라보았다. 이제 얼마
나 혼날까. 머릿속은 하얘졌지만 그래도 마음은 뻥 뚫린 듯
가벼웠다. 이제 내가 할 수 있는 건 입 다물고 잔소리와 타박
을 견뎌내는 거겠지. 대표 때문에라도 맷집이 생겨서 그 정

도는 나도 버틸 수 있을 거야. 눈을 질끈 감았다가 뜨면서 마음을 굳게 먹었다. 그런데 한동안 말이 없던 그녀는 예상과 전혀 다른 행동을 취했다.

우리 사이에서 팔랑이던 종이가 시원한 소리와 함께 두 조각으로 찢어졌다. 그리고 박 대리는 조각을 겹쳐서 또 찢고, 한 번 더 찢었다. 종이는 순식간에 여덟 조각이 났다. 그것도 모자라 그녀는 조각난 종이를 한 손으로 꾹 움켜쥐었다. 그토록 중요하게 생각했던 서류가 바로 코앞에서 구겨지더니 한낱 종잇조각 쓰레기가 되어 한 장이 아닌, 한 줌이 되어버렸다. 이게 지금 무슨 상황이지?

"어…."

낮은 탄식을 들은 박 대리가 고개를 들어서 나와 눈을 마주쳤다.

"우리는 서류 낸 거예요. 그러니까 잊어요."

이해할 수 없는 그녀의 말에 난 다시 한번 되물었다.

"네?"

"어차피 마감은 끝났고 우리가 지금 여기서 뭘 어떻게 한다고 해도 바뀌지 않아요. 가현 씨도 그걸 모르진 않잖아요. 말 안 하면 아마 아무도 모르고 지나갔을 텐데 나한테 왜 말한 거예요?"

나는 뭐라고 대답을 해야 하는 걸까. 온갖 그럴듯한 말로

핑계를 대야 하는 걸까. 짧은 순간 많은 생각이 머릿속을 지나갔지만 결국 내 선택은 솔직함이었다.

"양식에 맞지 않는 서류를 냈으니 우리는 아마 떨어질 거고, 이유를 아는데 숨길 수만은 없었어요. 모두 오랫동안 애쓴 프로젝트였는데 제가 다 망쳐버렸어요. 죄송합니다."

내 대답을 들은 그녀는 한동안 말이 없다가 다시 자신의 이야기를 이어 말하기 시작했다.

"제대로 제출했어도 떨어질지 붙을지는 우리가 모르는 일이에요. 그러니 가현 씨가 여기서 얻어야 하는 교훈은 '앞으로 같은 실수를 반복하지 말아야겠다' 정도면 충분한 것 같아요."

무서운 건 무서운 거고 그래도 그녀의 표정을 유심히 살필 수밖에 없으니 덜덜 떨리는 두 손을 꼭 붙잡고 박 대리의 얼굴을 빤히 바라보았다. 하지만 그녀의 표정에는 변화가 없었다. 그녀는 다시 식사를 이어가려다 수저를 내려놓고 관자놀이와 눈썹을 두어 번 문지르더니 나를 보았다.

"솔직하게 말해준 건 고마운데. 아마 나였다면 말하지 않고 그냥 조용히 묻었을 거예요. 근데… 나도 무슨 마음인지 알아요. 신입이면 그냥 미주알고주알 다 보고해야 할 것 같다는 생각이 들 수 있으니까."

그제야 숨을 깊게 푹 내쉰 그녀는 참다못해 튀어나왔다는 듯한 웃음을 내보였다. 잠깐 사이 무슨 생각이 떠올랐기에 저렇게 회한 서린 웃음을 터트렸을까.

"말 안 하면 왜 말 안 하냐고 혼나고, 뭘 물어보면 그것도 모르냐고 혼나고. 이러나저러나 다 혼날 일투성이죠. 그래도 말 안 하고 끙끙대는 것보다 말해서 혼나고 터는 게 낫겠다 싶어서 결국 말했단 거 알아요. 근데 가현 씨가 이렇게 보고를 하면 이제 책임은 내 몫이 되는 거예요. 팀장님이 가현 씨 혼자 보내지 않고 나를 함께 보냈다는 건 결국 책임자로 보낸 거고 여기서 어떤 일이 벌어진다면 그건 내 책임이 되는 거예요. 가현 씨가 서류를 내지 않았고 난 그걸 보고를 받았고, 어차피 이제 와 달라지는 건 없으니 나는 서류를 찢은 거고. 바뀌는 게 없을 땐 깔끔하게 포기하는 게 정답일 수도 있어요."

시답지 않은 일은 다 나에게 미뤄버리는 그녀와 한 사무실에서 일하는 게, 어느 순간엔 참 허무할 때가 많았다. 그래봐야 몇 살 차이도 나지 않는데 먼저 회사에 들어왔다고 대리라는 직함을 달고 꼴사나운 대장놀이를 한다고 생각한 적도 있었던 것 같다. 근데 그 모든 생각이 산산조각 났다. 학교 선배들에게서 느꼈던 감정과 전혀 다른, 정확히는 존경에 가까운 감정이 밀려들었다. 저런 말을 후배에게 해줄 정도로 회사 생활에 유연한 사람이었다니, 내가 여태 그녀에 대해서 전혀 모르고 있었다는 생각이 들었다. 하고 싶은 말을 다 내뱉은 박 대리가 빤히 바라보기에 다시 물었다.

"그럼 이제… 우린 어떡해요?"

"우리는 이제 밥을 먹으면 되겠죠?"

눈과 입에 허탈하지만 그보다 편할 수 없는 미소를 띠며 그녀가 나를 보았다.

"굳이 책임을 지고 싶다면 바꿀 수 없는 지나간 일에 매달릴 게 아니라, 우리가 이 수주를 따냈다면 얻었을 예상 매출 규모 정도의 다른 일을 찾아서 그걸 달성하면 되겠죠? 결국 회사라는 건 성과와 숫자로 나를 증명하는 곳이니까. 그 이상의 책임감이나 죄책감은 느끼지 않아도 돼요. 그래야 회사에서 버티죠."

그녀의 똑 부러지는 말을 듣고 나니 이기적인 듯한 그녀의 행동들이 이해가 될 것도 같았다. 나에게 영리하다 못해 얄밉게 보였던 것들도 결국 한낱 평범한 직장인의 단면이었다니. 아니 어쩌면 가장 똑똑한 회사원인 걸까?

"왜요. 실망했어요? 이런 사수라서?"

"아니요. 그냥 좀, 생각했던 반응이랑 달라서요."

"그래요? '어떡해요!' 하고 같이 호들갑이라도 떨어줄걸 그랬나? 미안해요. 내가 그러기에는 좀 회사 생활에 무뎌진 편이라."

"아니에요. 전 여태까지 회사 다니면서 한 번도 열심히 하지 않아도 된다고 생각해 본 적이 없었던 거 같아서요."

"나 회사 아주 열심히 다니고 있는 건데?"

"아! 그런 뜻이 아니라요…."

"괜찮아요. 무슨 뜻으로 얘기한 건지 알아요. 나도 책임져야 하는 관리자로선 후배가 '네가 해결해!'라고 폭탄 던지면 난감하긴 한데 그냥 사회생활 먼저 해본 선배로서는 왠지 칭찬해 주고 싶은 마음이 들었어요. 꽤 시간이 지났는데도 가현 씨는 너무 열심히만 해서 나가떨어지지 않을까 싶었거든요. 회사엔 내가 할 수 있는 일이 있고 내가 아무리 해도 안되는 일도 있어요. 그럴 땐 혼자 싸안고 있지 말고 윗사람이든 아랫사람에게든 토스해요. 한 번 말하는 게 어렵지, 그 한 번을 깨고 나면 수월해져요. 오늘 이렇게 용기 내 말한 것처럼요."

"그래도 돼요…?"

"회사 생활도 결국 삶의 일부인데 다 참고 일하다 나중에 가서 얘기해 봤자 아무도 들어주지 않을 거예요. 그리고 회사에서 일을 잘하든 못하든 가현 씨는 그냥 가현 씨예요. 그러니까 대표님이든 팀장님이든 누가 뭐라고 해도 일로 받아들여요."

어쩐지 박 대리의 이야기를 듣고 있자니 신선하면서도 알 수 없는 싸한 느낌이 들었다. 그래서일까, 나도 모르게 혼잣말이 튀어나오고 말았다.

"평소에 종종 말해주셨으면 좋았을 텐데…."

그걸 또 철석같이 알아들은 그녀가 젓가락을 테이블에 내려놓고 나에게 말했다.

"미안해요. 근데 이제 이런 얘기 못 할 거 같아서요."

"왜요…?"

"나 이직해요."

"네?"

아니, 마케팅 대행사에 실무자가 겨우 팀장 하나, 대리 하나, 사원 하나인데 대리마저도 나간다고? 세상에 이런 법이 어디 있어. 마른하늘에 벼락이 내리친 듯한 기분에 동공이 미친 듯 흔들렸다. 숨기려 해도 숨겨지지 않았다.

"놀랐죠? 미안해요. 근데 어쩔 수 없었어요. 원래 이직이라는 게 아무도 모르게 하는 거니까."

"아니…. 그래도 귀띔은 해주실 수도 있었잖아요."

"가현 씨, 잊지 말고 기억해요. 이직 준비는 절대, 절대로 누구한테도 말하지 않고 조용히 하는 거예요. 지금 나한테 서운할지 몰라도 꼭 기억해요. 이거 진짜 회사 생활에서 중요한 건데 내가 많이 알려주는 거다."

아니. 말도 안 되는 폭탄을 던져주고 선심 쓴다는 듯 말하는 이 여자는 진짜 뭐지. 고맙다가도 밉고, 밉다가도 떠나는 게 아쉬워지는 사람. 누군가에 대해 이토록 오만가지 감정을 갖게 되는 곳이 회사인 걸까. 박 대리의 말에 차마 자연스러운 반응이 나오질 않았다.

"진짜 많이 놀랐나 보네. 그래도 대표님께 말해서 인수인계 할 사람도 구해놓았으니까 너무 걱정하지 마요. 신입도 구했다고 했어요. 이제 가현 씨도 선배 되겠네요."

내가? 고작 1년 차에 선배가 된다고? 오늘만 봐도 이렇게 일을 엉망진창으로 만들었는데, 내가 좋은 선배가 될 수 있을까. 충격적인 얘기를 갑자기 너무 많이 들어서 머릿속이 정말 새하얗다 못해 머리카락까지 하얗게 세어버릴 것 같았다. 당황스러운 마음을 숨길 길이 없어 들고 있던 수저를 테이블에 살며시 내려놓으니 박 대리가 조심스레 초밥 접시를 내 쪽으로 슬쩍 밀어주며 말을 이어갔다.

"가현 씨 같은 선배면 좋지. 1년 동안 다른 직원들 떠날 때 묵묵히 백업해 준 거 팀장님도 말 안 해서 그렇지 다 알고 있어요. 다만 회사라는 게 칭찬은 박하고, 질책은 후한 데니까 다른 사람들에게 칭찬받을 생각 말고 스스로 칭찬해 주면서 다녀요. 후배들한테는 칭찬 아니어도 이따금 오늘 내가 한 것처럼 '에라 모르겠다' 하고 서류 박박 찢어주는 것만으로 힘이 될 테니. 해보다가 정 아니다 싶을 땐 과감하게 내려놓아요. 제발 다 잘하려고 하지 마요. 실수도, 실패도 결국 다 지나가야만 밑바탕이 되는 거니까."

일이 잘 풀리지 않을 때마다 다 놓아버리겠다고, 포기했다고 수없이 외치면서도 사실 나는 여전히 완벽한 사람이 되고 싶었던 거다. 그 욕심을 놓지 못했던 거였어. 어쩌면 그녀에게는 내 명함 같은 신묘한 능력이 따로 있는 게 아닐까. 내 안에 있는 욕심까지 읽어내다니. 근데 이게 뭐가 중요해. 그녀는 이제 떠나갈 테고 나는 선배가 된다는데. 내가 과연 잘할 수 있을까? 두려운 마음이 나를 덮치려고 할 때, 박 대리의 말을 다시 떠올렸다.

"다 잘하려고 하지 마요. 실수도, 실패도 결국 다 지나가야만 밑바탕이 되는 거니까."

내 손엔 이제 단 한 장의 명함도 남지 않았지만, 애초에 명함은 무한하지 않았고 처음부터 내 것도 아니었다. 오히려 명함을 잃어버려서 다른 사람의 도움을 받았고, 그 경험을 통해 배웠으니 명함이 없어도 괜찮을 거야. 앞으로 저지를 숱한 실수와 사고를 통해서 또 이렇게 하나씩 익혀가면 되니까. 상황을 돌이킬 수 있는 마법 같은 일은 말 그대로 마법이었다. 명함을 잃어버렸어도, 입찰을 시원하게 말아먹었어도, 내일이면 나는 당연한 듯 출근을 할 테니. 그렇게 살다 보면 나에게도 어느 순간 슬며시 담대함 같은 게 생겨날지 모르니까. 그래, 김가현. 잘하고 있다. 너는 잘하고 있어. 박 대리의 말대로 이렇게나 엉망진창인 오늘 하루를 간절한 칭찬으로 마무리했다.

익숙한 번호를 단 버스가 다가온다. 버스 배차 간격 때문에 이 시간에 오는 버스만 빈자리가 가득하다는 걸 이제는 알고 있다. 수월하게 버스에 올라 카드를 찍고 자리에 앉아 창밖을 바라보았다. 슬슬 다시 새싹들이 돋아서 푸릇푸릇해지는 풍경이 눈에 들어왔다. 언제 또 이렇게 싹 틔울 준비를 하고 있었는지, 눈치채지 못한 사이에 시간이 훌쩍 지나가 버렸구나 싶어 고개를 들어 하늘을 한 번 보았다. 오늘은 또 무슨 일이 생기려나. 뭐, 무슨 일이 생기든 오늘은 오늘대로 흘러가고 퇴근 시간이 또 오겠지. 미리 걱정하는 건 이제 의미가 없다.

"안녕하세요! 좋은 아침입니다!"

사무실에 들어서자 생기 넘치는 목소리가 들려왔다. 오늘로 입사한 지 딱 일주일이 된 소진은 목소리만큼이나 에너지 넘치는 미소를 띠며 아침 인사를 건넸다. 자리에 앉으며 컴퓨터를 켜는 그녀의 모습을 보고 있노라면 1년 전 나는 어땠는지 자꾸만 떠올리게 된다. 이제는 익숙해져 터덜터덜 걸어오는 출근길을 그녀처럼 설렘 가득 담아 사뿐사뿐 걸어오던 때가 있었지.

"저, 선배님! 어제 말씀하신 거 정리해 봤는데 한번 봐주실 수 있을까요?"

"아, 메일 주세요. 검토하고 피드백 해드릴게요."

비록 신입 사원의 생기 넘치는 분위기는 이제 내게서 찾아볼 수 없지만, 그 자리를 영악한 노련함이 대신했다. 그 덕에 여기저기 치이느라 험난한 대행사에서의 직장 생활도 어느 정도 슬기로운 어른으로 대처할 수 있게 되었다.

"소진 씨, 메일로 피드백 보내긴 했는데 시간 있으면 같이 보고 얘기해 주는 게 나을 거 같아서요. 급한 업무 먼저 좀 처리하고 점심 직전에 불러주시면 알려드릴게요."

"알겠습니다. 감사합니다!"

소진의 밝은 대답이 채 끝나기도 전에 익숙한 전화벨 소리가 들렸다. 회사 대표 번호 회선이라 업무 파악 빨리 하라는 의미에서 대대로 막내에게 물려주는 회색 사무 전화기. 소진이 들어오면서 문제의 전화기가 놓인 자리를 채웠고, 나는 박 대리가 앉았던 옆자리로 옮겨 갔다. 이제 내 자리에 놓인 전화기만 받으면 되지만 아직은 예전 습관이 남아 소진의 전화기가 울릴 때마다 손이 움찔거렸다. 전화벨이 끊기지 않아서 차분하게 타이핑을 멈추고 소진을 불렀다.

"소진 씨, 전화 받아야죠."

"아, 넵."

벌써 벨 소리가 세 번 넘게 울렸으니 아마도 대표라면 한소리 듣지 않을까. 걱정스러운 마음에 눈치껏 통화 소리에 귀를 기울였다.

"어, 안녕하세요."

수화기를 들고 소진이 내뱉은 당황스러운 인사말에 나도 모르게 그녀를 보며 속삭였다.

"회사요. 회사 이름!"

"아, 리얼커뮤니케이션입니다."

동그란 눈으로 나를 마주 본 소진은 겨우 인사말을 끝냈다. 그러나 조용히 두 손으로 수화기를 감싸 쥐고 한동안 아무 말 못 하는 걸 보아, 대표가 전화를 건 게 분명했다. 쩔쩔매는 소진을 보니 오히려 위로가 되는 건 뭘까. 내가 못된 사람인 걸까? 그보다는 '나만 그런 건 아니구나', '사람이 처음엔 다 그런 거구나' 싶은 동질감에 마음이 놓였다.

"네, 팀장님 연결해 드리겠습니다."

전화를 들고 수신 전환을 하려 이리저리 살피던 소진은 버튼을 찾지 못하고 우물쭈물하고 있었다. 내가 나서서 수신 전환 버튼을 누르고 수화기를 뺏어 들어 조심히 내려놓았다. 이윽고 팀장의 전화 벨이 울렸고, 전화를 받는 목소리가 들리고 나서야 함께 한숨을 몰아쉬었다.

"휴…. 감사합니다."

"대표님이시죠?"

"네…."

"다음에 주의하면 되니까, 너무 신경 쓰지 말아요."

물론 신경 쓰지 말라고 해서 신경이 안 쓰일 리 없다는 걸 나도 안다. 그래도 지금 소진에게는 도움이 될까 싶은 마음에 그 당시 내가 듣고 싶었던 따뜻한 위로 한마디를 건넸다. 그 시절에 나는 이런 위로가 참 간절했으니까.

"수신 전환은 어떻게 하냐면요."

아예 전환 방법을 설명해 주려 소진의 자리로 의자를 끌고 다가갔다. 전화기에 손을 뻗는 찰나, 점심 배달도 안 시켰는데 현관 벨 소리가 들렸다. 아직 회사에 익숙하지 않은 소진을 두고 내가 자리에서 일어나 현관으로 나섰다.

"잠시만요."

잠금을 해제하고 문을 열자 우체국 집배원이 서 있었다.

"여기 김가현 씨 있나요?"

"제가 김가현인데요?"

"아, 여기 수령 사인 좀 해주시겠어요?"

뭔지 모를 택배를 내 품에 안겨준 집배원은 서둘러 건물을 빠져나갔다. 아무리 봐도 수신자를 알 수 없는 작은 상자. 이리저리 흔들어보아도 크게 무게감이 느껴지지 않는 택배에는 선명히 내 이름이 적혀 있었다. 이렇게 가벼운데 설마 폭탄이 들진 않았겠지. 자리로 돌아와 커터 칼을 집어 들고 조심스레 테이프를 갈랐다.

작은 상자를 열었을 때 눈에 들어온 건 너무나 익숙한 내 지갑. 이게 어떻게 된 일인가 싶어 지갑을 집으려니, 택배 상자 구석에 놓인 종이쪽지 하나가 눈에 들어왔다.

　　지갑을 주워 안에 들어 있는 명함을 보고 보냅니다. 제가 사정이 급해 현금을 사용했습니다. 지갑을 찾는 데 사용했다고 생각해 주시면 감사하겠습니다. 죄송합니다. 그리고 감사했습니다.

황당하기 그지없는 쪽지의 내용. 지갑을 열어보니 그 안에는 내가 가지고 있었던 신분증과 카드, 내 명함과 언니가 준 마지막 명함이 고스란히 들어 있었다. 그러니 누군지 모를 이 사람이 말한 대로 지갑을 찾는 데 들어 있던 현금을 썼다 치면 사실 아깝지 않은 일이다. 당황스러움과 황당함 그리고 어이없는 감정이 한꺼번에 휘몰아쳐 헛웃음이 입 밖으로 새어 나왔다.

이 명함을 잃어버린 뒤 펼쳐졌던 대환장의 시간이 스르륵 머릿속을 지나갔다. 함께했던 박 대리가 떠나면서 인수인계를 받느라 허덕였고 새로운 대리와 후배가 들어오면서 중간 관리자로서 역할에 적응하고 업무를 새로 익히는 중이었다. 위아래로 끼인 샌드위치 역할은 어떻게 해야 잘하는 건지 누구도 알려준 적이 없지만, 나대로 살아남는 법을 만들어갔다. 어디에도 정답은 없으니 이제 완벽한 회사원이 되겠다는 로망은 완전히 접었다. 그저 넘치거나 모자라지 않게 내 자리를 채우고 버티자는 생각이 대신 자리했다. 예전 같았으면 나태한 생각이라고 스스로를 비난했겠지만, 이쯤 되어 보니 적당히 하자는 마음가짐을 선이나 악으로 가를 수 없다는 생각이 든다.

이렇게 생각과 행동을 바꾸기까지 이루 다 말할 수 없는 숱한 일들이 쌓이고 쌓였다. 어느 한순간, 신의 계시를 받은 듯 단번에 바뀐 것도 아니었다. 일을 하다 보니 자연스레 가야 할 때는 더 나아가고 멈춰야 할 때는 멈췄다. 시간을 되돌릴 명함이 없어서가 아니라 이제는 그 명함이 없이도 사는 법을 배워야 했기에 그렇게 살았다. 그러고 나니 명함이 다시 손안에 들어왔다. 이 상황과 지금의 감정을 뭐라고 표현할 수 있을까. 헛웃음이 계속 터져 나오는 건 당연한 일이었다.

"무슨 일 있으세요?"

"아니에요. 잃어버린 지갑을 찾았네요."

내 허탈한 웃음소리와 달리 소진의 입에서는 순박한 감탄이 새어 나왔다.

"와! 어떻게요?"

"그러게요. 어떻게 신기하게도 돌아왔네요."

"지갑이 선배님한테 꼭 가야 하는 운명이었나 봐요."

소진의 입 밖으로 튀어나온 너무나도 진부한 그 문장이 마음에 닿아 나도 모르게 탄식이 새어 나왔다. 운명이라니. 그런 신비로운 일이 아직도 나에게 더 일어나려는 걸까. 나한테 이제 와 이 명함이 필요할까? 왜 나에게 지금 이 명함이 온 걸까. 곰곰이 생각했다. 그리고 시선을 돌리니 전화 받는 법을 포스트잇에 적어 전화기에 붙이고 있는 소진이 보였다.

"소진 씨, 혹시 내가 말도 안 되는 선물 하나 주면, 내 말 한 번 믿어볼래요?"

면
접

이렇게 거대한 회사의 일원이 되는 건 어떤 기분일까. 삼
삼오오 무리를 이룬 사람들 사이에 혼자 서서 1층에 도착할
때까지 층수에 따라 바뀌는 숫자판만 멍하니 보다 겨우 내렸
다. 아직은 아무것도 결정되지 않았으니 이 회사는 내 회사
가 아니다. 그런데 평생 한 번은, 딱 한 번쯤은 누구나 알아주
는 회사에서 일해보고 싶다는 생각이 자꾸만 나를 붙잡았다.
이 건물이 내 회사였으면 좋겠고 오래오래 머무를 수 있는
곳이 되면 좋겠다. 간절한 마음에 목에 걸린 방문증을 벗어
곧바로 반납하지 못하고 꼭 쥐었다가 손을 펴고 한 번 더 바
라봤다. 여기 있는 사람들 다 하나씩 목에 걸고 있는 이놈의

사원증. 나도 내 이름 세 글자 박힌 사원증을 목에 걸면 어떤 기분이 들까.

대학 시절, 나의 로망은 나 빼고 세상사람 모두가 가지고 있는 것 같은 이 사원증이었다. 작가 지망생도 아닌데, 신춘 문예 등단을 준비하는 사람처럼 하루에도 몇 천 자씩 무탈한 내 인생을 더 가치 있어 보이도록 키보드 위에서 손가락으로 연신 연마질을 해댔다. 그 과정을 통과해도 몇 단계의 면접을 더 거쳤다. 면접은 늘 만점이 몇 점인지, 시험 범위는 어디서부터 어디까진지, 하다못해 무슨 과목인지조차 모르고 치르는 시험 같았다. 대체 정답이란 게 있긴 한 건지, 수없이 받았던 탈락 메시지들 속에는 무엇이 잘못되었는지 알려주는 작은 배려 따위는 없었다. 그러니 늘 방황뿐이었다.

딱 한 번, 이 지독한 방황의 끝이라고 생각했던 순간이 있었다. 딱히 그 회사에 꼭 가고 싶었던 건 아니었다. 그저 내 학교와 학점, 자격증이라면 이 정도의 회사에 맞을 거라고 생각했다. 그간 부지런히 살았고 열심히 노력했다는 걸 그들의 기준에 맞추어 정갈하게 한 자씩 이력서에 채웠다. 더도, 덜도 말고 딱 그 이력서가 증명하는 만큼 좋은 직장이길 바랐다. 그 기준에 적당히 맞아떨어졌던 기업의 최종 면접 날. 그간 면접 경험도 꽤 쌓였고, 경쟁률이 유난히 낮은 곳이어서 마음 한구석에는 안일함이 자리했다. 더욱이 옆자리에 앉은 지원자의 구두가 유난히 내 것보다 지저분해 보여서 '얘보다는 내가 되겠지'란 오만함까지 있었다. 그게 아주 잘못된 생각이었다.

"이나정 씨."

"네."

"사과 폰 써본 적 있어요?"

"아, 아니요."

"왜요?"

우리 아빠는 사과 폰 경쟁사에서 30년을 근무했다. 내 핸드폰보다 늘 아빠의 핸드폰이 신식이었다. 심지어 테스트 폰을 쓰는 경우가 대다수였으니, 우리 집엔 낡지 않은 안드로이드 폰이 넘쳐났다. 그러니 내가 미국산 핸드폰을 쓸 일은 없었지. 그런데 이걸 사실대로 말을 해야 하는 건지, 아니면 배경을 드러내는 말은 하지 말아야 유리한 것인지, 생각지 못한 질문에 말문이 막혀 눈만 굴리는 동안 나에게 왔던 질문이 옆자리 사람에게 넘어가 버렸다.

"김현정 씨는 써본 적 있어요?"

고개를 끄덕이며 옆자리 사람이 대답하자, 마주 보고 있던 면접관도 미소를 띠며 함께 끄덕했다. 그게 그날 나에게 온 마지막 질문이었다. 해명할 기회도 없이 면접이 끝나버렸고, 나는 또 탈락 문자를 받아야 했다. 대체 어떤 핸드폰을 사용하는지와 내 업무 능력에는 무슨 인과관계가 있었던 걸까. 한 일주일을 고민하다가 결국 현실과 타협했다. 부모님의 기다림을 등지는 게 버겁고, 어차피 그해 공채 시즌은 끝나버린 셈이었다. 다음 시즌까지 시간을 죽이는 것보다야 어디에서든 경력을 쌓으면 좋지 않을까 하는 생각이었다.

어느 큰 포털 기업의 계열사의 실행사쯤 되는 회사. 그래도 어떻게든 대기업에 연결 고리 하나 만들어보겠다고 선택한 곳이었다. 소박한 사무실에서는 몇 안 되는 직원이 그보다 몇 배나 되는 인원이 내려주는 일을 매일같이 치러냈다. 여기서 한 명의 몫을 해내려면 아마추어 같은 태도는 금방 떨쳐버려야 했다. 나는 한 달 새 닳고 닳은 회사원이 되었다.

여느 때처럼 자정을 훌쩍 넘겨 바닥난 체력으로 야근하던 어느 날, 간절히 퇴근을 상상하며 화장실에 가다가 픽 쓰러져 버렸다. 신기하게도 눈을 떴더니 아무도 모르게 내 방 침대에 와 있었다. 그날부터 이 근본 없는 초능력이 시작되었다. 야근에 지쳐 집에 가고 싶은 간절한 마음이 이 말도 안 되는 초현실적인 능력으로 발현되었다. 설명도 안 되고, 믿기는 더 힘든 순간이동 능력. 이 빌어먹을 초능력은 기운이 펄펄 넘치는 날보다, 죽기 일보 직전인 날에만 발현되었다. 다행인지 불행인지 회사 생활은 죽을 것 같을 때가 훨씬 많았고, 덕분에 나는 3초 컷의 출퇴근길을 얻었다. 아침에 눈을 딱 떴을 때, '아 잘 잤다!'란 생각보다는 '이대로 딱 죽고 싶네' 싶은 그런 날에 겨우 몸을 일으켜 출근 준비를 하다 나도 모르게 눈을 감았다 뜨면 사무실에 도착해 있었다. 사람들에게 등 떠밀려 지하철에 오르지 않아도 되고, 자리 쟁탈전을 위해 정류장으로 들어오는 버스를 사냥감 쫓듯 달려가지 않아도 되는 출근길.

초능력이라곤 해도 삶이 대단히 바뀌진 않았고, 회사원으로 겨우 살아갈 수 있을 만큼의 생명력을 연장하는 기분이었다. 내게 큰 부와 명예를 가져다주지도 않았고, 정작 내가 살 만하다고 느끼는 날엔 전혀 통하지 않으니 그저 조금 덜 아등바등하며 살았다. 더 노골적으로 말하면 정신력이든, 체력이든 한 번씩 바닥을 쳐서 '여기서 그만 다 내려놓을까?' 싶을 때마다 죽지도 못하게 했다. 초능력이 없던 삶이 너무 피곤했던 탓에 이렇게 사는 것도 괜찮겠다 싶을 때쯤 대학 시절 꽤 붙어 다녔던 친구들의 단체 톡방에 메시지가 하나 올라왔다.

김보라 | 야 이거 봐봐.

뒤이어 온 건 대학 시절 내내 붙어 다니다 졸업 즈음부터 모임에서 연기처럼 사라졌던 같은 과 동기 슬기의 사진. 그리고 그 아래로 몇 글자 안 되는 해시태그가 보였다.

#동기사랑 #나라사랑 #올해도_수고_많았어 #신입들어오면_잘해주자

하나같이 딱 떨어지는 정장을 주르륵 입고는 환하게 웃는 사람들. 사진 속에 내가 아는 사람은 없었다. 해시태그를 대충 읽었던 탓에 슬기한테 내가 아는 동기 말고 다른 동기생이 있었나 싶은 생각이 잠깐 들었다가 그녀 곁에 있는 사람들이 대학 동기가 아니라 회사 동기라는 걸 알아차렸다. 그래, 회사 동기도 동기지. 묘한 생각이 들었다. 같은 회사원이어도 누구는 동기가 있고, 누구는 동기가 없고.

김보라 | 이 기집애 스터디 단톡방에서 내가 최종 떨어졌다고 우울해할 때도 아무 말 없더니, 지는 붙어서 회사 다니고 있었나 봐. 진짜 어이가 없네.

보라가 느끼는 시기와 질투가 이해되지 않는 건 아니었다. 보라는 슬기와 취업 스터디를 오래 함께했는데, 슬기로부터 합격에 대해 아무 말도 듣지 못했으니 배신감을 느낄 수도 있지. 사람이라면 응당 그럴 수 있는데, 문제는 나였다. 보라의 메시지를 보면서도 머릿속엔 다른 생각이 흘러갔다. 어이없어할 게 뭐 있어. 떨어진 사람은 떨어진 사람이고, 붙은 사람은 붙은 사람이니 다녀야지. 떨어진 사람은 떨어질 만했고, 붙은 사람은 붙을 만했나 보지.

내가 이토록 담담한 사람이었나. 담담하다 못해 어딘가 자조적인 문장으로 답장을 쓰려다 나도 모르게 흠칫 놀랐다. 생각을 그대로 적어 내려갔으면 친구들 사이에서 꽤나 미운털이 박혔을 것이다.

가만히 생각할수록 조용하게 살다가 수면 위로 올라온 슬기의 모습이 이 카톡방에서 자기 위로를 하고 있는 우리보다 낫다는 생각이 들었다. 적어도 슬기는 오늘밤 주변에 있는 사람들과 이런 허탈한 감정을 나누지는 않을 테니까. 보라가 가져온 사진으로 끊임없이 울려대는 저 톡방 안에도 분명 나름대로 적당한 회사를 잘 다니는 사람이 있다. 그런데도 잘되는 다른 친구를 보고 저렇게 펄쩍펄쩍 뛰며 왈가왈부하는 걸 보니 왠지 모르게 스스로 초라해지는 기분이 들었다. 별다른 큰 계기도 아니고 딱 그 정도 이유만으로도 충분했다. 몇 달 다닌 이 회사보다 더 나은 곳을 가야겠다는 생각이 다시금 머릿속을 채웠다.

힘들 때면 겨우 내 몸뚱이 하나 집으로 옮겨주는 초능력은 필요하지 않았다. 나는 친구의 행복에 마음 깊이 박수를 쳐 줄 수 있는 여유로움이 더 필요했다. 누군가 나에게 질투심을 뿜어도 대수롭지 않게 여길 만큼의 단단한 안정감을 얻고 싶었다. 시스템이 갖춰진 곳에 가면 다르지 않을까. 이렇게 매일 건강을 내어주고 월급 받는 삶 말고, 남들처럼 휴가도 누릴 수 있는 회사. 저녁이 있는 삶 좀 살아보자.

아직 공채 시즌이 오려면 시간이 남았지만, 모든 회사가 그때만 사람을 찾는 건 아니었다. 온갖 회사의 자사 구인 페이지를 전전하다 한 구인 공고를 발견했다. 부서도 괜찮고, 기한이 없어 채용 전환도 노려볼 수 있는 계약직. 어딘가 어폐가 있는 듯싶지만 공고를 읽은 그날 자정 마감이었기에, 생각 난 김에 해치우자는 마음으로 더 고민할 새도 없이 일단 서류부터 써 내려갔다. 급하게 결정한 이 선택이 과연 옳았을지 서류를 제출하고 나서야 고민이 시작됐다. 그러나 답을 내리기도 전에 나는 면접장에서 면접을 보고 있었다.

"말씀을 디게 잘하시네요?"

컨테이너처럼 생긴 특이한 인테리어의 회의실이었다. 나보다 족히 열 살 아니, 스무 살은 많을 것 같은 두 남자를 마주하고 대화하는 건 전혀 어렵지 않았다. 아무리 나이가 많다고 한들 여태까지 만났던 면접관들에 비하면 꽤나 젊은 편이라, 오히려 또래라고 느껴졌다. 최근 몇 달 사이 작은 회사에서 수많은 사람들을 상대하며 사회성의 정점을 찍고 있었기에 낯선 이와 대화를 하는 것도 어렵지 않았다. 그저 웃으며 남자들이 던진 질문에 대답하자 그런 나를 보고 오른편에 앉은 사투리를 쓰는 남자가 칭찬을 건넸다.

"긴장을 한 개도 안 하신 것 같아요."

"아, 그런가요?"

칭찬에 자연스럽게 대응하는 것 또한 어렵지 않기는 마찬가지였다. 그때 깨달았다. 아, 내가 지난 시간 동안 코딱지만 한 회사에서 배운 건 어떤 사람과 마주해도 스스럼없이 대화할 수 있는 깡다구였구나. 그 덕에 앞뒤 면접자들보다 한참 더 이야기하다 나왔다. 면접이 끝나고 산뜻한 기분으로 돌아가는 건 난생처음이었다. 이토록 깔끔한 면접을 본 적이 있었던가. 아니면 계약직 면접이라 쉬웠던 걸까. 이렇게 멀쩡한 회사가 대체 뭘 원하는지 여전히 모를 일이었다. 더 놀랍게도 집에 도착하기 전에 핸드폰이 울렸다.

"여보세요?"

"안녕하세요. 유니온입니다. 이나정 님 되시죠?"

"아. 네, 안녕하세요."

"네, 오늘 보신 면접에 최종 합격하여 연락드렸습니다. 축하드립니다."

"아…! 네!"

수화기를 통해 들려오는 말에 기쁨은 사실 30퍼센트 정도였고, 놀라움이 70퍼센트였다. 지금 면접 끝난 지 30분밖에 안 되었는데, 벌써 전화가 온다고?

"인사 등록 절차와 사내 교육을 위해 다음 주 월요일 9시까지 1층 프런트로 오시면 됩니다. 입사 절차를 위해 필요한 서류는 메일로 안내드리겠습니다."

"네, 알겠습니다."

"네, 감사합니다."

담당자의 안내에는 막힘이 없었다. 대기업이란 게 이런 걸까. 인사팀이 인사팀의 역할을 하고, 사내 교육이 있다니. OJT 같은 OJT를 받아본 적이 없었는데, 회사원 흉내만 내다가 진짜 회사원이 될 수도 있겠다는 생각이 들었다. 이제 상사 입맛에 맞춰서 보고서를 만들어낼 필요는 없겠지. 딱 정해진 양식에 따라 내용을 적으면 되니까 불필요한 시간 낭비 따위는 안녕이다. 여태 구직 활동으로 치이고, 코딱지만 한 사무실에 다니면서 다 사라졌던 회사에 대한 설렘이 마음 한 구석에서 아주 살짝 피어나는 것도 같았다.

수도권 저 끄트머리 구석에 박혀 있는 IT 회사의 성지, 판교. 출퇴근을 위해 좌석 버스를 타고 다닐 일이 아찔하지만, 그마저도 나에게는 문제가 되지 않았다. 모든 건 닥치고 난 뒤에 생각하자. 어차피 이 거대한 기업에서 내가 무슨 일을 할지, 어떤 사람을 만날지, 무슨 사건 사고를 마주할지, 지금은 아무것도 알 수 없으니. 이제부터가 진짜야. 어떻게든 여기서 자리 잡을 수 있게 버티어보자. 그러고 나면 다 괜찮아질 거야. 뭐든 괜찮을 거야.

5
층

회사에 들어오고 한 달이 흘렀다. 그래도 어디서 일 좀 하다가 온 중고 신입이라 회사라는 시스템에 적응하는 건 3일이면 충분했다. 한 달이 지난 지금은 이 회사에 3년은 다닌 듯 여유롭게 사옥 여기저기를 기웃거렸지만 지하로 5층 지상으로 11층, 도합 16층짜리 건물을 다 돌아보기엔 아직은 눈치가 보이는 새로 온 이방인이었다. 하긴 아직 이 건물에 건축가가 붙여준 이름인 '온 그라운드'도 입에 영 붙지 않는다.

회사를 옮기고 며칠 동안은 지난 회사에서의 여파가 가시지 않았는지 이따금 집에서 눈을 감았다 뜨면 사무실에 가 있고, 퇴근하고 화장실에 들렀는데 문을 열었더니 집일 때가 종종 있었다. 여전히 초능력이 발휘된다는 건 내가 힘들다는 뜻이니 그때마다 더 열심히 먹고, 잘 자려고 노력했다. 그렇게 좋은 컨디션으로 버스에 오르니 1시간씩 걸리는 통근길도 피곤하지 않았지만, 또 막상 초능력이 없어지니 아쉬운 마음도 분명 있었다. 나는 늘 이런 식이었다. 뭐 하나 놓지 못하고, 하나 얻고 하나 놓치면 놓친 게 아쉬워서 또 입맛을 다셨다.

아무튼 아직 명확하게 전사 분위기를 읽진 못했지만, 이곳은 수직으로 표현된 설국열차 같았다. 높은 층에 있을수록 핵심 부서로 사내에 입김이 좀 더 세다고 들었다. 뭐 회장님이 11층에 있는 것만 봐도 뻔하잖아? 각 본부마다 어떻게 하면 좀 더 회장님 가까운 층에 다가갈 수 있을지, 그것만 고민하는 것 같았다. 내가 입사하던 해에는 새로 신설된 핀테크 사업 본부가 게임 사업 본부를 두 층이나 내려가게 하고 9층을 차지해서 사내가 뒤숭숭했다. 건물 어디를 가도 핀테크 본부의 운명을 점치는 사람들이 한두 명씩 더러 있었다.

상황이 이러하니 1층에서 다 같이 우르르 엘리베이터를 타도 사람들을 유심히 살펴보면 몇 층에서 내릴지 대충 가늠이 되었다. 붙박이로 10층을 몇 년씩 차지하고 있다는 인사팀과 경영기획실 사람들은 늘 정돈된 모습이었다. 각양각색의 캐주얼 패션이어도 말끔하게 세팅된 머리와 옷, 친절하진 않지만 딱딱하지도 않은 표정, 감정을 읽을 수 없는 차분한 목소리. 반면 3층이나 4층을 내리 차지하고 있는 계열사나 테스트팀 사람들은 늘 피곤함에 절어 앓는 소리를 하며 다녔다. 후드 집업 하나 툭 걸치고는 죽지 못해 사는 표정으로 커피를 손에 들고 삼선 슬리퍼를 질질 끌며 사무실로 들어가는 모습은 그저 보는 것만으로 안쓰러울 지경이었다.

제일 위층과 1층 사이 딱 가운데 5층에 내가 속한 '유니온 앤 피플' 사무실이 있었다. 이곳은 유니온 전사에 인력을 지원해 주는 파견 대행 계열사였다. 그래서 기간의 정함이 없는 계약직이었다. 소속은 계열사지만, 계약은 본사와 1년마다 갱신해야 했다. 이 모든 상황을 입사하고 나서야 정확하게 알게 된 것이 가장 큰 실수였다. 같은 회사 건물에, 같은 회사 이름을 쓰고 있으니 외부에서 채용 공고만 보고 이걸 알 턱이 있나.

본래 채용 시 예정되어 있던 인수인계가 엉키면서 한 달째, 5층에서 주변 사람들의 잡다한 일들을 도와주며 파견 갈 날만 기다리고 있었다. 그 말인 즉, 내가 하고 있는 일의 강도는 전혀 과하지 않았다. 뭘 하고 있나 싶을 때도 있지만 그렇다고 나쁠 건 없었다. 이 회사는 매일 아침, 점심, 저녁으로 과분할 만큼 맛있는 식사를 제공했다.

"나정 님, 밥 먹으러 가요!"

옆 자리에 앉은 희영이 나를 불렀다. 그녀는 나와 입사일이 서너일밖에 차이 나지 않았다. 들어오고 나서 알았는데, 자기가 입사를 할 때는 같은 파트는커녕 다른 파트에도 입사자가 없어서 OJT를 받지 못했다가 며칠 뒤 내가 오면서 같이 교육받게 되었다고 했다. 그 덕에 그녀는 나를 동기처럼 여기고 처음부터 환히 반겨주었다. 나라고 먼저 친절을 베푸는 사람에게 벽을 칠 이유가 없으니, 이 회사에서 유일하게 입사하면서부터 마음 터놓은 사람이었다. 희영과 함께 점심을 먹는 건 소소한 일상의 즐거움이었다.

아마 이전 기억이 정반대였기 때문에 더 그럴 것이다. 이전 회사에서는 점심시간에 쓸데없이 생기는 스트레스가 너무 많았다. 먼저, 메뉴 고르기. 마지막에 들어온 막내여서 늘 점심 메뉴 선정은 내 담당이었다. 처음에는 사무실 동네도 익숙하지 않아서 식당도 잘 모르거니와, 사람들 취향을 단번에 익히지 못해 눈치를 보는 일이 허다했다.

게다가 분명 '다 괜찮다', '알아서 고르라'고 해놓고는 돈가스를 먹자고 하면 '느끼하다', 짬뽕을 고르면 '너무 맵다', 쌀국수를 얘기하면 '시원한 게 땡긴다'나 뭐라나. 누구 하나 불만 없이 만족할 수 있는 식당과 메뉴를 고르는 건 하루 중 가장 비효율적인 시간 낭비였다. 오죽하면 점심시간 1시간 전부터 지도 어플을 켜놓고 온 동네를 뒤졌을까. 막상 그렇게 겨우 골라서 가도 제각기 한마디씩 말을 얹어서 밥이 코로 들어가는지 입으로 들어가는지 몰랐다. 그 밖에도 물 따르고, 수저 챙기느라 정말 말 그대로 엄한 데 신경 쓰느라 에너지를 낭비해야 했다.

그렇게 살다가 구내식당이라니! 심지어 메뉴가 네 가지에, 바쁜 사우들을 위한 도시락까지 있었다. 각자 먹고 싶은 줄에 서서 받아 오면 되니까 메뉴 고를 걱정도 없지, 물이나 휴지나 수저를 대신 챙겨줄 필요도 없지, 밥 먹으며 군소리를 들을 필요가 없는 것까지 다 좋았지만 무엇보다 점심시간에 친한 사람들끼리 온전히 식사를 즐길 수 있다는 것만으로도 충분히 완벽했다.

"오늘은 뭐 나와요?"

엘리베이터 앞에서 핸드폰을 보고 있는 희영에게 메뉴를 물으니 사내 앱으로 메뉴를 확인해 주었다.

"뚝배기불고기랑 김치치즈볶음밥이랑 삼선짬뽕탕, 그리고 채식 백반이요. 전 뚝불!"

"그럼 저도 뚝불 먹을래요. 혜인 님은 안 오세요?"

"아, 혜인 님은 오늘 8층 분들이랑 같이 먹는대요."

모두 다 같은 파견 계약직이지만 나보다 짧게는 두 달, 길게는 몇 년씩 먼저 입사한 동료들은 이미 8층과 5층 사무실을 왔다 갔다 하며 업무를 보는 중이었다. 그중 유난히 혜인과 지아는 자리를 자주 비웠다.

혜인은 8층 데이터팀에 지원 가 있었다. 처음 그녀에 대해 알게 되었을 때, 명문대 석사씩이나 졸업한 사람이 왜 계약직으로 회사에 들어온 건지 의아했었다. 이과생에 석사까지 공부했으면 여기 말고도 '어서 와주세요' 할 곳이 넘쳐날 거라고 생각했는데, 요즘 구직난이 이렇게까지 심한가 싶어 몹시 씁쓸했다. 혜인의 말로는 8층 데이터팀 사람들이 대부분 석, 박사 출신 전문가들이라 곁에 있는 것만으로 배울 점이 많다고 했다. 더군다나 이곳은 분석해야 할 데이터가 매일같이 줄줄줄 쏟아져 나오니, 데이터 연구하는 사람들에겐 천국 같은 곳이라고 했다. 문과 출신인 내게 혜인이 다루는 데이터는 온통 낯선 문자들일 뿐, 쉽게 이해할 수 없었다. 나도 어디서 일 못한다는 소리 안 듣고 살아왔는데 0과 1로 이뤄진 세상에서 전쟁을 치르는 IT 회사에 오니 모든 일이 참 많이 낯설었다. 그래서 꽤 자주 마주치는 혜인과 같은 사람들도 별세상 사람처럼 느껴졌다.

유니온 직원들은 온 그라운드 밖에 내놓아도 어디서든 '어서 옵쇼' 하고 스카우트해 갈 것 같은 인재였다. 대부분 영어는 기본에 제2, 제3 외국어를 자유자재로 쓸 수 있었다. 일반적인 IT 서비스가 그렇지만 한국 마켓뿐 아니라 미주, 유럽,

동남아까지 세계 각국에 서비스를 제공하다 보니 자연스레 그럴 수밖에. 능력이 떨어지면 업무에서 제외되기 딱 좋은 상황이니 층별 회의실에서는 외국어 스터디부터 업무별 케이스 스터디, 코딩 스터디, 데이터 분석 툴 스터디가 꽉꽉 채워져 있어서 근무 시간이든 근무 외 시간이든 예약 잡기가 쉽지 않을 정도다. 이곳에서 살아남으려면 얼마나 자신을 채근하고, 끊임없이 단련시켜야 하는지 가늠이 안 되는데 여기서 벌써 연장을 두 번이나 한 사람도 있다. 바로 지아였다. 오늘은 웬일로 5층에서 근무를 하기에 함께 밥을 먹으러 나왔다.

"혜인 님네 팀장님 바뀔 거라는 소문 있던데…."

여전히 싸늘한 늦겨울에도 하늘하늘 블라우스에 딱 떨어지는 회색 슬랙스를 입고 내가 그토록 바랐던 사원증을 걸고 있는 지아. 커리어우먼이라 하면 떠오르는 가장 이상적인 모습이 아닐까 싶을 정도로 적당히 친절하고, 적당히 차분한 사람이었다. 팔짱을 끼며 천천히 주위를 돌아보던 지아가 특유의 속삭이는 목소리로 회사 내부의 이야기를 읊조렸다.

"팀장님이 바뀌면 분위기가 어떻게 변할지 모르겠네요."

"지아 님은 어디서 그런 소식을 들었어요?"

"아, 저희 팀장님이 워낙 소식통이잖아요. 워낙 여기저기 협업도 많이 하니까."

지아가 말하는 팀장은 파견 나가 있는 8층 게임 운영 1팀의 팀장이었다. 그녀의 말투는 어딘가 자신의 본진이 5층이 아니라 8층이라고 하는 듯 느껴졌다. 같은 팀 파견 업무로 계약을 두 번이나 연장해서 같은 팀장과 3년째 일하고 있는 지아. 암묵적 규정상 지난번 연장을 마지막으로 슬슬 본사 발령 얘기도 자연스레 흘러나오고 있어서인지 아니면 오래 다닌 덕에 회사 사람들에 대한 정보를 많이 알고 있어서인지 지아에게는 다른 5층 동료들과 사뭇 다른 여유로움이 배어 있었다.

입사한 지 얼마 되지 않은 희영이나 나에 비하면 혜인이나 지아는 벌써 유니온 사람, 이곳에서 흔히 '온 피플'이라고 부르는 '그들'이 다 되었다고 해도 무방했다. 분명 저 위층 온 피플과 아래쪽 앤 피플 사이에는 묘한 경계선 같은 게 있었다. 여기에서 더 많은 시간을 보낸다고 해서 과연 저런 여유로움이 생길 수 있을까. 회사에 들어오기 전보다 더 아등바등 살아야 온 피플이 될 수 있으려나. 나 홀로 딴 생각에 빠져 있고, 희영과 지아는 이런저런 회사 얘기를 나누며 식당 줄에 맞춰 걸어가다 보니 금방 배식대 앞이었다.

"안녕하세요. 감사합니다."

인사를 반갑게 하고는 식권 대신 사원증을 인식기에 가져다 대니 소속과 이름이 떴다.

볼 때마다 왠지 모르게 남들은 다 선임, 전임, 책임인데 나만 주임인 것 같은 느낌이 들었다. 5층은 일반적인 회사 직급 체계를 따르지만 온 피플의 직급 체계는 연구원 직급 체계를 따른다. 그런 의미로 어떤 면에선 사원이 아니라 다행이었다. 주임이라니! 선임 아래지만 묘하게 그들과 같은 소속인 것처럼 느껴지는 직급. 하지만 아직 그들과 함께 일하는 것도 아니니 직급이 뭐가 중요하겠어. 지금은 밥이 맛있는 게 제일 중요하지.

판교에 있는 회사들이 각자 구내식당 퀄리티로 은근히 경쟁한다는 소문이 있었다. 어느 날 옆 건물 점심 메뉴로 킹크랩이 나왔다는 소문이 돌자 그다음 주에는 여기 구내식당 메뉴로 랍스터가 나왔다는 이야기가 전해질 정도였다. 업계 사람들이 스카우트 제안을 주고받으며, 이 근처 회사를 돌고 도니 구내식당 메뉴조차 사내 복지에 들어가는 듯했다. 이전 회사에서는 구내식당 구경도 못 했는데, 여긴 구내식당에서 매일 고급 레스토랑 부럽지 않은 메뉴들이 공짜로 나오니 '어이구, 감사합니다' 하고 먹을 따름이다. 그런데 불만 없이 맛있게 밥을 먹다가도, 이따금 혜인과 같이 밥을 먹을 때면 내가 너무 아무렇지 않은 것에 감동하나 싶은 생각이 들기도 했다.

"이거 너무 시판 소스 맛이지 않아요? 아, 지난번에 데이터 팀 전임님이 밥 사주셔서 앞에 새로 생긴 스시집 갔다 왔는데 샐러드 신선함이랑 소스 상큼함이 차원이 달라. 진짜! 어쩜 너무 맛있는 거 있죠? 감동 그 자체! 아, 그리고 이번에 팀 회식 판교역 앞에 시푸드 뷔페 생겨서 간다는데 먹어보고 맛있으면 우리 파트 회식은 거기서 하자고 파트장한테 말해볼까요?"

혜인의 이야기를 듣고 있으면 내가 1급수는커녕, 3급수쯤에 살아도 그저 그렇게 만족하면서 살 것 같은 느낌이랄까. 입맛이 까다로운 혜인은 구내식당 메뉴에 늘 불만이 많았다. '짜다, 시다, 맵다' 이런 단순한 표현으로 문제점을 지적하지 않았다. '조미료가 너무 많은 것 같다', '깊은 맛이 우러나오지 않은 거 같다' 등 보통 단체 급식에서 기대하지 않는 부분을 지적했다. 그 유난스러움에 그녀를 흘겨보다가도, 또 다시 한번 생각해 보면 그 까다로움이 그녀를 온 피플처럼 보이게 하나 싶었다. 더 많은 것들을 보고, 겪고, 맛보게 되면 일상 속 가치가 한두 단계 정도 달라질 수도 있잖아.

8층에 올라가서 일하면 나도 저렇게 달라질까. 사람의 눈높이라는 게 갑자기 생기는 건 아닐 텐데, 어떤 사람들과 어울리는지에 따라 바뀔 수 있다면 어서 8층에 올라가서 좀 더 그럴싸해 보이는 삶을 추구하는 사람들과 함께하는 게 낫지 않을까.

또 한편으로 내가 그 사람들의 기준에 맞출 수 있을지 밑도 끝도 없는 걱정이 밀려오기도 했다. 실상 5층 자리에 앉아 생각만 한다고 해서 알 수 있는 것도 아닌데 매일같이 위층에서 내려오는 오만 잡일을 쳐내면서 대부분의 시간을 이런저런 생각에 쏟아부었다. 일은 하나도 어렵지 않은데도 주변 사람들을 살피고, 내 미래를 걱정하느라 온 정신을 다 쏟다 보니 신기하게도 사라졌던 초능력이 다시 찾아왔다.

없어졌다가 다시 생기니까 오히려 반가웠다. 게다가 이동하기 전에 느껴지는 오묘한 느낌을 이제는 어느 정도 감지할 수 있었다. 드디어 8층으로 옮겨 가기 전날, 퇴근길에 사옥 회전문을 통과하다 말고 느낌이 와서 후다닥 화장실로 달려가 마음을 편히 하고 두 손을 모아 눈을 감았다. 내 맘대로 이동할 수 있는 걸까 싶어 머릿속으로 지도를 펼쳐보았다. 어디로 가야 기분이 좋을까. 내 일평생 보았던 광경 중에 나를 가장 짜릿하게 만들었던 순간이 언제였지? 무수한 광경들이 머리를 스쳐 지나갔고 눈을 떴을 때는 나도 모르게 입밖으로 소리를 지르고 있었다.

"아이! 러브 런던!"

템스강 강변에 걸터앉아 두 발이 허공에 둥둥 떠 있는 채로 눈을 뜨니 눈앞에 웅장한 타워브리지와 런던답지 않게 쾌청한 하늘이 보였다. 물론 겨울의 칼바람은 한국이나 런던이나 매한가지였지만, 그게 무슨 대수겠어. 눈만 감았다 떴는데 어학연수 시절 나를 가장 신나게 만들어주었던 그곳에 다시 와 있는 것을. 돌아갈 길도 걱정하지 않았다. 어차피 말도 안 되는 능력이니, 또 말도 안 되게 나를 집에 데려다주겠지. 아니면 오늘 밤새도록 런던 거리를 걷다 보면 피곤해서 또 초능력이 발휘되겠지. 황홀경의 순간이니 상념들을 던져버리는 게 좋겠단 생각이 들었다.

  아직도 온 피플과 다른 평범하디평범한 계약직 주임이지만, 이렇게 눈 감았다 뜨면 런던을 만날 수 있는 주임은 이 세상에 나밖에 없을 거야. 그러니 누가 뭐라 해도 나는 특별해. 비록 아직 그들과 가까워지기에 나는 너무 다르지만 그래도 괜찮다고 스스로를 위로했다. 이따금 힘든 날엔 이렇게 훌쩍 떠나면 되겠다는 생각이 드니 그 어떤 위로보다 더 안심이 됐다.

  다만 집으로 돌아갈 때는 생각이 조금 바뀌었다. 정말 오들오들 떨며 강변 끝에서 반대편 끝까지 걸어야 할 줄은 몰랐지. 이런 식의 위로 여행이라면 웬만하면 하지 말아야겠다. 까딱하다간 불법 체류자 신세가 될 수도 있고, 초능력이 먹혀들어 겨우 돌아간다고 해도 다크서클이 무릎 아래까지 내려온 채로 출근을 할 판이었다. 기분은 좋은데 몸은 천근만근. 가시지 않는 피곤함을 달고 이렇게 8층에 올라가도 정말 괜찮겠지…?

"안녕하세요. 유니온 앤 피플 이나정입니다."

"어, 왔으여? 우리 그 면접 때 봤지요?"

면접에서 봤던 남자는 여전히 사투리가 섞인 말투로 인사를 건넸다.

"나는 글로벌 마케팅 팀장, 홍기영. 자리는 저어기 쓰면 되고, 옆 팀 업무 같이 도와주면 되고. 서비스 쪽 희영 님은 이미 알지요? 거, 둘이 비슷하게 일하니까 모르는 거는 희영 님한테 물어보면 될 거 같고."

파티션 너머의 다른 팀을 가리키며 팀장이 말했다.

"옆 팀은 UA 마케팅팀. 들어봤지요? UA?"

그의 질문에 대답할 틈이 없었을 뿐 아니라 사실, 알 턱도 없었다. IT 기업 면접을 준비하면서도 내가 게임 부서에서 일을 하게 될 거라고는 생각하지 않았던 탓에 어렴풋하게만 알았다. 무슨 일을 하는 팀인지 혼자서 파악하려면 분명 시간이 걸리겠지. 그러나 그걸 하나하나 붙잡고 물어보기엔 팀장이 자연스레 다음 주제로 넘어가서 다시 묻기도 애매해져 버렸다. 이 동네 사람들은 뭐 이렇게 다들 잘났어? 묘하게 생기는 벽을 티 낼 수 없어서 부족해 보이지 않으려 열심히 머리를 굴렸지만, 이미 팀장의 관심은 내가 아니라 다른 곳에 가 있었다.

"아⋯. 그리고 이사님한테 먼저 인사 가야 하는데, 지금 회의 중이신 거 같으니까⋯. 일단 뭐, 팀원부터, 자!"

팀장이 손짓으로 주변 사람들을 부르자 컴퓨터에 집중하고 있던 사람들의 시선이 모였고, 의자를 돌려 나와 팀장을 바라보았다.

"우리, 어제부로 계약 종료된 현주 님을 대신해서 업무 지원을 하게 된, 음. 이름 뭐였죠?"

"아, 이나정입니다. 잘 부탁드리겠습니다."

"아, 맞다, 맞다. 나정. 이나정 님. 자 그리고 여기는 최민수 선임, 박성준 선임. 그리고 내일 아마 신입 하나 들어올 끼고."

소개해 주시는 분들과 눈을 마주치고 살며시 목례로 인사를 대신하다 팀장 뒤로 비어 있는 자리가 여럿 눈에 들어왔다.

"아, 신입 말고 출산휴가 끝난 전임도 있어요. 내일 또 인사하면 되니까 그렇게 알면 되고….."

출산휴가를 쓰고 복귀하는 분이 있구나. 저렇게 어제 자리 비운 것처럼 그대로 두고 휴가를 가다니. 그것도 몇 개월씩 가야 하는 출산휴가를. 심지어 출산휴가를 끝내고 아무렇지 않게 돌아올 수도 있다니. 모든 것이 놀라울 따름이었다. 물론 내가 꿈꾸는 회사의 모습과 정확히 딱 맞아서였다. 짧게 머물렀던 회사에서는 기혼 여성이 많지도 않았는데 결혼이나 출산을 할 거면 퇴사를 하는 분위기가 당연하게 여겨졌다. 몇 달 전만 해도 그런 곳에 몸을 담고 있었으니 더 실감나게 비교될 수밖에 없었다.

팀장은 팀 상황과 팀원들을 소개하는 와중에도 계속해서 고개를 돌려 저 멀리 보이는 방문에서 시선을 떼지 못했다. 한동안 그렇게 몇 번을 두리번거리다, 문제의 문에서 누군가가 나오자 알아들을 수 없는 말을 주고받더니 이내 나를 다시 불렀다.

"아! 이사님 회의가 끝난 거 같으니까 인사드리러 갑시다."

이사가 뭐라고 이렇게까지 집착하는 걸까. 나는 팀장의 의중을 이해할 수 없었다. 이전의 작은 회사에도 대표를 제외한 이사가 서너 명 있었다. 다들 한 자리씩 차지하고 일만 시키지, 딱히 높은 위치라고 큰 책임을 지지도 않았고, 유능하다는 느낌도 없어서 오히려 마음속엔 반감만 가득할 때가 많았다. 실무자는 늘 모자라서 일이 밀리는데 쓸데없이 자리만 차지하는 인간은 뭐 이리 많은지. 내 머릿속 이사는 딱 그런 정도의 사람이었는데, 이곳의 이사는 뭔가 좀 다른가? 팀장을 따라 이사실 방문 앞에 도착해 문 앞에 붙은 문패를 바라보았다.

Marketing Data Lab. Director. Jin Won, Lee

거창한 이름을 되뇌는 동안 옆에 있던 팀장은 옷매무새를 몇 번이나 고치고는 문을 두드렸다. 안에서 대답이 들려오자 팀장은 문고리를 잡고 돌렸다.

"이사님, 오늘 유니온 앤 피플에서 새로 온 이나정 님 인사 왔습니다."

"아, 이 친구가 현주 님 후임인가?"

"예, 맞습니다."

몇 초 되지 않는 대화에서 문 하나를 사이에 두고 팀장의 목소리가 완전히 뒤바뀐 걸 느꼈다. 사투리가 툭툭 섞여서 어딘가 무뚝뚝함을 넘어 살짝 퉁명스럽기까지 했던 그의 목소리가 이사 앞에서는 더없이 사근사근하게 바뀌어 있었다.

"뒤에 미팅이 또 있어서 차 마시기가 힘들 거 같네."

인사에 대한 대답으로 건네는 말과 달리 손짓으로는 자리에 앉으라고 권하는 이사. 그의 손짓에 팀장은 후다닥 테이블 곁으로 가 앉았고, 뒤에 서 있던 나에게 옆으로 와 앉으라는 모션을 취했다. 재빠르게 옆자리로 가 자리에 앉으니 마주 앉은 이사의 얼굴이 더 명확하게 보였다. 깔끔한 화이트 피케 티셔츠에 동그란 무테 안경을 쓴 남자. 아무리 많이 잡아도 50대까지 안 될 것 같은 꽤 젊은 느낌이라 내가 평소 '이사'라는 직함에 가지고 있는 편견을 깨기에 충분했다. 다만, 한눈에도 가냘프고 여려 보이는 외모와 달리 나를 머리부터 발끝까지 훑는 시선은 냉철해서 내 마음을 꿰뚫어 보는 듯했다.

"그래, 앞으로 유니온에서 하고 싶은 거 마음껏 하면서 같이 재밌게 일해봅시다."

별다른 호구조사도 없었다. 내가 어떤 학교를 나왔고, 무엇을 전공했는지 궁금해하지 않는 회사 상사는 여태껏 처음이었다. 이 회사에서 내 배경은 필요치 않다는 건가? 아니면 내 능력 따위는 그다지 중요하지 않다는 건가…? 딱히 나를 무시하는 말이나 행동은 하지 않았다. 오히려 조언이라고 건넨 희망찬 격려뿐이었는데 너무 거창해서 역설적으로 부정적인 생각이 들었다. 이 유니온에 들어와 5층에서 8층으로 올라오는 것조차 내 의지와 상관없이 한 달이나 대기했는데 하고 싶은 건 어떻게 꿈꿀 수 있으며, 마음껏 하는 건 어떻게 하는 걸까. 그저 그의 말 중 이루어졌으면 하는 건 '재미있게 일하자'뿐이었는데 그마저 이룰 수 없다는 걸 곧 깨달았다.

"안녕하세요."

모르는 사람을 만나도 그냥 습관적으로 고개를 끄덕이며 인사했다. 어차피 8층 사람들 사이에서 경력으로 따지나, 근무 일수로 따지나, 어떤 기준으로 줄을 세워도 내가 제일 끄트머리에 있을 테니 먼저 인사를 하는 게 여러모로 나았다. 사람들 시선을 너무 끌지 않을 정도로 밝으면서도 너무 낮지 않은 목소리로 무심하지 않은 듯 적당한 에너지를 담아 건네는 인사. 길게 늘어진 사무실 책상 사이를 기계적으로 인사를 하며 걸었다.

한눈에 다 들어오지도 않을 만큼 거대한 사무실. 걸어가면서 군데군데 보이는 파티션이 각 부서를 구분 지어주는 유일한 물건이었다. 누군가는 책상에 좋아하는 아이돌 사진을 주르륵 붙여두었고, 어떤 사람은 캐릭터 피규어를 올려두기도 했지만 대부분의 책상에 서류 더미와 웰컴 키트에 들어 있는 사내 다이어리가 놓여 있어 이 책상이나 저 책상이나 크게 다르지도 않았다.

그러니 멍 때리고 걷다가 책상 골목을 잘못 들어서면 남의 팀 구역에 발 들이기 딱 좋은 상황이었다. 인근 입주사 사람들이나 스타트업 직원들 입장에서는 부러워할 만큼 잘 갖춰진 공간이지만, 말이 좋아 크고 쾌적한 사무실이지 실상 따지고 보면 거대한 닭장과 같았다. 차이가 있다면 우리에겐 정해진 근무시간 외에는 자유가 보장된다는 것 정도? 닭장에서 시간을 보내며 먹고사는 건 닭과 다를 게 없었다.

한마디로, 8층에 가면 좀 달라질 거란 기대와 달리 기계 부품이라고 생각될 만큼 매일 똑같은 일상이 이어졌다는 말이다. 뭔가 온 피플만큼 해내기 위해 어디 스터디라도 들어야 하나 걱정했던 게 무색할 만큼, 내가 하는 일이라곤 열 손가락 중에 두 손가락만 있으면 충분히 해낼 수 있는 아주 단순한 일이었다. 0과 1로 이루어진 세상에서 쏟아져 나오는 날것의 데이터를 한눈에 보기 쉽도록 정리하는 일. 창의력도 필요 없고 별다른 능력이 필요하지도 않았다. 하얗고 반듯하게 그려진 엑셀 프로그램에 컨트롤을 누르고 C와 V만 사용하면 됐다. 그러니 업무가 금세 익숙해지고 회사가 지루해졌다.

단순한 업무 덕분에 내가 얻은 건 야근 없는 삶이었다. 정시 퇴근이 웬 말인가. 처음엔 6시가 넘어도 가만히 주변 사람들의 눈치를 보며 있었는데 어느 날부터 그럴 필요가 없다는 걸 느꼈다. 정확히 6시 정각과 동시에 자리에서 일어나는 옆

자리 선임, 그리고 줄줄이 일어나는 다른 글로벌 팀원들. 옹기종기 모여 어디로 밥을 먹으러 갈지, 술은 뭘 마실지 고민하는 걸로 보아 회식을 하려는 듯싶은데 딱히 내게 같이 가자는 말이 없으니, 눈치껏 그저 뒤통수에서 들려오는 말을 묵묵히 들었다. 그렇게 하나둘 사무실을 나섰고, 핸드폰을 두고 간 옆자리 선임이 다시 자리로 돌아왔다가 여전히 자리를 뜨지 않는 나를 보며 물었다.

"나정 님, 일 아직 남았어? 왜 안 갔어요?"

"아, 가려고요."

"네, 그럼 내일 봐요!"

아무리 내 일이 업무 지원이지만 그래도 이 팀 소속으로 배정을 받은 건데 이렇게까지 선을 그을 일인가. 이 팀에서 내게 지시를 내리지 않는 이상 나에겐 일이 있을 수가 없다. 먼저 나서서 필요하신 일이 있냐고 물으면 일단 대기하라 하고, 가만히 있다가 겨우 일 하나를 받아 오면 서류 정리 업무여서 1시간이면 끝났다. 내 근무 시간 8시간 중에 정작 일을 하는 시간은 절반 정도였고, 일을 기다리는 시간이 나머지 절반을 차지했다. 그러니 5분 대기조처럼 목 빼고 사내 메신저 창만 하루 종일 바라보는데, 일이 없으면 없다, 가도 되면 가라, 말이라도 한마디 좀 해주지. 내가 이 팀에 정말 필요한 사람이라 뽑은 게 맞는지 궁금해질 때 즈음, 오묘한 경험을 하게 되었다.

　"나정 님, 저⋯."

　글로벌팀의 사실상 막내인 정우가 다가와 속삭이듯 불렀다. 나를 부르는 소리가 들리자 습관적으로 모니터 우측 하단에 시계를 힐끗 살폈다. 10시 3분. 일주일에 서너 번 늘 반복되는 일이라 나는 정우가 문장을 다 끝맺기도 전에 목에 걸고 있던 사원증을 벗어 내보이며 물었다.

　"이거 찾으시는 거죠?"

　이제 대답도 없이 고개를 한번 끄덕이고는 말없이 손을 뻗어 내 사원증을 집어 들고 성큼성큼 8층 사무실을 나섰다. 사원증을 빌려가는 그 시간엔 늘 다른 팀원들도 자리를 비웠다. 텅 빈 글로벌 마케팅팀 구역을 지키는 건 글로벌팀인 듯, 글로벌팀 아닌 듯, 글로벌팀처럼 보이는 나뿐이었다.

　정우는 20~30분 정도 후에 다시 자리로 돌아오곤 했다. 항상 홀로 나가서 들어올 땐 팀장부터 선임, 전임까지 다른 팀원들을 주렁주렁 데려왔다. 손에 커피 한 잔씩을 들고 각자 자리에 자연스럽게 앉아 업무를 보다 보면 금세 점심시간이 되었다. 그즈음 다시 정우가 슬며시 다가와 내 책상 위에 사원증을 말없이 올려두고 자기 자리로 돌아가서는 꼭 메신저로 감사 인사를 보냈다.

몇 번째인지 셀 수 없을 정도로 반복되는 루틴. 처음 한두 번은 '그럴 만한 일이 있겠지'라고 생각했다. 그러나 그 횟수가 늘고, 빈도가 잦아지니 나도 홀로 고민이 쌓이기 시작했다. 다른 팀은 팀 구역 중앙 테이블에서 잘만 회의하던데, 우리 팀은 그게 불편해서 나가서 회의를 하는 건가. 그게 왜 불편할까. 내가 있어서 불편한가? 회의에 참여시키기도 애매하고, 배제하기도 애매해서? 그럴 거면 회의실에서 회의를 하면 되지 굳이 밖에까지 나갈 일인가? 나한테 회의실 잡아달라고 말하는 것조차 싫은 건가. 내가 뭘 그렇게 잘못했기에 싫어하는 거지? 내가 모르는 사이에 밉보인 적이 있었나.

혼란스러운 상황 때문에 꼬리에 꼬리를 물고 이어진 고민들은 이상하게 늘 자기 성찰로 마무리되었다. 딱 꼬집어 눈치 봐야 할 상황이 일어나는 건 아니지만 늘 우리 팀이 무슨 일을 하고 있는지 공유가 되지 않아 나는 어깨 너머로 눈치껏 일을 해야 했다. 어쩌면, 애초에 '우리'에는 내가 포함되지 않는 건 아닐까. 아무리 내가 이 글로벌 마케팅팀 파티션 안쪽에 자리를 둔들, 내 진짜 자리는 5층에 놓인 책상일 테니. 그들이 나를 팀에서 어떤 역할이라고 생각하는지가 몹시도 궁금했고 어느 순간부터는 하루 종일 그 생각만 하다가 집에 가는 날이 대부분이었다.

사람의 뇌는 체중의 2퍼센트를 차지한다고 한다. 2퍼센트의 뇌가 몸이 사용하는 에너지의 20퍼센트를 쓴다고 하니 에너지 잡아먹는 귀신이 따로 없다. 고로 내가 매일 야근을 했던 때보다 매일 이런 고민을 하는 요즘 훨씬 더 많은 에너지를 쓰고 있다. 왜 그렇게 생각하느냐고? 5층에서 지낼 때보다 초능력이 발현되는 횟수가 급속도로 늘어났으니까.

멀리 해외를 다녀온 후로 내가 어느 정도로 힘들어야 초능력이 나오는지 가늠이 되었다. 그리고 초능력이 컨트롤되는 수준에 이르니 나는 이 능력을 오랜 고민을 해결하는 데 사용해 보고 싶었다. 때를 기다렸다. 대체 이 사람들은 나만 사무실에 두고 아침마다 어디서 무얼 하는지. 매번 맡겨놓은 듯 사원증을 빌려가서 아무렇지도 않게 돌려주는 이유가 무엇인지. 나는 알아야겠다.

"저기, 나정 님!"

드디어 때가 되었다. 정우가 다가와 손을 내밀었다. 이젠 뒤에 말도 덧붙이지 않는다. 나는 미동도 없이 미리 벗어 책상 한편에 두었던 사원증을 집어 정우에게 내밀었다. 정우는 그대로 사무실을 나갔고 나는 잠시 후 8층 화장실로 향했다. 화장실 칸으로 들어가 눈을 감고 두 손을 꼭 쥐었다. 3초나 지났을까. 눈을 떴을 때 똑같은 화장실 문이 눈앞에 있었지만, 이곳이 1층 로비 옆에 있는 화장실이라는 걸 웅성대는 소리로 알 수 있었다. 1층 화장실은 사내 출입구 밖에 있어서 화장실만 나가면 밖으로 나가는 정우를 바로 볼 수 있을 거라 생각했다. 조심스레 화장실 밖으로 고개를 내밀어 출입구 쪽을 살폈다.

출입구 앞에 옹기종기 모여 있는 글로벌팀 사람들. 이어지는 광경에 그간 나의 사원증이 왜 필요했는지 단번에 이해되었다. 출입구 안쪽에 있는 정우는 자연스레 출입구 밖에 있는 팀장에게 사원증을 건네었고, 팀장은 내 사원증을 찍고 건물 안으로 들어왔다. 곧이어 뒤돌아 출입구 밖에 있는 선임에게 내 사원증을 넘겨주었다. 그러면 선임이 들어오고 그 뒤에 있는 사람에게 다시 손에서 손으로 사원증이 넘어갔다. 한마디로 출퇴근 시간 기록을 바꾸는 중이었다. 어쩐지 10시 전에는 한 번도 말을 건 적이 없었다. 그간 골머리 앓았던 게 이해될 만큼 좀 더 엄청난 비밀이 있길 바랐는데, 고작 온 피플 근퇴 조작에 쓰였다니. 허탈함에 헛웃음을 삼키며 그들의 동선을 피해 자리로 돌아왔다.

내가 자리로 돌아오고도 한참 있다가 글로벌팀이 들어왔다. 커피와 함께 돌아온 그들을 보니 '아 진짜 회사 편하게 다니는구나!' 싶은 생각과 한편으론 '그렇게 사원증 빌려가면서 어쩜 내 커피는 한 번을 안 사주냐' 싶은 생각도 들었다. 신기하게도, 내가 그 비밀을 알게 된 후로 이따금 정우는 머쓱한 표정을 지으며 사원증과 함께 커피를 내밀곤 했다. 뭐라고 한 적도 없고, 내가 이 사실을 알고 있다는 걸 그들은 전혀 모를 텐데 갑자기 나에게 호의를 베푸니, 신기하기보다는 의심스러운 게 더 진심에 가까웠다. 잘해주는 것도, 그렇다고 대놓고 까는 것도 아닌 애매모호한 사이.

5층에서 지낼 때는 한 번도 밖에서 점심을 먹은 적이 없었다. 혜인을 제외하고는 구내식당 메뉴에 크게 불만을 가지는 사람도 없었고, 계약직 월급에 공짜로 제공되는 점심을 마다하고 밖에 나가서 콧바람을 쐬고 맛있는 밥을 탐할 만큼 여유로운 사람도 별로 없었다. 그러나 구내식당에 돌고 도는 메뉴를 지긋지긋해하는 8층 사람들은 이따금 밖으로 나가 밥을 먹었다. 사옥들이 늘어선 동네를 벗어나 입주 회사들이 즐비한 동네로 넘어가면 맛집으로 꽤 유명한 가게들이 몇 개 있는데, 아마 8층 사람들과 밥 먹는 날이 없었더라면 영원히 판교 맛집은 몰랐을 것이다. 그렇게 다 같이 점심을 먹고 밖에서 커피 한 잔이라도 하게 되면 늘 "나정 님이 무슨 돈이 있어요?"라며 팀원들이 한 명, 한 명 돌아가면서 내 커피를 사줬고, 밥을 사주는 경우도 더러 있었다. 그 배려가 고마워야 하는데, 고맙기만 해야 하는데 괜스레 묘할 때도 분명 있었다. 너와 우리는 다르다는 걸 콕 짚어 알려주는 것만 같아서.

　글로벌팀 사람들은 같이 일할 때도 늘 친절하기 그지없었다. 부탁한 업무를 처리해 메신저로 보내면 늘 감사하다는 대답을 빼놓지 않고 보냈다. 혹여 내가 실수를 하거나 뭔가 빼먹더라도 짜증을 내거나, 화를 내는 사람은 없었다. 굉장히 정중하게 한 번 더 살펴볼 수 있는지, 수정을 해줄 수 있는지 요청하곤 했다. 파견 온 입장이니 내가 더 잘 보여야 하는데 도대체가 곁을 내주지 않아서 친해질 수가 없달까. 설명할 수 없는 소외감이 늘 남아 있었다. 바로 옆자리에 앉아 있는데도 마치 투명인간이 된 듯, 들리는 귀가 있는데도 들리지 않는 사람처럼 있어야 하는 상황이 하루에도 수없이 반복되었다.

　"아, 또 이러네…. 아이 씨. 거참, 담배나 피우러 가자."

　팀장의 말에 옆자리, 뒷자리 사람들이 스멀스멀 일어났다. 나는 담배를 피우지 않으니 같이 나갈지 묻지 않는다. 비흡연자인 내게 같이 나가자고 권하는 것도 이상하지만 담배를 피우지 않는 전임은 꼬박꼬박 다른 사람들과 함께 자리를 비웠다. 오지랖이라도 떨면서 나도 은근슬쩍 같이 따라 나가야 하는 걸까, 아니면 그냥 이렇게 계속 모른 척해야 하는 걸까. 늘 고민만 하다가 결국엔 텅 빈 글로벌팀 구역을 홀로 지키며 나는 어디에 소속된 사람인지 생각에 빠지곤 했다. 8층에 올라온다고 8층 사람이 될 수 있는 건 아니었다. 누구 하나 나에게 못되게 굴지 않고 점심때마다 함께 밥은 먹지만, 회식과 티타임 그리고 담배 타임은 꼭 자기들끼리만 갔다.

도대체 얼마나 대단한 이야기를 나누기에 하루에 서너 번씩 모든 팀원이 30분씩이나 나가 있는 건지, 궁금한 마음에 몰래 뒤를 밟아본 적도 있다. 솔직한 심정으론 호기심보다 마음 한구석에 피어나는 불안함 때문이었다. 누구도 눈치 주지 않지만, 혼자서 눈치를 챙겨야 하는 나날들이 이어지니 나도 모르게 의심이 생겼다. 모여서 내 얘기를 하는 건 아닌지, 나에 대해서 평가를 나누고 몰래 5층에 말을 전하는 건 아닌지. 또 이전과 똑같이 초능력을 발휘해 조심조심 뒤를 밟으며 스스로 어처구니가 없기도 했다. 불편함이 만든 불안감에 이렇게까지 사람이 허접해질 수 있구나. 하지만 이 불안을 달고 사는 것보다는 이렇게라도 확인하고 떨쳐버리는 게 낫겠다 싶었다. 얼마나 신경이 곤두서 있는지는 때맞춰 발휘되는 초능력만 봐도 알 수 있잖아.

글로벌팀이 우르르 탔던 엘리베이터가 1층에 멈추는 걸보고, 후다닥 순간이동을 사용해 1층 로비 구석으로 이동했다. 널찍한 건물 기둥들을 방패 삼아 살금살금 쫓아가다 보니 회사 밖으로 모두 나가고 있었다. 그렇다고 목적지가 먼

곳은 아니었고 흡연 구역에서 몇 미터 떨어진, 온 그라운드 근처 작은 정원이었다. 팀장과 전임은 벤치에 앉고 나머지 사람들은 옹기종기 서 있는 모습이 아주 익숙해 보였다. 하나둘씩 주머니에서 담배를 꺼내 들고, 깊은 한숨을 쉬며 담배를 피워댔다.

"이사님께서 이번에 또 회장님이랑 반대 의견 내신 거 같은데…. 아이 뭐 어떻게 해야 할지 모르겠어."

한 명씩 돌아가며 내뱉는 한숨과 하소연. 그날의 대화는 하나같이 내가 이해할 수 없는 말들이었다. 내겐 팀 업무 전반을 공유하지 않으니 오가는 내용만 들어서는 그림이 한 번에 그려지지 않았다. 다만, 업무 진행에 대한 논의보다는 이사님과 회장님의 의중을 추측하는 데 대부분의 시간을 쏟는 건 대충 알 수 있었다. 물론 내 의심이 초라해질 정도로 그 속에 내 이야기는 없었다. 애초에 나는 그들의 머릿속에 존재하지도 않는 것처럼. 내가 모르는 일 이야기나, 자기들 사는 얘기 나누는 데 시간을 다 보내고 다시 사무실로 돌아갔다.

그 뒤로도 같은 장소에 모여 이야기하는 걸 몇 번이나 목격했다. 시답지 않은 이야기지만 분명 회사 사람들에 대한 이야기를 시시콜콜 나누는 걸 보아 이곳이 글로벌팀만의 아지트인 것 같다. 사무실에서 멀지 않으면서 사람들은 별로 오지 않는 자리. 흡연 구역에서 멀지 않아 담배를 피울 수 있으면서도 너무 가깝지는 않아 대화 소리가 다른 이에게 들리지 않는, 끼리끼리 어울리기에 안성맞춤인 공간. 그곳을 알아낸 후로 몇 번 더 그들의 대화를 엿들었다. 오늘은 내 뒷얘기가 나올까, 내일은 나올까 싶어 따라갔지만 들었던 이야기 중에 내가 크게 신경 쓸 만한 이야기는 없었다. 그걸 알고 나니 안도감과 허탈함이 함께 밀려왔다. 그들은 각자 자기 살 길 찾느라 바쁘고, 본인 일 하느라 바빠서 파견 온 직원 생각할 틈은 없어 보였다. 내가 없는 그들의 시간을 보고 나니 오히려 나는 그들과 하나가 될 수 없는 사람임을 명확히 알게 되었다.

"이상입니다."

한 달에 한 번씩 돌아오는 5층 전체 미팅. 각자 파견 나간 팀에서 어떤 일들이 진행되고 있는지, 어떤 업무들을 수행했는지 보고하는 자리였다. 특이한 건 우리 파트 회의는 5층 회의실도, 8층 회의실도 아닌 구내식당 한쪽에 있는 사내 카페에서 티타임과 함께 이루어진다는 거였다. 이 아무 의미 없는 장소 선정조차 이제는 우리가 온 그라운드 안에서 어떤 위치에 있는지 보여준다는 생각이 들었다. 여기도, 저기도 적을 두지 못하고 맘 편한 곳은 그저 회사가 베푸는 식사 공간. 이걸 과연, 나만 그렇게 느끼는 걸까?

"어. 잘 들었고, 그 각 팀 이슈 사항 있거나 업무량 많아지면 메신저로라도 연락하고. 서포트 각자 충분히 잘하고 있지만, 앞으로도 계속 잘해주세요."

매달 다른 내용을 보고해도 5층 파트장의 피드백은 늘 같았다. 그저 일도 알아서 잘하고, 보고도 알아서 착실히 하란 소리였다. 모름지기 파트장이라는 직급을 달고 있으면 우리를 관리하는 척이라도 해야 하는 게 아닌가 싶은데, 그에겐 그런 모습이 없었다. 그냥 주어진 직책이 파트장이고, 파트장이면 한 달에 한 번 회의를 해야 하니까 하는 느낌.

"네, 알겠습니다."

대답과 함께 자리에서 일어나며 회의가 마무리되었지만, 여전히 파트장은 자리에 앉아 있었다. 꾸물거리는 모양새가 오늘도 파트원 하나 붙잡아 수다 상대로 삼으려는 건가 싶은 생각이 들 때, 혜인이 나서서 먼저 파트장에게 물었다.

"파트장님, 안 올라가세요?"

"어, 뭐 너네 바쁜 일 있니?"

"네, 데이터팀 프로젝트가 지금 밀려 있어서요."

"어, 그럼 바쁜 사람들 올라가."

"저 그럼 먼저 가보겠습니다."

"아, 저도 그럼…."

혜인을 시작으로 하나둘 카페를 나가기 시작하더니 결국

자리에는 파트장만 홀로 남아 커피를 홀짝이고 있었다.

"넌 안 가도 돼?"

잘했다거나, 못했다거나 그런 평가나 피드백 없이 몇몇 단어만 바뀐 듯 반복되는 정기 회의는 늘 이런 식으로 마무리되었고, 파트장은 항상 마지막까지 자리를 지켰다. 그는 딱히 바쁘게 일을 많이 하는 것도, 팀원들을 사로잡는 카리스마가 있는 것도, 사람들을 독려하고 모으는 리더십이 있는 것도 아니었다. 그저 태초부터 이 건물에 존재했던 사람 같았다. 그에게선 온 피플에게서 느낄 수 있는 치열함이 없었다. 좋게 말하면 편안한 거고 나쁘게 말하면 도태된 느낌. 애당초 앤 피플로 오래 자리하고 있어서 온 피플이 될 생각이 없어 보였다.

"아, 저도 마무리할 일이 있어서 지금 가려고요."

어차피 그와 이야기를 나눈다고 내 업무 평가가 나아지진 않는다. 내 평가는 전적으로 8층에서 담당했고, 파트장은 그 데이터를 정리해서 계약을 연장할지 말지 유니온 본사와 이야기하는 역할이었다. 중간관리자로서 평가를 좌지우지할 수 있다면 열의를 보였을까 싶지만, 지금 하는 걸 보면 그조차도 딱히 기대되지 않았다. 몇 달 동안, 8층에 파견 온 직원들과 나눈 대화 끝에 우리가 결론 내린 그의 역할은 사내 시스템에 정성적인 정보를 정량적으로 입력하는 인간 타자기, 딱 그 정도였다. 인간 타자기에게 과한 친절과 시간을 베풀 이유가 없기에, 나 역시 자리에서 일어나 엘리베이터로 향했다.

다들 후다닥 올라갔는지 엘리베이터 앞에는 아무도 없었다. 나는 올라가는 버튼을 눌러놓고 어느 호수 엘리베이터가 먼저 도착할지 이리저리 머리를 굴렸다. 엘리베이터가 지하 1층에 도착하기 전, 손에 쥐고 있던 핸드폰이 울려서 보니 사내 메신저에 알람이 와 있었다.

마케팅 지원 파트 희영 님 | 나정 님, 어디예요?
| 저희 7층 B 회의실인데 티타임 하실래요?

메시지를 확인하고 나니 곧이어 엘리베이터가 도착했다. 7층에 내려서 메시지에 적힌 B 회의실 앞으로 다가가 조심스레 문에 달린 유리창으로 안을 들여다보았다. 힐끔 보니 희영과 지아, 혜인, 새로 들어온 은지까지 옹기종기 회의실에 모여 있었다.

"아니, 뭐야. 왜 사무실로 복귀 안 하고 여기 다 모여 있어요."

이제는 편해진 동료들. 각자 시차는 있지만 내가 느끼는 혼란스러움을 똑같이 겪었고, 지금도 겪고 있는 사람들만 모여 있으니 문을 열자마자 나도 모르게 웃음이 새어 나왔다. 나를 보자 다들 빈자리를 가리키며 앉으라고 손을 흔들어댔다.

"나정 님, 바쁜 일 있어요?"

"아니요. 오전에 로우 데이터 다 정리해서 보냈어요."

자연스럽게 대답을 하며 자리에 앉으니 문 옆에 앉아 있던 혜인이 회의실 문을 닫아버렸다.

"이야, 알짤없이 닫아버리네."

"우리끼리 모여 있는 거, 보여봐야 좋을 게 없잖아요."

혜인은 들고 온 노트북을 열더니 사내 인트라넷에 접속해 회의실을 예약했다.

"1시간 예약할까요?"

8층 팀에서 회의실 예약은 늘 혜인에게 지시를 했던 건지, 행동에 막힘이 없었다. 똑 부러지고 어딘가 까탈스러운 혜인의 성격에 시간을 딱딱 나누어 쓰는 모습이 잘 어울리기도 했다. 아마 이 무리에서 가장 온 피플 같은 사람을 꼽으라면 나는 오래 일한 지아보다 혜인을 말했을 것이다. 하지만 혜인이 온 피플이 되기엔 넘어야 할 산이 딱 하나 있다. 그게 무엇인지는 회의실 예약하면서 중얼거리는 그녀의 볼멘소리만 들어도 알 수 있었다.

"파트장은 매번 똑같은 얘기할 거면서 그냥 업무 일지 보지, 뭐 하러 만날 보고는 받는 건지. 어차피 업무 평가도 다 8층에서 하는데."

혜인과 파트장의 사이가 좋지 않은 건 이미 몇 주간 회의를 지켜본 사람이라면 모르려야 모를 수가 없었다.

"그래도 파트장님이 중간관리자니까, 중간에서 업무 조율하려고 확인하는 거 아닐까요?"

희영이 자신의 생각을 말했지만, 혜인의 생각은 조금도 달라지지 않는 듯 보였다.

"그렇다고 피드백 주시는 것도 아니잖아요. 희영 님은 UA팀에서 5층 파트장님 얘기하는 거 들어보신 적 있으세요?"

"아니요…."

"그니까, 결국 키를 쥔 건 8층인 거예요. 어차피 우리는 8층에서 필요로 하지 않으면 나가야 할 테니까."

씁쓸한 얘기를 내놓아 자꾸만 사람들 생각을 복잡하게 만드는 혜인. 틀린 말은 아니지만 그렇다고 파트장에게 대놓고 반기를 드는 건 좋은 선택이 아니다. 아무리 인간 타자기라고 하지만, 그도 사람인데 빈정이 상해 타자 치는 것조차 싫어질 수도 있으니까.

"혜인 님 말이 맞긴 한데, 그래도 파트장한테 너무 대놓고 툭툭거리지 마요. 계약 연장이나 본사 발령에 결정권이 없는 건 맞아도, 어쨌든 저 사람이 중간관리자로 저렇게 오래 있다는 건 그만큼 연줄이 있다는 건데 밉보여서 나쁠 게 없잖아요."

"글쎄요. 전 지금 새로 오신 팀장님 비위 맞추는 것도 힘든데…."

혜인의 파견팀 팀장이 바뀐 지는 몇 달이 지났다. 이전 팀장은 파견 계약직이긴 하지만 여자 팀원이 오랜만이라며 유난히 혜인을 챙겨주었다고 들었다. 그래서 혜인은 누구보다 빨리 8층 사람들과 친해졌고, 금세 온 피플처럼 지낼 수 있었다. 딱 이전 팀장이 떠나기 전까지만.

"아직도 새 팀장에 적응 중이에요? 세 달도 더 지난 거 같은데? 이번 데이터팀 팀장님이랑은 뭐가 잘 안 맞아요?"

"어휴…. 뭐가 문제인지 모르겠어요. 문제점이라도 알려주시면 고쳐보거나, 바꿔볼 텐데 콕 짚어 말도 없으시고 그냥 대기만 하다 하루 다 가는 거 같아요. 사실 이전 팀장님이 배울 점도 많고 잘 챙겨주셔서 이 코딱지만 한 계약직 월급 받고서라도 좀 더 배우고 싶다는 마음이 컸거든요. 본사 발령은 안 되어도, 계약 연장으로 근무할 생각까지 했는데 팀장님 바뀌고 나니까 마음이 좀… 뜨네요."

"아, 그 팀장님…."

지아는 뭔가를 아는 듯 고개를 끄덕이며 편히 내려놓았던 팔을 꼬아 팔짱을 끼고 등받이에 기대며 말했다.

"그 팀장님 차별 좀 심하죠?"

차분한 지아의 말에 혜인이 고개를 끄덕거렸다.

"완전요. 오시고 나서 지금까지 일한 거 다 합쳐도 예전 일주일 치만큼도 일 안 한 거 같아요. 팀 일선에서 그냥 완전 배제. 잡다한 일만 시키고, 데이터 접근 신청해야 하는 일은 다 하지 말래요. 하지 말고 접근 가능한 사람한테 요청하라고. 덕분에 요새 아주 잘 놀고 있어요."

"희영 님은 어때요?"

"저요? 저 그냥, 뭐 조용하죠. 회의 들어와라 하면 가고, 정리해라 하면 하고, 누구 도우라고 하면 돕고. 시키는 대로 하고 있어요. 가끔 혼나긴 해도 선임님이 잘 챙겨주셔서 UA 업무는 차근차근 배우는 거 같아요. 나정 님이 보기에도 그렇지 않아요? 저희 선임님 되게 착하시죠?"

희영이 나를 바라보며 물으니 모두의 시선이 나에게 집중되었다. UA팀은 모든 팀원이 여자로 이뤄져 있다. 그래서인지 우르르 몰려다닐 때면 어딘가 여고 시절이 생각났다. 다 같이 모여 까르르거리다가, 또 심각한 이야기를 할 때면 머리를 맞대고 세상 진지해졌다. 오르락내리락하는 감정 기복이 업무에서도 가끔 드러나지만, 종종 나에게 업무 요청을 할 때 마주하는 팀의 분위기는 분명 희영의 말과 다를 게 없었다. 단적으로 체감되는 분위기가 글로벌팀과는 완전히 딴

판이었으니.

"그죠. UA 선임님 착한 건, 아마 글로벌팀 사람들도 다 알
걸요."

"저 잘되라고 혼내시는 거라서 혼날 때도 기분 안 나빠요.
뭔가 여기서 나가서 대행사에 가더라도 경력은 살릴 수 있겠
다 싶어서."

희영의 말에 혜인의 눈이 동그랗게 변하더니 이해할 수 없
다는 반응을 내보였다.

"희영 님은 계약 연장 안 하시려고요?"

"아, 아직 기간 남아서 생각 안 해봤는데, 어떻게 될지 모
르니까요. 생각은 뭐 늘 열어둬야 하니까."

우물쭈물하면서도 있는 그대로 털어놓은 희영의 말은 사
실 우리 모두가 마음속에 가진 고민일 것이다. 하루에도 몇
번씩이나 이 회사에서 안정을 찾기 위해 발버둥 치다가도,
내 의지와 상관없이 타인의 평가로 한순간에 온 그라운드에
서 사라질 수 있다는 걸 알기 때문이다. 이토록 불안정한 삶
을 어떻게 오래도록 유지하고 있는지, 지아가 대단했다.

"지아 님 보면 그래도 일만 잘하면 오래 있을 수 있지 않겠
어요?"

왠지 혜인의 말은 지아에 빗대어 자신의 희망 사항을 말하
는 것처럼 느껴졌다. 일을 잘한다는 건 어떤 의미일까. 내겐

성과를 낼 수 있을 만한 업무를 주지 않는데, '일 잘한다'는 걸 어떻게 보여줄 수 있을까. 나도 그냥 인간 타자기 정도로만 시키는 일 따박따박 하면 일 잘하는 사람으로 남을 수 있을까. 온 피플 사이에서 딱 앤 피플 정도의 역할만 하면서?

"전 솔직히, 잘 모르겠어요. 이게 왕따인 건지, 아닌 건지도 잘 모르겠고."

나도 모르게 머릿속에 빙빙 돌던 말이 입 밖으로 나와버렸다. 그러나 동료들은 내 말에 충격을 받지도 않았다. 이미 8층을 오가면서 숱하게 다른 팀의 분위기를 살폈을 거고, 각자의 입장에서 눈치껏 일을 하는 사람들이니 내가 느끼고 있는 분위기를 충분히 짐작했을 것이다.

"딱히 뭐라고 꼽을 순 없는데, 제가 뭘 잘 한다고 해서 8층 팀원이 될 수 있을 거 같지가 않아요. 오히려 계속 더 눈치만 보게 된달까. 시키는 건 잘 하겠죠. 근데 이 팀에 제가 언제까지 필요할지 잘 모르겠어요. 굳이 내가 아니어도 될 일인 거 같기도 하고, 대체할 수 있는 일이라면 여기서 이걸 하는 게 저한테 도움이 될까 싶기도 하고. 안정적으로 계속 남을 수 있다고 보장되면 좋은데, 어떻게 보장을 하겠어요. 분기별로 팀이 사무실 층을 옮기게 될지 말지 걱정하는 사람들 사이에서 파견 계약직이 뭐 그렇게 대수겠어요?"

이게 희영의 말보다 더 적나라한 우리의 현실이었다. 우리는 이 거대한 온 그라운드에서 5층과 8층에 각각 자리 하나씩 차지해 2인분의 공간을 갖고 있지만, 어느 층에서도 온전한 소속감을 느낄 수 없었기에 실상은 빈 깡통이었다. 제 몫을 다할 수 있으니, 오래도록 있을 한 자리만 내어달라고 우리 중 누군가라도 말할 수 있으면 좋겠는데. 그런 기회가 올까?

"전 지아 님이 본사 발령을 가면, 제가 다 기분이 좋을 거 같아요. 이번이 연장 계약 마지막이라면서요."

기한의 정함이 없는 계약직이라고 하지만, 들어와서 보니 암묵적인 기한이 분명 존재했다. 그 어느 서류에도 나와 있지 않고, 누구도 입 밖으로 대놓고 거론하진 않지만 두 번의 연장이 지나고 나면 그다음이 없다는 걸 모두 알고 있었다. 다만, 이렇게 두 번 연장하는 동안 내리 같은 팀장과 일하는 경우가 흔치 않기 때문에 지아의 경우는 다르지 않을까 기대했다. 더욱이 지아가 일하는 게임 운영 1팀은 최근 사원 직급의 TO가 났을 뿐 아니라 몇 주 전 새로운 서비스를 론칭해서 일손이 꼭 필요한 상황이었다. 이토록 상황이 시의적절하게 딱딱 맞아 들어가는 게 운명적이라고 느껴질 만큼.

"에이, 지아 님 없으면 운영 1팀 CS 당장 막힐 텐데 발령 나겠죠. TO도 나서 팀장님이 이사님 보고도 했다던데."

"혜인 님 어떻게 알았어요?"

"지아 님만큼은 아니지만 나도 있을 만큼 있다구요. 이 정도 정보력은 있어요."

혜인이 웃으며 지아를 바라보았다. 혜인의 미소는 8층 사람들과 이따금 농담을 나눌 때 보이는 모습과 같았다. 어딘가 인위적이지만, 악의라고는 조금도 담겨 있지 않은 듯 눈가부터 입가까지 반달 주름과 보조개가 푹 파이는 그런 표정. 혜인의 말은 진심일 것이다. 지아가 본사로 발령을 가야, 우리들 중 그런 선례가 생겨야, 또 누구라도 그와 같은 기회를 잡을 수 있을 테니까. 그런 희망을 갖고 싶어 보였다.

"걱정 마요. 이번 계약 종료 때, 분명 파트장이 불러서 얘기할 테니까."

"그래도 알 수 없죠. 뭐, 몇 년 있어보니까 분명하고 명확해 보이던 것들도 막상 그렇지만은 않더라고요. 전 그냥 연장이 더 될 수만 있어도 좋을 거 같아요. 안 되면 이직해야죠. 오래 있었던 덕에 경력은 많이 쌓았으니까."

아쉬운 것 없다는 듯 이야기하지만, 지아의 표정엔 분명 아쉬움이 가득했다. 누구도 자신의 바람 말고 확신에 찬 대답을 해줄 순 없었다. 우리가 할 수 있는 건 8층 사람들이 만족할 만큼 열심히 일하고, 말 한번 붙여본 적 없는 저 윗분들 마음에 들기를 기다리는 것이었다. 그게 안락한 온 그라운드에서 남을 수 있는 유일한 방법이니 누구든 오래 버티려면 좋든 싫든 생존법을 터득해 각자도생해야 했다. 우리가 더 노력할 수 있는 것도, 바꿀 수 있는 것도 없다는 게 참 어려웠다.

"추석에 휴가는 다들 안 가세요? 이번에 연휴도 긴데."

괜히 분위기가 무거워지는 걸 느꼈는지 지아가 다른 가벼운 주제를 던져 분위기를 전환하려는 듯싶었다.

"아, UA팀 분들은 지난번에 슬쩍 들어보니 다 해외여행 가는 거 같던데?"

"네, 선임님은 뉴욕으로, 전임님은 런던 가신데요."

"와, 좋겠다."

"우리도 가면 되죠. 시간도 많고, 연차 남은 것도 다들 안 썼잖아요."

"전 그냥 연말에 돈으로 받으려고요."

들어온 지 얼마 되지 않아 제일 연차를 덜 쓴 게임 운영 2팀 은지의 입에서 생각지도 못한 대답이 나와 시선이 쏠렸다.

"대기업 경력 있으면 취업에 도움이 될까 싶어서 들어왔는데, 막상 월급 받고 보니 진짜 계약직 월급 작고 소중하더라고요."

"아, 은지 님도 첫 회사라고 했죠?"

"네, 완전 신입은 면접 잡기도 힘들어서요. 뭐가 됐든 유니온이니 경력 쌓는다 생각하고 들어왔는데 예상보다 더 자취하기에 월급이 빠듯해서 그냥 열심히 일이나 하려고요."

"그럼, 은지 님도 주말에 출근해요!"

가만히 이야기를 듣던 혜인이 전혀 생각지도 못한 제안을 했다.

"어차피 파트장은 우리가 보고하는 거 말고는 무슨 일 하는지 아예 몰라요. 사실 대놓고 말은 못 하지만 8층 팀장님들 이랑 말 섞는 거도 되게 불편해서 우리한테 보고 받는 거니 까. 그니까 주말에 출근해서 그냥 공부하거나, 잔업 좀 하고 주말 수당 받아요. 저도 그렇게 해서 생활비 더 충당하고 있 어요. 이 코딱지만 한 계약직 월급 받아서 어떻게 살아요. 못 살지."

어쩐지. 매주 업무 보고 일지에 적혀 있던 혜인의 주말 출 근에 대한 미스터리가 이렇게 풀렸다. 꼬박꼬박 토요일이고 일요일이고 8시간씩 채워서 근무하는 게 이런 이유였다니. 그렇게 해서 월급을 더 받고 있었다니. 복지는 좋아도 최저 시급 겨우 넘는 계약직 월급이 충분할 순 없지. 분명 부정할 수 없는 사실이다.

"주말 수당 받으려고 판교까지 주말 출근을 해요? 대단하 다…."

"대신 8층 사람들 마주칠까 싶어서 주말엔 5층에만 있어 요. 어차피 파트장도 매주 나오던데요?"

"파트장님이 마주치면 뭐라고 안 하세요?"

아직 회사 돌아가는 상황을 잘 모르는 은지가 조심스레 물었지만, 혜인은 전혀 개의치 않고 대답했다.

"저한테 대놓고 말하던데요? 자기 주말 수당 받으러 나왔다고."

"그걸 그렇게 말한다고요?"

"전 그래도 눈치는 보는데 파트장은 결재자가 본인이라 그런지 숨기지도 않더라고요. 대단한 사람이에요."

중간관리자씩이나 되는 사람이 그렇게 대놓고 회사 수당을 챙겨 간다고? 대단한 사람인 건 알고 있었지만, 정말 그이상이었구나. 앤 피플로서 어떻게 살아야 가늘고 길게 살아남을 수 있는지 명확하게 알고 정확하게 행동하는 사람이라는 걸, 혜인의 말에서 느낄 수 있었다.

"그냥 여기서는 어떻게든 8층에만 잘 보이면 돼요. 파트장한테 백날 잘 보여봐야 아무 쓸모 없고 8층에 잘 보여서 5층에 얘기가 내려갈 수 있게 애써봐요."

"아…."

혜인의 말에 눈동자를 굴리며 분위기를 살피는 은지. 몇 달 먼저 회사를 겪은 입장에서 내심 안타까운 마음이 들었지만 달리 해줄 말도 없었다. 은지는 또 어떤 팀장, 어떤 팀원과 일하게 될지 겪어보지 않고서야 알 수 없는 일이니. 나름의 생존 방법을 찾을 수 있길 바랄 뿐이다. 사실, 제일 나중에 들어온 사람보다 앞서 들어온 사람들이 더 걱정이지.

다들 멍하니 시선을 피하다 머쓱해졌는지 이리저리 고개를 돌리거나, 어깨를 주무르며 슬슬 자리에서 일어나려는 듯싶었다. 그러다 맞은편에 있는 지아와 눈이 딱 마주치고 말았다. 특유의 차분한 미소로 눈인사를 건네는 지아. 세상 인자한 모습으로 인사를 하니 하릴없이 머릿속을 채운 말이 또 튀어나왔다.

"아무튼 지아 님 진짜 잘되면 좋겠네요. 이번에 서비스 론칭 땜에 엄청 애썼던 거 솔직히 우리 말고 운영 1팀 사람들도 다 잘 알 텐데…."

내 말에 다른 사람들은 말을 덧붙이지 않았다. 다만 조용히 고개를 끄덕이며 진심으로 이 말이 이뤄지길 바랐다. 이제 번지르르한 사내 복지만으로 회사에 만족하기엔 다들 표현할 수 없는 피로감이 쌓여 어딘가 삐걱거리고 있었다.

하늘이 너무나도 찬란한 가을의 주말. 어디든 가고 싶었지만 월급날이 가까워지며 지갑이 바닥을 드러냈다. 아쉬워하던 찰나 혜인의 말이 떠올랐다.

"은지 님도 주말에 출근해요!"

회사에 가볼까 싶은 마음에 가벼운 출근 차림으로 우리 집 화장실로 향했다. 잘 자서 몸은 가뿐했는데, 요즘 같은 눈칫밥 스트레스라면 초능력도 발휘되지 않을까 싶었다. 조심스레 문을 닫고 늘 그랬던 것처럼 지그시 눈을 감아 회사 5층 화장실에 이동해 있을 나를 상상했다. 그러나 눈을 떴을 때는 여전히 우리 집이었고, 능력을 쓸 때처럼 붕 뜨는 느낌이

나 머리를 죄어오는 두통도 없었다. 이상한 마음에 눈을 감고 더 집중해 보려 했지만 아무리 애를 써도 우리 집 화장실이었다. 그렇게 두어 번을 더 시도하다 결국 문을 열고 집 밖으로 나섰다. 남들 다 집에서 쉬는 토요일 아침. 주말이라 평소보다 훨씬 배차 간격이 길어져 잘 오지 않는 판교행 버스에 몸을 실었다.

버스를 타고 판교역에 내린 뒤에도 회사까지는 꽤 먼 거리를 걸어 들어가야 한다. 주말이라 사옥 단지를 도는 셔틀버스나 마을버스도 없으니 타박타박 온 그라운드를 향해 한 걸음 한 걸음 걸어 나갔다. 저 멀리서도 한눈에 보이는 거대한 유니온 사옥. 판교의 상징으로 불리는 건물은 입사한 지 1년이 다 되어가는 지금도 여전히 처음 봤을 때처럼 남의 회사처럼 거리감이 느껴졌다. 아무리 걸어도 멀게만 보이던 사옥에 도착해 엘리베이터에 올랐다. 이렇게 출근만으로 두어 시간을 잡아먹는다니, 이미 계획했던 것이 꽤나 틀어져 버려 답답한 마음에 한 번도 가본 적 없던 옥상 버튼을 눌렀다.

"11층입니다."

주말의 사옥은 무척 고요했다. 옥상정원으로 향하는 통유리 문을 통과한 햇빛이 복도 안쪽까지 깊이 들어와 찬란하게 바닥에 깔렸다. 그 빛을 따라 걷다 보니 마치 '네가 와야 할 곳이 바로 이곳이야'라고 알려주는 것처럼 작은 계단이 옥상을 향해 나 있었다. 조심스레 발을 옮겨 옥상정원으로 향하는 짧은 계단을 올라 유리문을 여니 지금까지 이 회사에서 본 적 없는 또 다른 풍경이 펼쳐졌다.

알록달록한 꽃들로 꾸며진 화단은 정갈하게 정리되어 있고, 화단 바깥쪽으로는 탁 트인 판교 뷰를 편하게 감상할 수 있게 철제 선 베드들이 놓여 있다. 남의 집 놀러 온 듯한 불편함이 가시지 않아 선 베드엔 차마 눕지 못하고 그 옆에 놓인 작은 스툴에 살포시 앉았다. 판교의 등대를 자처하는 숱한 건물들이 한눈에 들어왔다. 이 회사에 입사하고 스트레스를 보상 받겠다며 몇몇 나라로 틈틈이 여행을 가서 숱한 스카이 뷰를 보았지만, 이토록 익숙하면서도 낯선 스카이라인은 처음이었다. 한 해가 거의 다 되도록 적을 두었지만 조금도 친해지지 못한 풍경이구나. 멍하니 풍경을 바라보다 어딘가에서 들려오는 인기척 소리에 고개를 휙 돌렸다.

어느 팀인지 모를 한 무리의 사람들이 정원으로 들어서더니 주변을 살피며 벤치로 향했다. 옥상에 누가 있는지 살피는 듯한 모습에 잘못한 것도 없는데 괜히 몸을 피했다. 아까 불편해서 앉지도 못했던 선 베드로 자리를 옮겨 몸을 쭉 펴고 하늘을 향해 누워버렸다. 내 존재를 눈치채지 못했는지 사람들은 벤치에 하나둘 앉더니 자기들만의 이야기를 시작했다. 글로벌팀처럼 자기들이나 알아듣는 말 나누다 가겠지 싶어 적당할 때 내려가야겠다고 생각하던 찰나, 예상치 못한 이야기가 들려왔다.

"그럼 8층 랩실 아예 다 날아가는 거 아니에요?"

"에이. 랩이 그렇다고 없어지기야 하겠어? 그냥 이사님 나가면 다른 임원이 그 자리에 오겠지."

"아이고 이 이사님 라인은 싹 다 갈아치워지겠네."

"어차피 8층에 데이터팀이 있어서 절대 안 죽어, 마케팅 쪽이라면 모를까."

"정기총회 때 무슨 일이 있었길래 갑자기 이렇게 싹 갈아치우는지…. 9층 신사업을 밀어주긴 엄청 밀어주나 봐요. 거기서 손실 난 걸 이렇게 사람 갈아서 메꾸나?"

"그 자리에 없었는데 내가 어떻게 알아…. 그냥 시키는 일이나 하면 돼. 야, 10층 인사팀까지 어떻게 올라왔는데 그냥 몸 사리는 데나 집중하세요."

"그럼 입주사 게임 테스트도 앤 피플에서 안 하고 각 팀에서 한대요?"

"그 많은 테스트를 어떻게 각 팀에서 해. 테스트팀은 두고 앤 피플에 마케팅 지원 파트랑 서비스 지원 파트도 있잖아. 거기 인력 조정하겠지."

"아휴, 한동안 바쁘겠구먼…."

"어디 가서 함부로 말 흘리지 말고, 블라인드 게시판 감시나 잘해. 뭐 묘한 글 올라오면 바로바로 연락해서 삭제를 하든, 비공개로 돌리든 하고. 어디서 말 한 번 잘못 나오면 분위기 골로 간다."

인사팀의 은밀한 대화를 어쩌다 들은 순간, 그간 남몰래 여러 층을 오가면서 느꼈던 싸한 대화들이 착착 맞아 들어갔다. 8층 팀장이 늘 골머리를 싸매며 이사 눈치를 봤던 것도 다시금 새삼스럽게 떠올랐다.

"이사님께서 이번에 또 회장님이랑 반대 의견 내신 거 같은데…. 아, 이거 뭐 어떻게 해야 할지 모르겠어."

팀장이 이사 라인이구나. 만약 저 소식이 모두 사실이라면, 내가 아는 사람들의 자리가 한 번에 다 뒤집힐 수도 있다. 입 한번 잘못 열면 난리가 나겠다는 생각이 들었다. 아니, 그러니 들었다는 것조차 알려지면 안 되겠다. 조용히 이곳을 빠져나가자. 처음부터 없었던 사람인 것처럼 나가자. 극도의 긴장 상태가 되어 손이 덜덜 떨리니, 몸을 움찔하는 순간 어딘가 띵해져 오는 게 불현듯 초능력이 발휘될 수도 있겠다는 생각이 들었다. 그래, 살다 보면 이렇게 적재적소에 쓰이는 날도 있어야지.

사무실로 가기 위해 눈을 질끈 감았다가 다시 떴다. 그러나 예상과 달리 여전히 내 눈앞엔 맑은 하늘이 보였다. 아니, 지금 나 심장이 너무 터질 것처럼 뛰어서 죽을 것 같은데. 이 엄청난 공포와 긴장 속에서 어떻게 초능력이 들어먹지 않을 수 있지. 입술을 꽉 깨물고 다시 한번 눈을 질끈 감아봤지만 죽어도 이동이 되지 않는다. 아이 씨. 급한 마음에 온몸에 힘을 준다고 다리를 쭉 뻗었다가 의도치 않게 옆에 놓인 철제 벤치를 툭 하고 건드려버렸다. 옥상에 퍼지는 둔탁하고 낮은 소리.

팅!

"뭐야, 누가 있었나 봐."

누군가의 목소리가 들리더니 스멀스멀 이쪽으로 다가오는 소리가 들렸다. 어떻게 하지. 그냥 일어나서 달려 나갈까? 아니, 잘못한 건 하나도 없는데 내가 왜? 굳이? 아 그래도 민망한 상황을 만들고 싶진 않은데. 어쩌지. 그냥 솔직하게 말할까. 다 들었다고, 그렇지만 말 안 하겠다고 하면 되잖아. 어쩌지. 어떻게 하지. 요동치는 마음을 가라앉히고 양심선언을 하듯 두 손을 꼭 쥐고 자리에서 일어나는 순간, 온몸에 힘이 쭉 빠지면서 순간이동을 할 때마다 느껴졌던 찌릿한 두통이 머리를 감쌌다. 스르륵 어딘가로 내 영혼이 빠져나가는 느낌. 그리고 다시 눈을 뜰 때까지 얼마나 시간이 흘렀는지 모르겠다.

"정신이 드세요?"

다시 눈을 떴을 때 내 눈에 들어온 건 하얀 가운을 입은 남자와 주렁주렁 매달린 링거 병이었다.

"여기가 어디예요?"

"병원 응급실입니다. 회사에서 쓰러졌다고 119 신고가 들어와서 구급차 타고 오셨어요. 괜찮으십니까? 어디가 불편하세요?"

"제가요? 쓰러져요?"

어느 정도 설명을 듣고 나니 상황이 이해되었다. 그러니까 순간이동을 한다고 느꼈던 순간 나는 정신을 잃고 쓰러졌고, 나를 본 사람들이 119에 신고를 해 병원에 왔다는 것. 정신을 잃은 채로 들어왔으니 의사는 응급실에서 할 수 있는 검사를 이미 다 해놓은 상태였다. 잠시 기다리라는 말을 하고 한참 뒤에 의사가 다시 다가와 말을 걸었다.

"이나정 씨 되시죠?"

"네."

"뭐 별다른 타박상은 없으시고, 링거 다 맞으면 퇴원하셔도 되는데…."

의사의 말끝이 흐려졌다. 나보다는 차트를 한참 바라보던 의사는 내 쪽으로 시선을 옮기며 말했다.

"혹시 뭐…. 최근에 몸 쓰는 일 같은 거 한 적 있으세요?"

"아… 아니요?"

"간 수치가 너무 비정상적으로 높아요. 다른 특이 사항이 없는데 이렇게 간 수치만 높을 수는 없거든요. 아마 몸에 무리가 많이 되었던 거 같아요. 푹 쉬시고, 평소에 드시던 약 같은 거 있으면 비타민이든 영양제든 일단 잠시 끊으시고요. 몸에 무리되는 일은 절대로 하시면 안 돼요. 아시겠죠? 외래 예약 잡아서 일주일 정도 후에 간 검사 다시 한번 해보세요. 뭐 다른 이상 소견이 있을 수도 있으니까요."

"아…. 네 알겠습니다."

무리한 일. 내가 한 무리한 일이 뭘까. 아무리 생각해 봐도 매일 손가락 두 개만 사용해서 엑셀 데이터 정리하던 일이 힘들었을 리 만무하고. 최근 내가 무리한 게 있다면 이따금 초능력을 써 여행을 갔다가 다시 돌아오려고 종일 걸어 다닌 거나, 눈치 싸움하느라 다 써버린 정신력 때문이 아닐까.

초능력이든 정신력이든. 뭘 써서 내 몸이 망가졌든지 간에, 이제 쓸데없이 과하게 에너지를 쏟는 일은 좀 그만하고 싶다는 생각이 들었다. 초능력으로 평소 같았으면 못 갔을 여행지를 쏘다니며 기분 전환을 해보아도 결국 돌아오면 온몸이 지쳐 있었다. 요즘 내 정신력을 고갈시키는 회사에서의 고민도 마찬가지. 고민을 하고 눈치 싸움을 해서 온 피플이 되는 것도 아니고, 이제 온 피플이 된다고 한들 몸과 마음이 편하지 않다는 게 자명했다. 그토록 원했던 안정은 여기서 찾을 수 있는 게 아니었다.

재계약을 앞두고 5층 파트장보다 8층 팀장이 먼저 나를 그들의 아지트로 불러냈다. 네 번의 계절을 모두 겪고 나서야 글로벌팀의 아지트에 직접 발을 들이게 된 것이다. 이쯤 되어 보니 이 아지트는 글로벌팀만 들어올 수 있는 배제와 결속의 공간이기보다 온 그라운드에서 벗어나 이 팀 사람들이 겨우 숨 돌릴 수 있는 공간이었다.

"지아 이야기는 들었다."

팀장은 어느 순간부터 정우를 대할 때처럼 나에게도 말을 낮추었다. 아마 우리가 함께 보낸 시간이 길어진 탓에 어느 정도 곁을 내준 게 아닐까 싶다. 그는 지아와도 함께 일을 해본 적이 있었기에 앤 피플 사람들 중 나와 희영, 그리고 지아에게 유난히 더 친근한 모습을 보여주었다. 팀장은 예전부터 지아의 업무 능력을 좋게 평가했고 누구보다 그녀의 본사 발령을 응원하는 사람이었다. 하지만 그와 5층 모든 직원들의 기대와 달리 지아는 계약 종료와 함께 얼마 전 회사를 떠났다.

"많이들 아쉬워하제?"

"네…. 아무래도 정도 많이 들고…."

정들어서 아쉬웠던 건 사실이지만, 그보다 지아 정도면 안정적으로 온 피플이 될 수 있지 않을까 하는 기대가 한 풀 꺾였기 때문에 모두 한동안 말로 표현하지 못할 우울함을 겪었다. 안정적인 시스템, 좋은 환경, 완벽한 워라밸, 정규직이 되면 달라질 월급까지 이 회사를 놓기에는 아쉬운 것들이 많았으니, 혜인을 비롯한 다른 앤 피플 사람들은 지아의 마지막에 유독 아쉬움을 내비쳤다. 그 결과에 아쉬워하지 않은 사람은 딱 하나, 나뿐이었다. 나는 알고 있었다. 결국 앤 피플이든, 온 피플이든 누구 하나 이곳에서 성장과 안정을 동시에 취하며 일하고 있지 않다는 걸.

"내가 도움을 줄 수 있는 게 없어서 무척 아쉽네."

"어쩔 수 없죠. 뭐, 회사는 회사니까요."

"그래, 니 연장 생각은 있고?"

"저는…."

마음에서는 이미 결정을 내린 상태였다. 그간 내가 인사팀에게 엿들었던 이야기 그대로 이사는 경쟁사의 임원으로 자리를 옮겼고, 그와 동시에 소위 이사 라인을 타던 8층 마케팅 데이터 랩 전체는 큰 혼란을 맞게 되었다. 새로운 이사가 오면서 라인을 탔던 사람들은 인사이동이 있을까 몸을 사렸고, 그 와중에 바로 옆 UA 팀장이 승진을 하면서 비슷한 업무를 하는 글로벌 팀장이 묘한 불안함을 느낄 수밖에 없는 요즘이었다.

처음 이 회사에 입사할 때 가졌던 '시스템이 갖춰진 곳에서 내 일만 하면서 편히 지내겠다'는 생각은 완전히 오산이었다. 온 피플이라고 해서 누구 하나 마음 편히 일에만 집중할 수는 없었다. 모든 걸 깨닫고 나니 결론을 내리는 데는 얼마 걸리지 않았다.

"아니요. 여기서 배운 것도 있고 하니까 어디든 또 들어갈 수 있지 않을까 싶어요."

"그래 뭐. 내가 도울 일 있으면 편하게 말하고, 대행사도 괜찮으면 추천해 줄 수 있는데…. 어때?"

"IT든, 게임 회사든, 좋은 환경은 맞는데 저랑 안 맞는 거 같아요. 말씀은 감사한데 좀 더 생각해 보고 말씀드릴게요."

"그래, 니 생각이 그러면 어쩔 수 없지."

결론이 난 상황이니 우리 사이에 무슨 말이 더 필요할까.

"먼저 올라가. 나는 담배 한 대 태우고 갈게."

"네, 알겠습니다."

자리에서 일어나 인사를 꾸벅하고 돌아서려는 나에게 팀장이 생각지도 못한 질문을 던졌다.

"나정아, 니 앞으로 뭐 하고 싶노?"

"네?

다시 뒤를 돌아 그를 바라보았다. 담배를 꺼내려다 말고 나를 바라보는 팀장. 그 질문에 나는 잠시 생각에 잠겼다. 하고 싶은 게 있었던 것 같기도 하고, 이미 이룬 것 같기도 하고.

"음…. 몸 편하고, 마음도 편하게 회사 생활하는 거요."

"와, 최고네. 내도 글케 살고 싶다."

내 대답을 들은 그가 너털웃음을 한바탕 쏟아내고는 피식거리며 말을 이어갔다.

"내가 면접 때와 니 뽑았는지 아나?"

"어, 한 번도 생각 안 해봤는데…."

그가 말하기 전까지 잊고 있던 기억이다. 이제는 저 멀리 가버린 오래된 기억. 그 기억 속에 그가 나에게 했던 말들이 어렴풋이 떠올랐다.

"긴장을 한 개도 안 하신 것 같아요."

유난히 다른 사람에 비해서 길었던 면접. 그리고 상상치도 못하게 빨랐던 합격 통보. 잊고 있던 궁금증이 올라왔다.

"그날 니 말하는 거 보니까. 여서 잘 버틸 수 있을 거 같더라고. 여기 뭐…. 어쨌든…."

팀장은 지금까지 한 번도 나에 대한 평가를 내비친 적이 없었다. 말을 끝맺지 못하는 그의 표정은 묘하게 부러워하는 것 같기도 하고, 안심하는 듯도 했다. 말을 다 하지 않는 그 애매함에, 여태껏 곁을 내주지 않아 불편했던 상황들이 주마등처럼 스쳐 지나갔다. 그래 다 눈치 보고 사는 세상에 그럴 수도 있지. 내 기준에서 가장 권력을 가졌다고 생각했던 팀장도, 결국 자리 보전하기 바쁜 한 가정의 젊은 가장일 뿐이니 그럴 만했지.

"그래서 뽑았어. 그니까 내 말은, 니는 어디 가도 잘할 끼다. 그간 고생했다. 남은 기간도 잘하고."

"네. 알겠습니다. 먼저 올라가 보겠습니다."

그렇게 팀장을 뒤로하고 다시 사옥으로 들어왔다. 이곳에 남지 않기로 마음먹은 후로는 사내 정치 읽으려 신경 쓰지 않았고 내 컨디션은 온전히 원래의 상태로 돌아왔다. 일찍 퇴근하면 집에 돌아가 다시 취업준비생 모드로 공부를 하거나, 틈틈이 운동을 하면서 지냈다. 초능력은 그렇게 또 사라졌지만 평범하고 스트레스 없는, 그냥 그저 그런 날들. 그런 나날들이 내게 있어 가장 완벽한 일상이었다. 그렇게 생각하며 8층 사무실로 들어서려는 순간 손에 쥐고 있는 핸드폰 진동이 울렸다.

"여보세요?"

"야, 나정아. 너 바쁘니?"

"아 파트장님, 아니요. 지금 괜찮아요."

"그럼 5층으로 내려와. 면담하자."

"넵. 알겠습니다."

8층 사무실로 들어가려던 발걸음을 돌려 중앙 계단을 타고 내려가 5층에 다다르자 사무실에서 나오는 5층 파트장을 마주했다.

"어, 회의실로 가자. 회의실로."

어쩐 일로 파트장이 먼저 나서서 회의실로 이끌기에 조심히 들어가 자리에 앉으니 그가 서류를 하나 건넸다.

"이게 뭐예요?"

"연장 계약서."

"네?"

"왜? 너 연장 안 할 거야? 8층 팀에서도 너 평가 나쁘지 않아서 당연히 연장할 줄 알고 계약서 아예 뽑아왔지."

8층 팀장과 면담을 끝으로 모든 게 잘 마무리되리라 생각했는데 갑자기 계약서를 들이미니 당황스러웠다. 눈이 나도 모르게 동그랗게 변해서는 파트장이 내민 계약서에 시선이

꽂혔다. 그리고 잠깐 생각을 정리한 후, 날 파견하는 대가로 회사가 굴러가는 5층 입장에서는 당연히 그럴 수 있다고 상황을 이해했다.

"파트장님, 저 질문 하나 있는데요."

"어, 물어봐."

"앤 피플 마케팅 지원 파트, 없어질 거라는데 아세요?"

"어…?"

"테스트 파트만 살리고 나머지 파트들은 없어질 거 같은데 왜 말씀 안 해주셨어요?"

"누가 그래? 8층에서 그래?"

1년 전이나 지금이나 앤 피플은 여전히 소식이 느릴 수밖에 없고, 모든 일이 닥치기 전에 미리 해결할 수 없는 위치였다. 딱 사무실이 있는 5층이라는 위치만큼 입장이 애매한 곳.

"아니. 뭐 저도 들은 거라 확실하진 않은데, 이사님 바뀐 뒤로 8층 분위기도 안 좋아서 앤 피플에서 파견 지원 가는 것도 계속 이어지지 않을 것 같아서요. 그래서… 계약 종료하고 싶어요."

"아…. 그래? 흠…. 그래도 너라면 본사 발령 될 수도 있을 거 같은데, 아쉽지 않겠어?"

파트장의 반응에 순간적으로 지아가 떠올랐다. 지아의 연이은 재계약도 아마 이런 상황에서 이뤄진 게 아닐까. 내가 조금 더 이곳에 애착이 있었다면 충분히 혹할 만한 이야기니까. 하지만 지금 나는 5층이든, 8층이든, 그냥 이 건물 어디에든 내 자리가 있다 해도 썩 기쁘지 않을 것 같았다. 워라밸을 끔찍이도 잘 챙겨준 덕분에 온 세상을 구경하고 다녔지만 그래도 제일 행복한 건 돌아와서 마음 편히 쉴 수 있는 내 공간에서였다. 그러니 어느 층을 가도 불편한 이 회사는 내가 있을 곳이 아니다.

"뭐⋯. 아쉬워도 어쩔 수 없죠. 본사 발령은 될지 안 될지, 결정되기 전엔 모르는 거니까. 저는 여기까지만 하고 싶어요."

"그래⋯. 아⋯ 아휴, 내가 다 아깝네⋯."

"그간 감사했습니다."

그렇게 나의 미래가 결정되었다. 남은 며칠은 순식간에 지나갔고, 여태까지 지내온 시간처럼 마지막 날이라고 해서 특별한 송별회나 애틋한 인사도 없었다. 그저 후련함과 허무함이 반반씩 섞여 내 마음을 채웠다. 마지막으로 함께 일했던 분들에게 감사 메일을 쓰다가 보내기 버튼을 누르기 전, 메일 아래에 자동으로 붙는 서명을 한동안 멍하니 바라보았다.

유니온 앤 피플 | 마케팅 지원 파트 | 주임 이나정

떠나는 날 손에 가득 쥐고 돌아갈 짐도 없었다. 펜 한 자루, 포스트잇 한 장조차 모두 지원해 주는 회사였으니 나갈 땐 몸만 나가면 될 일이었다. 소속감을 얻고 싶었던 곳에서 끝끝내 자리 잡지 못하고 떠나는 상황이면서도 아쉬움 하나 남시 않았다. 어떤 면에서 참 다행이었지만 딱 하나 묘한 기분을 남기는 것이 있었다. 손에 쥔 사원증. 꼭 쥔 그 사원증을 한 번 더 바라보고 출입 게이트를 나서 프런트 데스크로 향했다.

"유니온 앤 피플 마케팅 지원 파트 이나정입니다. 퇴사 처리 부탁드리겠습니다."

3

과장
강다영

"TA&co에 들어오고 싶은 이유가 있어요?"

"질문해 주신 강다영 디렉터님과 함께 일해보고 싶기 때문입니다."

오늘만 벌써 다섯 번이나 내 이름이 나왔다. 가끔 면접관으로 앉아 있다 보면 한 번씩 듣게 되는 뻔한 대답 중 하나였지만 오늘은 이번 시즌 캠페인의 조회 수가 터져서인지 유난히 내 이름이 자주 등장했다. 이 회사에서 고작 3년. 짧다면 짧고 길다면 긴 시간 동안 내가 일을 잘한 건 사실이니까. 그러니 회사가 유명해지고 나도 유명세를 얻는 게 당연하지. 업계 사람들이 아닌 이 조무래기 같은 녀석들까지도 이제 나를 알아보는구나. 기분이 좋으니 오늘은 퇴근하고 혼자 와인을 마셔야겠다.

"나랑? 왜요?"

기분이 좋은 건 좋은 거고 면접은 제대로 봐야지. 한 번 더 깊숙이 질문해 보면 무슨 생각으로 내 이름을 언급했는지 속내가 어느 정도 드러난다. 대충 인터넷에서 본 회사 자료나 기사에서 본 걸로 지원 동기를 만들어낸 건지, 아니면 정말 자기 생각이 있는 원석인지. 그런데 이 친구는 아무래도 그냥 내가 좋아서 지원한 듯싶다.

"서류에 기재할 만한 칸이 없어서 못 적었지만 지난 시즌 DDP에서 있었던 쇼케이스 행사에 현장 스태프로 참여했습니다."

"그래요?"

"대학 시절부터 패션 업계에서 일하고 싶어 쇼케이스와 화보 촬영 등 다양한 현장들을 경험했습니다. 하지만 그 어떤 현장보다도 그때 백스테이지에서 현장을 카리스마 있게 지휘하는 디렉터님 모습이 인상 깊게 남았습니다. 또, 그간 디렉터님의 SNS를 통해 패션 브랜드가 나아가야 할 방향에 대해 많이 생각해 보게 되었습니다. 제가 비록 경험은 부족하지만, 그래서 새롭고 신선한 자극을 주는 팀원이 될 수 있을 거라고 생각합니다."

실상 핵심은 없고 뭉뚱그려진 대답이라는 걸 단번에 알아차렸다. 하지만 눈을 보면 갑작스러운 질문에 대충 둘러댄 것인지 아니면 당황하여 자신의 견해를 다듬지 못한 것인지, 진심을 알 수 있다. 추측이나 비유가 아니라 진짜 저 친구의 속마음을.

　나는 남들은 듣지 못하는 다른 이의 속마음을 들을 수 있다. 이번에도 마주 앉아 있는 용모 단정한 지원자의 눈동자를 지그시 바라보았다. 답변을 마치고 입 한 번 열지 않았지만 그녀의 목소리가 생생히 내 귀에 들렸다.

　'와, 진짜 강다영이랑 이렇게 가까이 마주 보고 있다니. 아 심장 터질 거 같네. 제발 이제 취뽀 좀 해보자.'

　얼마나 이 회사가 간절한지는 명확해졌고, 내용은 없었지만 갑작스러운 질문에도 또렷한 목소리로 잘 정리해서 대답했으니 이 친구는 아무래도 합격을 주어야겠다는 판단이 섰다. 이와 동시에 불안한 마음이 들어 오른쪽 옆자리에 앉은 마케팅 팀장의 눈을 바라보았다.

　'아, 또 그냥 강다영 팬클럽 하나 들어오겠네.'

　이미 펜을 내려놓고 팔짱을 낀 채 서류를 한참 들여다보던 그는 피곤하다는 듯 안경을 올리며 지원자 얼굴을 다시 확인하고 있었다. 불만은 한가득인데 그래도 '들어오겠다'고 단정 지어 생각하는 걸 보면 뽑힐 거란 확신이 있나 보네. 회사에서 가장 까다로운 그의 눈에도 합격 도장을 받았다면 이미 다른 사람들은 좋은 점수를 주었을 게 뻔했지만 스리슬쩍 왼쪽에 앉은 인사 팀장의 눈빛도 한번 쓱 읽어보았다.

'아이고, 이렇게 멀쩡한 애를 우리 회사가 또 망쳐놓겠구나.'

누구 하나 고깝지 않게 볼 줄 모르는 인사 팀장은 저렇게 어린 애를 두고 앞날에 대해서 악담을 쏟는구나. 물론 속마음과 달리 그녀는 세상 온화한 미소로 지원자와 눈인사를 주고받은 후 서류에 바쁘게 글을 남겼다. 수많은 사람이 들어오고 나가면서 일이 몇 배로 늘었으니, 올해만 벌써 몇 번째인지 모를 면접을 보는 게 그녀 입장에선 영 피곤할 거라고 짐작하지 못하는 바는 아니다. 괜찮은 신입이라고 뽑아서 들어오면 하나같이 몇 달을 못 버티고 나가버렸고, 그 이유가 개인의 문제보다는 조직의 병폐에 있음을 나도 안다. 그러니 '회사가 사람을 망친다'는 그 말이 꼭 비약은 아니다.

"혹시 회사에서 말도 안 되는 걸 시켜도, 언제 어디서나 다 할 수 있어요?"

"네?"

"주말 회의에 나와서 취향껏 커피 타라고 하거나, 아침에 수정 사항 말해주고 점심시간 전까지 달라고 한다든지, 한 번 입은 옷은 두 번 입지 말라고 한다든지?"

당황스러운 질문에 그녀는 바로 대답을 하지 못했고 양쪽에 앉은 팀장들은 나를 또라이 보듯 쳐다보았다. 짧은 순간이지만, 그들의 눈을 통해 들리는 목소리는 역시나 나의 예상과 같았다.

'아 미친년, 쟤 또 뭐라니.'

'저 주인공 병 또 도졌네. 또 도졌어.'

이 과도하게 솔직한 질문은 '내가 이렇게 통통 튀는 아티스트다'라고 뽐내려는 시도가 아니다. 면접장에서까지 그렇게 튀지 않아도 나는 충분히 재능 있는 사람이니 그럴 필요도 없다. 그저 이 회사에 실상을 모르고 들어오는 것보다 알고 들어오는 게 더 나으니까, 그래야 애당초 나갈 사람을 뽑지 않으니까. 내 딴에는 묘수를 쓴 거다.

"두 분도 대표님 성격 아시면서 뭘 또 그렇게 놀라세요?"

"아니, 그래도 강 팀장님, 지금 상황에서는 좀 불필요한 질문이 아닌가 싶어서요."

"그런가요?"

마케팅 팀장의 말을 가뿐하게 흘려버리고 다시 지원자를 보며 말을 이어갔다.

"솔직하게 말할게요. 그런 말도 안 되는 이 회사에서 사람들이 저보고 귀신 들렸다고 해요. 말도 안 되는 업무량을 말도 안 되는 시간에 알아서 딱딱 해놓으니까. 근데 여기는 그렇게 해야 살아남을 수 있어요. 일이 힘든 건 물론이고 부당하다고 여겨지는 일들이 있을 수도 있어요. 그뿐 아니라 하나의 결과물을 만들기 위해서 여러 사람들과 아주 빠르고 바쁘게 협업해야 하고, 그렇기 때문에 한가롭게 하나하나 가르쳐줄 수 없어요. 눈치가 없으면 코치라도 달고 와서 어떻게든 이 인간들한테 비벼야 하는데, 그래도 하고 싶어요?"

하고픈 말을 숨김없이 다 쏟아내고 지원자를 빤히 바라보았다. 한눈에 딱 봐도 긴장감을 온몸에 두르고는 떨지 않기 위해 주먹을 꼭 쥐고 팔목까지 붉게 변할 만큼 애를 쓰고 있었다. 면접이라는 게 대부분 사람들에게 어려운 것이니 긴장은 그렇다고 해도, 대답은 바로바로 해야 할 거 아니야. 잠시나마 가졌던 기대를 접으려는 찰나 대답이 들렸다.

"네. 저 기회만 주신다면 어떻게든 버텨보겠습니다."

입 밖으로 나오는 말을 들으며 그녀의 눈에서 시선을 떼지 않았다. 그러자 그녀의 속마음이 들렸다.

'안 뽑아주시면 어떡하지. 안 믿어주시면 어쩌지. 이번에는 진짜 떨어지면 안 되는데….'

그래, 좋아. 그렇게 간절하다면 어디 한번 와서 버티어봐라. 네가 얼마나 버틸 수 있을지 나도 궁금하다. 간절한 그녀의 속마음을 알고 나니 나도 모르게 입에서 웃음이 피식 튀어나왔다.

"그래요. 그럼 좋은 결과 기다려보세요."

내 말이 끝나자 인사 팀장은 서둘러 면접을 마무리했고, 나는 테이블에 놓인 지원자 서류에 크게 합격 표시를 해서 그녀에게 넘겼다. 뒤이어 두세 명의 지원자와 이야기를 더 나누고 나서야 그날의 면접이 마무리되었다. 자리를 정리하며 일어나는 인사 팀장이 한껏 올라간 목소리로 마케팅 팀장과 눈을 맞추며 말했다.

"강 팀장님이 하는 질문은 가끔 너무 솔직해서 나도 모르게 긴장하게 된다니까요."

그녀는 마케팅 팀장을 바라보며 말했지만, 나는 그녀의 눈동자에서 차마 말로 못다 한 속마음을 들었다.

'아, 진짜 이 기집애 좀 말려봐요. 매번 말 같지 않은 질문을 하잖아. 면접장에서 회사 욕해서 뭐 해. 누구라도 들어와야 빨리 여기를 탈출할 거 아니야. 나라고 뭐 몰라서 말을 안 하냐고. 웃기는 기집애야 진짜. 인사팀은 난데, 왜 지가 유난이야.'

마케팅 팀장은 그녀의 질문에 넉살 좋게 웃으며 대답했다.

"그래도 강 팀장이 사람 보는 눈 하나는 기깔 나니까, 뭐할 말이 있나. 내가 상상치 못한 질문들이 결국 다 사람을 헤아리는 방법일지 누가 알겠어?"

마음에선 사람 좋게 내뱉는 말과 영 다른 말을 하고 있다는 걸, 다른 사람들은 몰라도 나는 알 수 있다.

'지 잘난 맛에 사는 애를 뭐 어떻게 말려. 일 잘하니까 뭐라고 할 수도 없고. 뭐 하나 걸리기만 해. 아주 끌어내려 버릴 테니까.'

겉과 속이 다른 말들을 매일 웃어넘기면서 이 회사에서 3년을 버텼다. 그 덕에 대리로 들어와 이례적인 승진으로 과장을 달았다. 디자인팀을 이끄는 팀장이면서 동시에 비주얼 커뮤니케이션팀을 총괄하는 디렉터. 내 나이 또래에 이렇게 조직에서 중요한 포지션을 차지하는 것도 쉬운 일은 아니니 주변 사람들은 모두 나를 대단하다며 치켜세우곤 했다.

그러면서 뒤에서는 부러움에 몸부림을 치면서 얼마나 욕을 해댔을까. 나라고 이 모든 걸 쉽게 얻지 않았다. 나에겐 누구에게도 말하지 못할 나만의 고통이 분명 있다. 그냥 익숙해져서 무덤덤해진 거지. 나는 늘 그렇듯 어금니를 꽉 물고 들리지 않게 숨을 조용히 내보낸 후, 온화한 미소와 함께 두 사람을 번갈아 보며 유연한 대답을 내놓았다.

"에이, 다들 왜 그러세요. 어차피 나갈 애 뽑으면 우리만 피곤하잖아요. 미리 미리 거르는 게 낫지. 그리고 제가 총대 매고 나쁜 년 하는 게 두 분은 더 편하시잖아요. 안 그러세요?"

이렇게 비꼬는 질문으로 대답을 대신하면 누구든 내키지 않더라도 결국 미소를 지으면서 대답할 수밖에 없지. 직원들과 있을 때만 발휘되는 독심술 덕분에, 나는 그들의 속내를 콕 집어 비꼴 수 있는 유려한 말본새를 가지게 되었다. 이 기이한 능력이 신기하긴 해도, 즐거운 회사 생활을 만들어주지는 못했다. 오늘만 해도 모르고 지나갈 수 있었을 생각들을 읽는 바람에 자발적으로 욕을 씹어 삼킨 셈이 되었으니.

한두 번도 아니고 이제 지겨워서 타성에 젖을 법도 한데, 아무리 욕을 먹어도 늘 새로운 건 참 슬픈 일이다. 그런 의미에서 다른 사람의 속마음을 읽는 건 기분 좋은 일보다 씁쓸한 일이 더 많았다. 그저 익숙해지면서 점차 뻔뻔스레 대처하게 되었을 뿐. 초능력보다는 어쩌면 저주에 가까운 이 능력의 유일한 장점이라면 사내 정치에 유리하다는 정도였다. 그 덕에 대표 눈에 쏙 들어 팀장까지 올라왔으니 결과적으로 이 능력을 내게 줘버리고 떠난 이전 팀장에게 감사해야 하는 걸까? 고마운 마음을 갖기에는 이제 너무 지치고, 피곤하다. 회사도, 사람도 다 지겹다. 차라리 오늘 본 애들처럼 아무것도 모르던 면접 지원자였을 때가 더 나았던 것 같다. '열심히 하겠다'는 마음 말고 아무것도 없었던 그때가 무척 그리워지는 하루. 퇴근 전부터 마음먹었던 와인 한 병을 꺼내 잔을 채웠지만 오늘은 너무 많은 사람들을 마주했던 탓일까, 겨우 한 잔도 다 못 마시고 결국 침대에 누워버렸다.

사무실에 들어서자마자 책상에서 헤드뱅잉을 하고 있는 인턴이 눈에 들어왔다. 유심히 살피지 않으면 그저 턱을 괴고 생각에 빠진 듯 보이지만, 분명 그녀의 고개가 미세하게 중력의 힘을 받으며 움직이고 있었다. 일부러 내 자리에 앉을 때까지 인사말을 건네지 않았다. 이 녀석이 정말 이렇게 계속 졸 생각인지, 정신을 차릴 생각인지 싶어서 시선을 고정한 채 자리에 앉았다.

'졸려. 너무 졸려. 진짜 졸려. 다시 집에 가고 싶다….'

뜬 것도, 감은 것도 아닌 그녀의 눈동자가 우연히 내 눈에 들어왔다. 그리고 역시나 본능에 잠식당한 그녀의 속마음이 내 귓가에 들렸다. 책상에 걸쳐둔 손목을 슬쩍 돌려 시계를 바라보니 분침이 9시 정각을 향해 달려가고 있었다. 어차피 이제는 일어나 정신을 차려야 할 때다.

"이수연."

크게 부르지도 않았다. 나긋하게 부르며 책상을 두어 번 두드리자 그 소리에 손바닥에 올려져 있던 수연의 고개가 똑 하고 떨어졌고 이내 졸지 않았다는 듯, 빳빳하게 허리를 펴 고쳐 앉았다. 그렇게 한다고 너에 대한 평가가 달라지겠니? 이미 다 알고 있는데.

"계속 잘 거면 집에 가라. 회사는 잠자러 오는 데 아니니까."

무심하게 말을 하며 컴퓨터를 켰고, 수연은 멋쩍은 듯 머리를 연신 쓸어 넘기더니 고개를 빼꼼 내밀고 물었다. 물론 기어들어 가는 목소리로 말해서 알아들을 수도 없었지만.

"팀장님, 기사 클리핑 보고해도 될까요?"

"네."

아침마다 늘 하는 일이라 무덤덤하게 대답하니 수연은 키보드 자판을 몇 번 두드리고 자리에서 일어나 노트와 펜 한 자루를 들고 터덜터덜 다가왔다.

"팀장님, 기사 클리핑 보고드립니다."

"응, 그래. 해."

방금 메일로 받은 오늘 날짜 시트를 열어놓고 수연을 바라보았다. 이 아이의 멍한 눈동자를 보고 있으니 졸리지 않던 나까지도 졸음이 쏟아질 것 같았다. 취합한 내용이 잘못된 것도 아니고, 꽤 깔끔하게 정리한 자료인데도 앞에 서서 중얼중얼 전하는 목소리를 듣고 있으니 내가 다 답답했다. 별말 없이 쭉 화면을 보며 이야기를 듣다가 그녀의 말이 끝나는 걸 듣고 고개를 돌려 수연을 바라보았다.

'오늘은 일찍 갈 수 있을까…? 하루만 좀 푹 자고 싶다.'

화면만 보던 내 시선이 자신에게 이동했다는 걸 알아차린 수연은 애써 눈을 또렷하게 뜨려고 애썼다.

"수연아."

"네?"

나라고 겨우 대학 졸업반인 어린 인턴이 며칠씩 야근하고 밤새워 일하는 게 안쓰럽지 않은 건 아니지만, 누구나 겪는 일이니 어리다고 특별 취급해 줄 수는 없었다. 누군가는 피로에 익숙해진 나에게 꼰대라고, 타성에 젖었다고 말할지 모르겠으나 내가 할 수 있는 최선은 '나 때는 말이야'라는 말을 직접 입 밖으로 내지 않는 것뿐이다. 어디서든 결국은 겪을 일이고 이 나이의 젊은이에게 회사가 요구하는 능력치가 체력뿐이니 어쩔 수 없다.

"보고를 누가 그렇게 중언부언해. 그렇게 보고하면 듣는 사람이 집중은 되겠니? 설득은 되겠어? 내가 일 덜려고 너한테 일 주는 건데, 그렇게 쭝얼쭝얼 보고하면 내가 다시 들여다봐야 하잖아. 그럴 거면 애초에 내가 너한테 왜 일을 시키지? 안 그래?"

타박을 할 때는 늘 사람의 눈을 바라본다. 그래야 내가 하는 말이 이유 없는 짜증이 아니라 진심을 담은 고언이라는 걸 알 듯싶어서. 여전히 수연의 눈꺼풀 사이사이에는 졸음이 가득 끼어 있지만 귀는 열려 있으니 듣기 싫어도 내 말을 다 들었을 것이다. 흐릿한 수연의 눈빛에서 서운한 속마음이 보였다.

'도와주는 사람은 하나도 없고, 매일 혼자서 기사 클리핑에 매체는 좀 많냐고. 그렇다고 일을 덜어주는 것도 아니고. 홍보팀으로 들어왔는데 TF팀 서포트하는 일로 이렇게 지적할 거면 그냥 일을 시키지 말든가. 아 진짜 억울해서 눈물 날 거 같네.'

하지만 그 마음은 속에서만 맴돌 뿐, 수연의 입에서 나온 건 사과의 말이었다.

"죄송합니다."

사과가 끝이야? 그다음은 없어? 대답 참 편해서 좋겠다. 여기까지 알려줘야 하나 싶어서 바라보니 수연의 눈이 평소와 달리 자꾸만 깜빡깜빡한다. 어떤 뻔한 결말이 있을지 알기에 내가 먼저 선수를 쳤다.

"회사에서 그렇게 졸다가 지적 한 번에 울어버릴 거면 그냥 집에서 푹 쉬어. 회사가 뭐라고 나와서 잔소리하게 만드니, 내 입만 아프게. 대표님 오실 시간 다 되어가니까 세수하고 정신 차리고 들어와."

입술을 앙 다물고 흐르려는 눈물을 꾹 누르며 수연은 대답도 없이 인사를 꾸벅하고 돌아섰다. 그러더니 자기 자리에 노트와 펜을 던지듯 올려놓고 그대로 사무실 문을 박차고 나갔다. 마음이 안 쓰이는 건 아니지만, 지난 몇 달 간의 근무 태도를 보아 오래 다니지 않을 거란 결론이 이미 나버려서 더 신경 쓰지 않기로 했다. 여기 말고 저 아이의 능력이나 태도가 잘 맞는 곳이 있겠지. 이미 틀려먹은 조각을 애써 고쳐 이곳에 끼워 맞춰줄 만큼 친절하지 못해서 내가 참 미안하다.

잠시 후, 문을 열고 들어온 건 수연이 아니라 면접 때 만났던 친구였다. 우물쭈물 두리번거리며 사무실로 스멀스멀 들어오던 그녀는 어느덧 우리 팀 자리까지 다가와 나와 눈이 마주쳤다. 처음 그 친구와 눈이 마주쳤을 때는 뭘 모르는 알바생이 길을 잃고 여기까지 들어왔구나 싶어 금세 시선을 거두었다.

"안녕하세요."

세상 환한 목소리로 나에게 인사를 건네는 모습에 다시 고개를 들어 얼굴을 확인하고 나서야 우리가 구면이라는 걸 깨달았다.

"아, 앞에 인사팀 있었을 텐데 못 봤어요?"

"다들 자리에 안 계셔서…."

뭐야. 오늘 입사자가 있으면 알아서 준비를 딱 해놔야 할 거 아니야. 직감적으로 인사 팀장의 지각이 예상되었다. 다른 사람의 근무 태도에 점수 매기는 일을 하면서, 정작 자신은 지각을 밥 먹듯이 했다. 그조차 많이 티가 나지 않으니 문제없다고, 이 정도는 인간미로 넘어갈 수 있지 않느냐고 둘러대는 사람이었다. 그래, 오늘도 또 대표 오기 직전에 와서 아무 일 없는 척하고 있겠지. 계속 그렇게 살아라. 말해줘야 고칠 것도 아니니.

"문 열고 들어오면 보이는 팀이 인사팀이에요. 근무 준비하느라 자리를 비운 거 같으니까 일단 저기 앉아요. 저 자리가…."

순간 마주하고 있는 사람의 이름이 떠오르지 않았다. 내가 뽑아놓고 이름을 기억하지 못하는 건 좀 모자라 보이잖아. 뭐였더라. 기억해 내, 강다영.

"재희 씨 자리예요. 재희 씨 맞죠?"

"어? 제 이름 기억하시네요?"

이름 한 번 불러주었을 뿐인데 동그랗던 눈이 순식간에 반달 모양으로 변해 씩 웃었다. 이 공간을 채우고 있는 사람들과 다른 새로움이 훅 느껴졌다. 그래, 누구에게나 이렇게 생기 넘치던 때가 있었는데, 왜 우리는 이 좁아터진 사무실에서 서로의 영혼을 갉아먹게 된 걸까. 밀려오는 회의감을 겨우 밀어내고 기계적인 말을 쏟아냈다.

"지원서를 봤고, 채용 내용을 다들 공유했으니까 당연히 알고 있겠죠?"

"아. 네…."

별말 하지도 않았는데, 이렇게 시무룩해진다고?

'아, 괜히 말했다. 기분 나쁘셨으려나? 점수만 깎였겠네.'

아직은 다른 사람들의 말에 일희일비하는 나이인 듯싶어 대수롭지 않다는 듯 말을 해주었다.

"재희 씨는 아직 아무것도 증명한 게 없으니까, 깎일 점수가 없어요. 걱정하지 말아요."

"네?"

속으로 생각한 말에 대답하는 나를 보고 흠칫 놀란 듯 보였지만 나는 그러려니 하며 말을 이어갔다.

"알고 있겠지만 재희 씨는 내부에서 TF팀이라고 부르는 비주얼 커뮤니케이션팀 소속이에요. TF팀은 홍보팀이랑 마케팅팀, 그리고 디자인팀에서 차출된 멤버들로 구성되어 있고 팀장이 저예요. 전 동시에 디자인 팀장이고요. 홍보팀에서는 수연이라고 인턴이 업무 서포트하고 있고, 이쪽은 사수가 될 마케팅팀 최지원 대리."

두 사람이 어색하게 인사를 주고받는 사이에 수연이 쪼르륵 달려와 자리에 앉으려다 새로운 사람을 보고 다시 벌떡 일어났다. 그렇다고 먼저 인사를 건네는 것도 아니었다. 우물쭈물 하고 있으니, 재희가 먼저 수연에게 인사를 건넸다.

"안녕하세요. 오늘부터 일하게 된 신재희라고 합니다. 잘 부탁드립니다."

"아! 안녕하세요. 홍보팀 인턴 이수연입니다."

두 사람이 서로에게 건네는 인사말 한마디에도 에너지가 달랐다. 울먹거리다 온 수연의 목소리는 여전히 바닥으로 기어들어 갈 듯했고, 재희의 목소리는 또랑또랑 귓가에 박혔다. 그래, 수연이 더 어려도, 재희는 푹 자고 온 신입사원이니 몇 달을 굴러먹은 인턴보다 당연히 생기 넘칠 수밖에 없지. 대학생 인턴이라고 편히 일할 수 없는 이 회사라는 감옥에서 재희는 과연 며칠을 버틸 수 있을까. 이미 수두룩하게 스쳐 지나간 인연들이 이 회사의 난도를 보여주었다. 정직원은 아주 가끔씩만 뽑고 정부 지원 사업으로 대학생 인턴을 데려다 이렇게 몇 개월씩 돌려막으며 유지하고 있는 걸 보면 딱 티가 나잖아? 부디 힘들게 뽑았으니 오래 남아주길 또 한 번 기대해 볼 수밖에.

"앞으로 같이 잘 해봐요."

"네, 뽑아주셔서 감사합니다."

"뭐…. 뽑은 건 대표님이니까 나중에 대표님께 인사하시고, 인사 팀장님이 아직 안 오셔서 서류 처리는 이따 할 거 같으니 일단은….."

인사를 주고받는 것보다 더 중요한 일이 있다. 손목을 들어 슬쩍 시계를 보니 9시 30분에 다다르고 있었다.

"일단 다 필요 없고, 무조건 9시 전에 자리에 있어요."

"어…. 출근 시간 9시 30분으로 알고 있는데요."

"출근 시간은 9시 반이 맞죠. 근데 출근은 9시까지 해야 한다고요. 이해하죠?"

당연히 이해가 안 되겠지. 그녀의 눈을 바라보니 역시나 이해가 안 되는 듯 속엣말을 잔뜩 하더니, 이내 기계적으로 고개를 끄덕이며 알겠다는 제스처를 보여주었다.

"9시 반에는 대표님이 오실 거예요. 뭐 때때로 오차가 있기는 하지만 9시에서 9시 반 사이에는 꼭 오시니까 그 전에 와서 자리를 지키는 게 좋아요. 대표님 오시기 전에 전 직원 기립해서 기다리다가, 자리로 오시면 허리 숙여서 인사하는 거. 오늘 이거 하나만 알아도 반은 먹고 들어가는 거니까, 앞으로도 출근 시간이랑 인사는 꼭 잊지 말아요. 학교 다닐 때, 운동장 아침 조회 같은 거예요. 월요일 아침마다 하는 거, 해봤죠?"

"운동장 아침 조회요?"

기계적인 *끄덕거림*이 이번엔 튀어나오지 않았다. 도저히 납득할 수 없나 보다. 재희의 눈을 보니 납득이 안 된다기보다 아예 이해를 못 하고 있었다. 그녀의 머릿속에는 '운동장 아침 조회'가 애초에 존재하지 않는 듯싶었다. 요새 애들은 그런 걸 안 하는구나.

"됐고, 그냥 일어나서 인사하는 거만 기억하면 돼요."

"아, 넵. 알겠습니다."

알아들을 만한 문장으로 대신하니 그제야 똑 부러진 대답이 나왔다. 그 대답이 끝나기도 전에 복도에서 익숙한 소리가 들려왔다. 질질 *끄는* 구두 소리와 당장이라도 가래침을 뱉을 듯이 끌끌 목을 가다듬는 소리가 서서히 가까워졌다. 이미 사무실 현관에서부터 한두 명씩 자리에서 일어나 그를 맞이할 준비를 하고 있었다. 무슨 이런 문화가 있나 싶겠지만, 3년이나 겪으니 이제 그냥 아무 생각 없다. 작년처럼 현관에 일렬로 안 서고 자리에서 인사하는 게 어디야. 이걸 다행으로 여기는 것도 답답한 일이지만, 생각이 많아지면 나만 더 힘들어서 그저 습관처럼 일어났다.

"대표님, 안녕하십니까!"

현관 가까이에 있는 사업 본부장의 우렁찬 목소리로 대표의 기분을 맞춰주기 위한 보여주기 식 아침 인사가 시작되었다. 대표가 길을 지나갈 때마다 마치 접이식 의자처럼 순서대로 착착 접히는 인간들. 인사팀과 사업 본부 사이 복도를 통해 대표실로 바로 들어갈 수 있음에도 늘 대표는 온 사무실 구석까지 다 훑고서야 자기 방으로 들어갔다. 그러니 모두가 긴장하고 일어나 일렬로 서서 그를 맞이할 수밖에.

"안녕하십니까."

평소와 달리 팀원들과 내 자리 사이 애매한 공간에 서서 인사를 하고 있으니 지나가던 대표의 시선이 나와 내 옆에 있는 재희에게 머물렀다.

"아, 우리 신입이 들어왔구나."

대표는 끼고 있는 안경을 코 아래까지 내리고, 눈을 치켜뜨며 재희의 발끝부터 머리끝까지 인상착의를 한 번 훑었다.

"대표님, 안녕하십니까. 신재희입니다."

"응, 그래. 잘 들어왔어요. 우리 인재가 또 하나 들어왔으니까 열심히 해보자고. 한국대 나왔다고 했었지?"

"아, 네. 맞습니다."

"어, 그래. 좋아. 좋아."

우리 아버지 또래라고 하기에도 애매할 정도로 하얗게 세어버린 머리를 깔끔하게 정돈해 올리고, 구김 없이 차려입은 정장과 반짝반짝 빛이 나는 구두까지. 이렇게나 말끔한 모습을 하고 행동과 언사는 쪼잔하다 못해 지저분하기까지 하니 직원들은 늘 스트레스를 달고 살았다. 오늘만 봐도 그랬다. 새로 입사한 재희를 격려하며 대표의 손이 재희의 어깨로 향했는데, 그 손길이 토닥거림이나 툭툭 정도의 격려에서 끝나지 않았다는 걸 주변 직원 모두가 알 수 있었다. 그의 손이 닿은 재희야말로 그 상황을 명확히 인지했을 것이다.

"어…."

재희의 입 밖으로 무언가 대답 이외의 말이 튀어나올 듯하자 능구렁이 같은 대표가 손길을 거두고 다른 직원들을 쓱 훑었다. 누가 제자리에 있는지 없는지 파악하려는 듯싶었다. 그의 날카로운 시선이 사무실을 스캔할 때 흐르는 순간의 정적은 항상 모두의 아침을 괴롭혔다. 그사이 저 멀리 인사팀은 자연스럽게 자리를 채웠고, 덕분에 대표의 아침 기분이 나쁘지 않았다. 그러나 그것도 문제였다. 기분 좋은 마음에 헛소리를 내뱉을 수 있으니까. 나는 대표가 말하기 전에 그 정적을 깨버렸다.

"대표님, TF팀 보고 오전에 드리면 될까요?"

"어, 그거…."

"들어가 계시면 바로 보고서 들고 들어가겠습니다."

그가 대답하기도 전에 내가 그를 빤히 바라보며 말을 잇자 그도 어쩔 수 없다는 듯 사감 선생님처럼 출석 체크하던 눈길을 거두고 자신의 방으로 향하는 듯했다. 그러다 다시 휙 몸을 돌려서는 재희를 바라보며 내가 막으려 했던 입을 기어이 열었다.

"야, 너 렌즈 끼니까 얼마나 예쁘냐. 으이고, 그 왜 면접 때는 안경을 쓰고 와가지고 하마터면 불합격시킬 뻔했잖아. 그래도 말 잘 들어서 아주 좋아. 모름지기 패션 회산데 앞으로도 예쁘게 하고 다녀라, 알았지?"

그냥, 아무 말도 하지 말고 그대로 입 다물고 방으로 갔으면 참 좋았을 텐데. 그 말을 듣고 있는 재희의 눈을 바라보니 정리되지 않는 생각에 혼란스러움이 가득했다. 딱 떨어지는 문장으로 명료하게 상황을 이해하기 어려운 듯 눈동자를 봐도 속마음이 명확히 들리지 않았다. 나 역시도 그녀와 똑같은 감정을 수도 없이 느꼈기에 보기만 해도 알 수 있었다.

"재희 씨, 인사팀 가봐요."

"아, 네…."

나는 그녀의 생각을 뚝 끊어버렸다. 어차피 모든 걸 다 막아줄 수 없고, 피하게 도와줄 수도 없다. 하지만 내가 이 회사에서 탈출하고 저주 같은 초능력을 털어내기 위해선 누구라도 이곳에서 나 대신 버텨야 한다. 오늘도 대표의 쓸데없는 생각을 읽고 있으려니 아침부터 속이 메스꺼워 살 수가 없다. 이 자리에서 버틸 만큼 버티었고, 이력서에 팀장 직급 잉크 굳을 만큼 눌러앉아 있었으니 다음을 생각할 때가 되었다. 어쩌면 나는 이런 상황을 기다렸는지도 모르겠다. 누군가 새로 들어와서 곤란함을 겪고, 그래서 내게 의지하게 되길. 나 편하게 살자고 다른 사람을 악의 구렁텅이로 몰아넣는 것 같아도, 어쩔 수 없다. 이젠 나부터 살아야겠다.

주말
출근

"주말인데 나와서 일하느라 고생했어요. 다들."

갑자기 잡힌 촬영 일정에 다들 지쳐 겨우 눈만 뜨고 있었다. 그래도 '아' 다르고, '어' 다르다고 했으니 빈말이라도 수고를 인정해 주는 것과 당연하게 여기는 것엔 차이가 있다. 그다지 친절한 상사는 아니지만 사람들의 마음이 별거 아닌 말에 좌지우지되는 걸 알아차린 후로는 습관적으로 빈말을 달고 살았다. 피곤에 잠식당한 와중에도 예의를 차린다고 재희가 최 대리 앞에 수저를 놓아주자, 최 대리는 컵에 물을 따라 우리 자리에 각각 한 잔씩 놓아주었다.

"재희 씨, 아침에 대표님이 불러서 뭐라고 하셨어요?"

"아, 대표님이요…."

나의 물음에 재희의 눈이 나를 마주하지 못하고 식탁 테이블 언저리를 헤맸다.

'아, 사실대로 말해야 하나. 그래도 되는 건가.'

애는 뭘 또 이렇게 생각이 많은 건지.

"말하기 힘든 거면 안 말해도 되는데, 무튼 내가 팀장인데 팀원이 뭐 하고 다니는지는 아는 게 낫지 않을까?"

내가 덧붙인 말을 듣고 나서야 재희는 알겠다는 듯 대답을 내뱉었다.

"다음 주말에 나와서 임원 회의 도우라고 하셨어요."

"임원 회의를 도우라고?"

옆에서 가만히 듣고 있던 최 대리가 재희의 말에 황당한 듯 허탈한 웃음을 짓고는 물 잔을 들어 홀랑 물을 다 마셔버렸다. 그렇다고 별다른 말을 덧붙이진 않았다.

"들어온 지 일주일밖에 안 된 사원보고 무슨 임원 회의를 도우래."

"뭐…. 돌아가면서 늘 그랬잖아요."

익숙하다는 듯 대답하는 최 대리를 보고 재희의 속마음이 또 혼란스러워졌다. 최 대리 역시 속이 시끄러웠지만 그녀 머릿속에는 재희에겐 없는 뚜렷하고 명확한 생각이 있었다.

'진짜 때려치우고 말지. 1년만 채워봐. 대표 얼굴에다 사표를 야멸차게 집어던지고 뛰쳐나갈 거야. 세상 사람들이 알아야 하는데, 이 회사가 얼마나 썩어빠졌는지. 이 회사는 도대체 왜 안 망하는 거야?'

최 대리의 생각이 밖으로 튀어나오는 걸 막아야 했다. 나라고 이 회사가 좋은 건 아니지만 입사 일주일 된 사원 앞에서 굳이 선배들이 흔들리는 걸 보여서 좋을 건 없으니까.

"최 대리는 사무실 안 들어가도 되지?"

"네?"

"난 들렀다 가야 해서 짐 있으면 내 차에 실으라고."

"아, 그럼 저 이따 지하철역에 내려주시면 안 될까요?"

"'안 돼!'라고 하면, 걸어갈 거야?"

"아, 팀장님~."

최 대리는 평소 회사에서 딱딱한 사람으로 평가받는 편이다. 정석대로 일을 하는 사람이라 정확한 값을 입력해야 정확한 답이 출력됐다. 나는 그런 사람이 좋았고 그래서 함께 일할 때 편했다. 최 대리도 나와는 일 궁합이 잘 맞는다고 생각해서인지, 이따금 이렇게 말끝을 늘이며 나긋나긋한 목소리를 들려주기도 했다. 모르긴 해도, 최 대리의 본래 소속인 마케팅팀에서는 상상도 할 수 없는 모습일 거다. 그 팀 리더인 고 팀장은 손꼽히는 명문대를 졸업하고 글로벌 SPA 브랜드를 여럿 거쳐 이곳에 들어왔다. 이런 이유로 입사 때부터

고 팀장에 대한 대표의 관심과 애정이 남달랐다. 짧은 배경지식만으로 그의 행동을 모두 설명할 순 없지만 고 팀장은 자신 외의 사람을 하대하는 유난스러운 말투를 가지고 있었다.

늘 말끝마다 '넌 머리 나빠서 어떻게 사니?' 하고 타박하는 상사랑 일하다 나를 만나니 상대적으로 더 편하게 느껴질 수밖에 없겠지. 아이러니하게도 그 편안함이 나를 말랑하게 보는 이유가 될 수 있다는 걸, 이 회사에서 여러 번 경험했기 때문에 늘 상대에게 잘해주려 노력하면서도 일부러 못되게 굴어야겠다는 생각도 동시에 하게 된다. 그래서 이따금 앞뒤 다르게 태도를 전환하니, 미친 귀신 들린 년이란 소릴 듣는 것도 영 이해가 안 되는 건 아니지.

사람은 참 못된 쪽으로 영리한 동물이다. 약한 이를 잡아먹고 강한 이를 피해 다니면서 진화한 동물이라 상황에 따라 행동이 달라지는 건 순식간이었다. 맨 처음 사람들의 속마음을 들을 수 있게 되었을 때, 나는 사람들 이야기 하나하나에 신경을 곤두세웠다. 누구에게도 욕먹고 싶지 않았다. 그러다 보니 자연스레 더 좋은 평가를 받기 위해 무조건 거절하지 않는 예스맨이 되었다. 나를 향한 좋은 평가만 귀에 들렸으면 하는 마음에 남들보다 부지런하고, 남들보다 먼저 나서는 그런 사람으로 육체와 정신을 갈아 넣으며 회사 생활을 했다. 그러나 그 끝에 남은 건 좀 더 나은 평가가 아닌 지친 몸과 마음이었다.

내가 백 번을 잘해줘도 한 번을 못 해주면, 결국 못 해준 그 한 번 때문에 나쁜 사람이 되었다. 힘들고, 지치고, 피곤한 일들을 아무리 대신 해줘도 어느 날 갑자기 부모의 원수보다도 못한 놈이 될 수 있는 게 회사였다. 친절함이 업무 성과에 의미 있는 도움이 되지는 않았다. 성실함도 인간관계를 개선해 주지 않았다. 회사 안에서 사람에 대한 평가에는 좋고 나쁨만 존재하지 않았고 시기, 질투, 부러움 등의 다채로운 감정이 존재했기 때문에 절대적으로 좋은 사람이 되는 건 거의 불가능에 가까웠다.

'어휴, 저 미친년, 또 살살 웃는 거 봐라. 쟤 뒤에서 무슨 짓 하고 다니는 거 아니야? 혼자 산다는데 어디서 뭐 하고 다니는지 알 게 뭐야. 저런 식으로 거래 트는지도 몰라.'

'막상 지가 도와준다고 해놓고 이거 다 가로채는 거 아니겠지? 보고할 때는 그냥 우리 팀 이름만 써서 내야겠다. 어차피 같은 팀도 아닌데 남의 팀 성과 올려줘서 뭐 해. 이 정도는 나도 알아서 할 수 있는데 그냥 말만 얹은 거잖아?'

'아오, 저 여우. 상여우. 다 꼴 보기 싫어. 나보고 웃지 마. 아침부터 재수 없게 뭐야.'

웃는 얼굴에 침 못 뱉는다고 하던가. 그건 이미 속으로 가래침을 있는 힘껏 뱉어서다. 법 없이 살 것 같은 사람들에게도 이유 없이 사람을 미워하고, 사소한 거로 시기하고, 득실을 따지며 욕하는 건 아주 자연스러운 일이었다. 원래 사람이 그런 존재라는 걸 이 회사에서 끔찍하리만큼 적나라하게 배웠다. 이제는 겉과 속이 다른 사람들 사이에서 머리 굴려 계산을 하는 게 신물이 난다. 더 올라가고 싶은 생각도 안 들고, 더 배울 것도 없다고 느껴지는 회사이기에 어서 나를 대신해 내 저주를 가져가 줄 사람을 간절히 찾는 중이다. 이 정도 커리어면 다른 곳에 가서도, 아니면 내 회사를 차려도 이만큼은 먹고 살 것 같으니.

"콩나물 국밥 어디로 드릴까요?"

주문했던 음식이 하나둘 나오기 시작하면서 잡생각이 사그라졌다. 그래, 토요일부터 일요일까지 화보 찍느라 촬영장에서 보낸 시간이 아까워서라도 지금은 밥 먹는 거에 집중해야겠다. 아주머니가 놓아주신 공깃밥 뚜껑을 열어 반 정도 뚝 잘라 국에 밥을 말았다. 남은 공깃밥 뚜껑을 덮고는 테이블 가운데로 밀어 보내며 말했다.

"더 먹고 싶은 사람 먹어요."

그러나 아주머니가 다시 와 공깃밥을 무심히 옆으로 밀어버리고는 그 자리에 빈대떡 하나를 척 올렸다.

"메뉴 다 나왔죠?"

다들 피곤에 절어 아주머니 물음에 힘없이 고개를 끄덕이는 걸로 답을 대신했다. 그러곤 바로 숟가락을 들고 각자 식사에 열중했다. 그 모습이 순간 귀여워 보여 직원들 앞으로 빈대떡 접시를 밀어주며 말했다.

"남겨도 되니까 먹고 싶은 만큼 배불리 먹어요. 고생 많았고 내일 출근이니까 술은 패스."

"네, 팀장님."

"잘 먹겠습니다."

그 뒤로는 직원들의 얼굴을 보지 않으려고 노력했다. 눈 마주쳐 봐야 쓸데없는 속마음이 들려서 겨우 밥 한술 못 넘기게 될 수도 있으니 오직 내가 쥔 숟가락에만 집중했다. 어기적거리며 국밥을 휘휘 저어 천천히 밥을 먹었다. 이틀 동안 총책임자로 신경 쓰느라 곤두섰던 긴장이 풀려 밥맛이 사라진 탓도 있지만, 밥조차 쫓기듯 먹고 싶지 않은 마음이 컸다. 회사에 있는 놈들은 왜 그렇게 밥 먹는 시간을 아까워할까. 임원들이랑 식사하러 가면 허겁지겁 체할 듯 3분 만에 식사를 끝내고는 어찌나 눈치를 주는지. 먹고살자고 하는 일인데 이렇게 습관이 들면 먹다가 죽겠다 싶어 팀원들과 밥을 먹을 때면 한 입 먹고 세 번씩 한숨을 쉬는 버릇이 생겨버렸다. 다만 절대로 숟가락을 손에서 놓지 않는다. 그래야 아랫사람들도 식사가 끝나지 않았다고 생각할 테니까.

한 손엔 숟가락을 들고 다른 한 손에는 핸드폰을 쥐고 실

컷 인스타를 보다 시선을 살짝 올려 시계를 보니 벌써 30분이 훌쩍 지나버렸다. 이 정도면 괜찮겠지 싶어 숟가락을 내려놓았다. 이때 마주 보고 앉은 직원들을 보면 반응은 두 가지 정도로 나뉜다. 잘 먹었다거나 혹은,

'아, 다 먹었는데 왜 안 가?'

그래, 이것도 결국 나 편해지려고 베푼 배려이니 이 정도 반응은 그러려니 하고 받아들여야지.

"다 먹었으면 일어날까?"

식당을 나와 다 같이 차에 올랐다. 지하철역에서 내려달라던 최 대리가 제일 먼저 차에서 내린 뒤 옆자리에 앉은 재희에게 행선지를 물었다.

"어디서 내려줄까요?"

"아, 저…저도 사무실 갔다가 퇴근하겠습니다."

"사무실? 사무실에 뭐 두고 왔어요?"

"아, 네…."

"급한 거 아니면 그냥 내일 가지? 시간도 늦었는데?"

"아, 팀장님도 사무실로 가시는데 혼자 가기가…."

재희가 말끝을 흐려서 의중을 파악하지 못했고, 운전 중이라 그녀의 눈을 볼 수 없으니 속마음을 읽을 수도 없었다. 그러나 짐작이 가는 구석이 있긴 했다.

"혹시 내가 혼자 사무실에 들어가는 게 눈치 보여서 굳이

같이 가겠다는 거예요?"

"아, 그…그런 건 아니고…."

"난 재희 씨가 사무실 갈 일 없으면 바로 집으로 가도 되는데? 어차피 짐이야 내일도 이 차 끌고 출근하면 되니까. 근데 굳이 사무실에 가야 한다고 하면 지금 사무실로 다시 차를 돌려야 하는데 어떻게 생각해요?"

"아…."

"재희 씨."

"네, 팀장님."

"남 생각해 주는 거 나쁜 건 아닌데, 본인 상황 생각하면서 해요. 왜 사원이 팀장을 걱정합니까?"

내 눈치 보느라 친절 아닌 친절을 베풀려던 재희에게 쓴소리를 건네는 이유는 단순했다. 이런 배려는 정말 하등의 쓸모가 없는 배려니까. 나중에 가선 본인만 힘들어질 거란 걸 아니까. 애초에 싹을 잘라버리는 게 좋다.

"감사합니다."

"갑자기? 뭐가 감사해요?"

"어…. 팀장님 좋은 분 같아서요."

"재희 씨, 여기가 첫 회사죠?"

"아, 네…."

수줍은 듯 손가락을 꼼지락거리는 게 느껴졌다.

"티 엄청 나네… 뭐. 아무튼 나 그렇게 좋은 사람은 아니에요. 착한 사람은 더 아니고. 회사에서 그런 사람 찾지 말아요. 회사는 좋거나 착하거나 멋있는 사람 찾는 데 아니니까."

"그래도 팀장님 닮고 싶어요. 멋지게 일도 잘하시고. 저 사실 면접 때 안 뽑힐까 봐, 같이 일 못 하게 될까 봐 엄청 마음 졸였거든요."

"한 일주일 일했는데 어때요? 여전히 일하고 싶은 마음이 있어요?"

"네, 아직 모르는 게 너무 많긴 하지만…. 그래도 회사에서 꼭 필요한 사람이 되고 싶어요."

"필요한 사람이라…."

재희의 말을 곱씹어보았다. 어색함 하나 없이 입에 착 감기는 말. 이 회사에 들어와 적응해 가던 어느 날, 이전 디자인 팀장의 질문에 나도 재희와 똑같은 대답을 했었다.

***

"팀장님이 원하시는 만큼은 못 따라가지만 그래도 팀에서 꼭 필요한 사람이 될 수 있게 노력하겠습니다."

생각해 보면 재희의 말이나 행동은 뭘 모르던 시절의 나와 참 많이 닮았다. 높은 분들의 이해할 수 없는 말이나 행동에도 이게 회사 생활이려니 참고 넘어가고, 내 할 말을 하기보다는 내가 채우지 못한 다른 이의 기대를 먼저 생각했다. 회사 생활이 힘든 건 회사의 문제보다는 상사의 기대치를 채우지 못하는 내 문제라고 철석같이 믿었기에 팀장에게 늘 죄송하다는 말을 입에 달고 살았다. 그때마다 팀장은 매번 나에게 같은 질문을 던졌다.

"너 여기 계속 다닐 거니?"

이 회사에 들어오기 전, 인터넷 쇼핑몰을 운영하는 온갖 소규모 사업체를 전전하다 그나마 회사 같은 회사에 겨우 들어온 것이었다. 이젠 큰 회사에서 어떻게든 몸값 한번 부풀려 보겠다고 어학 시험도 보고, 자격증도 따서 들어와 정착했으니 나는 더 물러날 곳이 없었다. 억울하고 부당한 일이야 어느 조직에나 있으니 버티어보자는 마음에 늘 일관된 대답을 한 게 나의 치명적인 실수였다.

"네, 저는 여기서 꼭 팀장은 되고 나갈 거예요."

"팀장?"

팀장은 내 대답에 혼자 끅끅대며 알 수 없는 헛웃음을 짓더니 한순간에 웃음기를 지우고 나를 보며 말했다.

"너 우리 회사에 도는 유명한 소문 알지?"

"네?"

"회사에 대대로 내려오는 귀신 있다는 소문 너도 알잖아. 왜 말을 못 해."

회사에 대대로 내려오는 귀신이 여자 팀장만 골라서 빙의가 된다는 사내의 뜬소문. 빙의가 된 주인공은 하룻밤 사이에 이전과 완전히 다른 사람이 되어버려서 어느 날엔 사근사근하다가, 또 어느 날엔 미친 사람처럼 화만 낸다. 그렇게 중간 없이 혼자 널뛰기를 하다가도 사람 마음을 귀신같이 알아맞힌다고 했다. 익히 들었지만 차마 알고 있다고 답하지 못한 건, 그 소문의 주인공이 앞에 있는 팀장이었기 때문이다. 이미 여직원들 사이에선 유명한 사실이었다. 더욱이 우리 팀장의 귀신 들린 미친 업무 능력은 그 누구보다 내가 바로 옆에서 지켜보았기에 소문을 알아도 모른 척, 몰라도 모른 척 지낼 수밖에 없었다. 대답을 우물쭈물하는 나에게 그녀는 질문을 하나 던졌다.

"너 팀장 될 수 있으면 네가 귀신 가져갈래?"

"네?"

"허튼소리 같지? '회사에 지금 둘밖에 없는데 무섭게 왜 이래. 또라이같이. 집에나 가고 싶은데!'라고 생각했잖아. 아니야?"

그녀가 평소 내 말투 그대로 나의 속마음을 토씨 하나 안 틀리고 말했다. 속마음을 들킨 것도 놀라웠지만, 순간 그녀의 말투가 나와 너무 비슷해서 무서울 지경이었다.

"그거 진짜야. 빙의인지 뭔지 하는 소문. 네가 마음만 먹으면 그때부터 진짜 사람 마음을 읽을 수 있어. 스무고개같이 뜬구름 잡는 소리만 하는 대표님, 여우 같은 다른 팀장들, 능구렁이 같은 거래처. 다른 사람 마음을 읽게 되면 승진은 프리 패스야."

아무런 대답을 하지 못하고 우물쭈물하던 나에게 결정타를 남긴 건 의미를 알 수 없어서 어딘가 찜찜해지는 그녀의 마지막 한마디였다.

"그니까 너 가져. 너 팀장하고 싶다며. 나는 이제 여기 그만 다니고 싶거든."

***

믿기 힘든 말이었지만 진의를 따져볼 새도 없이 기묘한 분위기가 그때 우리 두 사람 사이를 맴돌았다. 눈을 동그랗게 뜨고, 광대뼈가 툭 튀어나올 정도로 웃던 팀장의 얼굴이 집으로 돌아가는 길에도 자꾸 생각이 나서 잊으려고 한참이나 애썼다. 그다음 주 팀장은 사표 하나만 자리에 남겨두고 홀연히 회사를 떠났다. 사표가 수리되어 공식적으로 팀장 자리가 공석이 되면서 회사에만 오면 남의 속마음이 들리기 시작했다.

초능력이라고 해야 할지 귀신의 저주라고 해야 할지 모를, 영험한 능력을 얻고 한 달을 정신없이 보냈다. 때마침 바빠진 업무에 미친 듯이 일만 하면서 내가 처한 상황을 잊어보려 했지만, 듣기 싫은 사람들 속마음이 계속해서 들리는 건 정말 끔찍한 일이었다. 회사라고 해서 사람들이 일 생각만 하는 건 아니니 별의별 사생활부터 시답지 않은 고민들, 알고 싶지 않은 취향들을 억지로 듣고 있어야 했다. 눈 감고는 일을 할 수가 없으니 사람과 마주 앉아 회의라도 하게 되면 나는 티 내지 않으려 얼굴에 경련이 일도록 미소를 지어야 했다. 어금니는 얼마나 꽉 깨물고 다녔는지 잇몸이 배겨내지 못해 결국 진통제를 달고 산 시절도 있었다.

몸과 마음이 다치지 않으려면 이 능력에 하루라도 빨리 익숙해져야 했다. 가장 쉬운 방법은 사람에게 기대를 하지 않는 것. 원래 그렇다고 그냥 넘겨버리는 것. 사람의 본질은 원래 더럽고, 추잡하고, 욕심으로 가득 차 있다고 그냥 그렇게 치부해 버리는 편이 훨씬 편했다. 어쩌면 나도 내 능력에 맞지 않게 자리를 욕심 낸 탓에 몹쓸 초능력을 갖게 되었으니.

불행 중 그나마 다행인 건, 예언 같았던 그녀의 말처럼 나는 이 능력 덕에 대표가 말하지 않은 목표도 찰떡같이 알아차리고 시원하게 긁어주며 팀장이 됐다. 직급이 높아지면서 업무 스케줄을 융통성 있게 쓸 수 있었고, 외근도 하면서 지긋지긋한 속마음 소리로부터 이따금 벗어나긴 했다. 그래도 참는 데는 한계가 있어서 어느 순간부터는 팀장이고 나부랭이고 간에 나부터 살아야겠다는 생각에 들어오는 직원마다 나를 대신해 줄 만한 사람인지 재게 되었다. 이미 같이 일하는 사람들은 내일이라도 당장 그만둘 마음이 가득했기에 새로 들어온 직원 중에 찾아야 했는데, 하나같이 한 달을 못 버티고 회사를 나가버려 그 기회를 잡을 수 없었다. 포기하고 그냥 이렇게 살아야 하나 싶었는데 재희가 던진 말에 다시 욕심이 피어올랐다. 드디어 이 저주받은 회사로부터 나도 탈출하는 건가.

"안녕하세요."

역시나 생기 넘치던 재희의 아침 인사는 일주일을 넘기지 못했다. 익숙한 패턴이었다. 인턴 기간이 끝나자마자 뒤도 돌아보지 않고 나간 수연도, 그전의 숱한 신입 사원들도 똑같았다. 각자 본인 나름대로 최선을 다했겠지만, 이 회사에 들어와서 생기를 잃지 않는 건 딱 일주일이면 충분했다. 나는 좀 더 두고 보고 싶은 마음에 아무것도 묻지 않고 가만히 그녀의 회사 생활을 지켜보았다. 얼마나 더 버틸까 싶어 진득하게 바라보니 그녀는 자신이 낼 수 있는 에너지보다 더 많은 힘을 쏟으며 회사에 다니고 있었다.

수연이 나가면서 재희는 진짜 막내가 되어버렸다. 그녀는 피곤에 치여 울상으로 출근해도 대표가 들어오는 9시 30분이 되면 환한 자본주의 미소를 가득 담아 인사했다. 위태로워 보이다가도 또 그냥 그렇게 잘 버티는 게 안쓰럽기도 했지만 그보다 그녀기 이곳에 어떻게든 남아서 내 굴레를 넘겨받아 주었으면 하는 마음이 조금 더 컸다. 나는 벗어나서 좋고 본인은 지위를 얻어 좀 더 편해질 테니 서로 좋지 않겠어? 그러나 나날이 생기가 사라지는 게 눈에 보이니 한 사람의 인생을 내 멋대로 설계하는 게 옳은 일인지 고민되기도 했다.

"재희 씨, 오늘 콘퍼런스 발표 자료 정리한 데까지 좀 봐요."

일머리가 있는 건지, 아니면 상사어 통역 기능이 있는 건지 들고 온 자료를 보니 아침에 갑자기 떠안은 업무 치고 꽤 깔끔하게 자료를 정리해 왔다. 후배가 일을 잘하면 기분이 좋아야 하는데 이렇게 다른 팀이 무작정 넘겨준 일을 잘 해내면 오히려 화가 난다.

"잘했는데…."

"아, 정말요?"

"'아, 정말요?'가 아니라 다음부터 이렇게 갑자기 업무 요청 들어오면 쳐내야지. 가뜩이나 주말 출근을 할 정도로 팀 업무가 많은데 오는 대로 그냥 다 받으면 우리 일은 언제 다

하지? 안 그래요? 다른 팀에서 일 시키면 무조건 '알겠습니다'가 아니라 나한테 보고를 먼저 하고 업무 지시 다시 받아서 하세요. 소속 정확히 보고 일해요."

열심히 하는 사람한테 왜 이렇게까지 화가 날까. 이 친구가 빨리 성장하면 나는 덩실덩실 춤을 춰야 할 판인데, 주변에서 날아오는 일까지 미련하리만큼 묵묵히 잘 해내는 게 우리 팀 막내라니 왠지 울컥하는 마음이 들었다. 그걸 또 티 내기는 싫어 꽤나 사무적으로 지시를 내렸다.

"여기랑 마무리 부분 정리하고 자료 나한테 보내요. 어차피 출력해서 콘퍼런스에 들고 가야 하니까."

"네, 알겠습니다."

넘겨준 수정 자료를 마무리 짓고 출력해서 재희에게 전해 주니 그대로 들고 마케팅팀으로 향했다. 우리 팀 직원이 남의 팀에 가서 보고하는 걸 보자니 영 신경 쓰이는 게 아니다.

"고 팀장님, 자료 다 준비했습니다."

"어, 나는 선발대로 본부장님이랑 먼저 갈 거니까 이따 대표님 모시고 오라고. 알았지?"

재희의 입에서 또 습관처럼 '네'라는 대답이 나올 게 뻔했다. 그 모습을 보고 내가 자리에서 벌떡 일어나 고 팀장을 먼저 불렀다. 그의 시선이 재희에서 내게로 향했고 나는 그 자리로 가 따져 묻기 시작했다.

"아니, 고 팀장님. TF팀 직원이 콘퍼런스에 왜 가나요? 하물며 팀장도 안 가는데, 사원이? 사업 본부라면 모를까."

"아, 강 팀장은 애기 못 들었구나. 대표님 지시 사항이잖아. 콕 집어 재희 씨가 오라는데 내가 뭐 어떡해?"

"아니, 하⋯."

고 팀장의 속마음이 그새 또 내 머릿속에 들려와 할 말을 잃었다.

'대표님, 원래 그런 거 알면서 뭘 또 저래. 예민해, 하여간. 아주 거슬려. 맘에 안 들고.'

원래 그렇다는 걸 몰라서 토를 다는 게 아니다. 원래 그런 사람이라는 걸 알기에, 어떤 광경이 펼쳐질지 뻔해서 반기를 들어봤지만 '대표님 지시 사항'이라는 회사 내 제1 원칙 앞에서 결국 아무 말도 할 수 없었다. 이 상황에 내버려 두고 일단 지켜만 볼지, 아니면 내가 나서서 막아주고 그나마 희망차게 계속 회사를 다닐 수 있게 할지 결정이 필요했다. 어떤 선택이 내가 이 회사를 탈출하는 데 더 나을지 잠시 고민을 하다가 자리로 돌아와 수화기를 들었다.

"본부장님 안녕하세요. 저 TF팀 강다영입니다. 오늘 콘퍼런스 선발대로 재희 씨도 같이 보내주시면 안 될까 해서요. 제가 대표님과 후발대로 가겠습니다."

사업 본부장이나 마케팅 팀장이나, 둘 다 우리 팀 막내 맡

기기에 마땅한 사람이라고 생각되진 않지만 대표를 독대해야 하는 자리보단 낫겠지. 결국 내가 그 자리를 자처해 나섰다. 늘 새로운 여직원이 들어오면 한 번씩은 꼭 비서를 시켜 봐야 직성이 풀리는 건지. 이건 대표의 악취미라고 할 수 있었다.

서둘러 선발대 사람들이 발표장으로 향했고 30분 뒤 차가 준비되었다는 경비실 연락에 대표실 문을 두드렸다.

"대표님, 콘퍼런스 가실 시간입니다."

"재희는?"

"아, 재희 씨는 업무를 익혀야 될 것 같아서 제가 본부장님하고 같이 먼저 보냈습니다. 제가 의전 하겠습니다."

"아, 그래?"

가운뎃손가락으로 내려간 안경을 쓱 밀어 올리며 위에서부터 아래까지 나를 쓱 훑는 대표의 속마음이 적나라하게 들려왔다.

'아, 어린 여자애를 옆에 데리고 가야 젊어 보이는데…. 쩝, 이미 닳고 닳은 팀장은 영….'

예상과 조금도 다를 것이 없어 당황하지 않았다. 덕분에 최선을 다해 유지하고 있던 미소에도 변함이 없었다. 1층으로 내려가 미리 준비된 차 문을 열자 대표가 올라탔다. 문을 닫고 조수석에 타려는 찰나 대표가 창문을 열고 나를 불렀다.

"강 팀장, 어디 가? 옆에 타."

"아, 넵."

결국 반 바퀴를 돌아 반대편 차 문을 열고 뒷자리에 앉으니 그제야 그가 가자는 신호를 보냈다. 출발과 동시에 대표의 요구 사항이 하나씩 펼쳐졌다.

"어, 그 뭐지. 거, 그때 봤던 그, 그것 좀 줘보지."

"네, 수출 자료요."

짧지 않은 사회생활 동안 다양한 대표들을 만나봤지만 지금 대표는 유난히 지시대명사를 많이 썼다. 지시대명사로 시작해서 지시대명사로 끝나는 문장. 보통 센스가 있지 않고서는 그의 말을 해석하는 게 여간 어려운 일이 아니었다. 온 직원들이 신경을 곤두세워 맞혀보려 해도 수수께끼 같은 지시 사항을 단번에 맞힐 수 없어서 다 같이 모여 토론을 펼쳤던 적도 있다. 그쯤 되면 다시 한번 물어보면 되지 않을까 싶지만 그가 한 번 내뱉은 말을 다시 듣기 위해서는 근본 없는 욕을 30분가량 바가지로 먹어야 했기에 웬만하면 사람들은 되묻지 않고 그의 말을 알아듣기 위해 노력했다.

여기에 가장 능통한 전문가가 나였다. 그럴 수밖에 없다. 그는 한마디를 내뱉지만, 그전에 수만 가지 생각과 기억이 그의 머리를 스쳐 지나간다. 그 과정에서 문장을 정리하지 않고 생각난 대로 말하다 보니 속을 들여다보지 않고서는 의도를 알 수가 없었다. 나야 속마음을 들을 수 있어 언제나 그 고약한 성미를 척척 맞추었으니, 회사 사람들에게 귀신으로 불리는 게 당연할지도 모르겠다.

"팀장님!"

콘퍼런스장에 도착하니 재희가 미리 나와 손을 흔드는 게 보였다. 대표 옆, 그러나 딱 한 발짝 뒤에 서 있는 내가 그녀를 발견하고 손 내리라고 조용히 손짓하니 의아한 듯 눈을 동그랗게 뜨고 나와 대표를 바라보았다. 그녀의 코앞에 다다랐을 때 그녀의 손에 들린 물병을 보고 대표에게 내가 먼저 물었다.

"대표님, 물 좀 드릴까요?"

"어, 그래."

대표의 말이 떨어지자 그제야 정신을 차린 듯 생수병을 따서 그에게 전하는 재희. 그리고 뒤이어 건물 안에서 고 팀장이 나와 자리를 안내했다.

"아, 대표님 오셨습니까. 이쪽으로 가시면 됩니다."

이쯤 되면 알아서 하겠지 싶은 마음에 더 따라가지 않으니 두어 발걸음 이동하던 대표가 걸음을 멈추고 뒤돌아 나와 재희를 바라보았다.

"너네는 왜 안 와."

"아, 들어가겠습니다."

대표의 재촉에 잠시 벗으려던 하이힐을 다시 푹 눌러 신고 발표장 안으로 들어갔다. 들어가자마자 고 팀장과 재희가 멈춰 섰다. 곧이어 발표장 맨 앞줄에 앉아 있던 본부장이 뛰어와 대표 의전을 이어갔다. 앞에서 공손한 손으로 자리를 안내하는 본부장과 그 뒤에 대표. 그리고 그 두 사람 뒤를 따르는 건 오로지 나뿐이었다.

"이쪽으로 들어가시면 됩니다."

본부장은 대표를 자리로 안내한 뒤 그 앞줄에 앉았고, 나는 대표의 옆자리에 따라 앉았다. 들어오다만 고 팀장과 재희가 신경 쓰여 핸드폰을 꺼내려다 대표의 요청에 다시 집어넣었다.

"그…그, 아까 뭐 바꾸자고 그랬지?"

"이미지 혁신을 비주얼 혁신으로 변경하기로 했습니다."

"아, 그래. 거, 담배는 어디서 피우나? 시간 되나?"

"아직 15분 정도 남았습니다. 출구에 고 팀장님 계셔서 아실 듯합니다. 여쭤보고 오겠습니다."

"아니야, 가면 되지 뭐."

자리에서 일어나는 대표에게 길을 내어주고 조금 뒤에서 걸었다. 문 앞에 서 있던 고 팀장이 대표와 함께 갈 듯해 배턴 터치하듯 나는 재희 옆에 멈추었다. 보통이었으면 담배 피우는 자리까지 나를 끌고 가서 미주알고주알 별 이야기를 떠들어댈 위인이지만 오늘따라 고 팀장의 태도가 의뭉스러웠다. 그때까지 가만히 서 있던 재희가 나를 보고 안절부절못하기에 조심스레 말을 건넸다.

"여기 그냥 있어도 돼요."

"아, 네…."

피곤함과 피폐함은 둘째 치고 당장의 혼란스러운 마음에 '여기는 어디지, 나는 누구지'만 되뇌는 그녀를 조용히 불렀다.

"재희 씨, 정신 차려. 아직 발표 시작도 안 했는데 그렇게 넋 놓고 있으면 끝날 때까지 힘들어요."

"아… 네. 저…."

자꾸만 말끝을 흐리는 재희의 속마음을 읽는 것도 지겨워 대놓고 물어보았다.

"뭐 할 말 있죠? 고 팀장님이 뭐라고 했어요? 아니면 본부장님이?"

"그게 아니라…."

"그냥 솔직하게 말해도 돼요. 두 분 돌아오면 말도 못 하니까, 그냥 빨리 말해요."

누가 들어도 짜증이 가득 섞인 내 목소리에 재희도 바로 이야기를 늘어놓기 시작했다.

"아니, 고 팀장님이 아까 팀장님 오시기 전에 대표님 옆에서 걷지 말고 한 발자국 뒤에서 걸으라고 하셨거든요. 근데 조금 전에 팀장님이 대표님이랑 나란히 앉으니까 뒤에서 엄청 뭐라고 하시면서 '너는 저렇게 하면 안 된다'고, '저거 되게 예의 없는 거'라고. '여자가 대표님이랑 저렇게 나란히 앉으면 안 된다'고 계속 말씀하시니까. 이게 지금 저를 혼내시는 건지, 가르치시는 긴지 아니면 저보고 팀장님한테 가서 말리라는 건지 이해를 못 하겠어서요."

재희의 하소연이 섞인 이야기를 듣고 있으니 절로 한숨이 나왔다. 더 더할 말도 없고.

"아까 차 타고 오면서도 팀장님 밑에서 일하니까 저더러 '네가 팀장님인 줄 아냐'고 엄청 타박해서 가지고…. 제가 뭘 잘못했는지 모르겠더라고요."

재희는 금방이라도 눈물을 쏟을 듯한 목소리였다. 다행히도 눈에 눈물이 고이진 않았지만 극도의 긴장과 혼란이 온몸을 휘감고 있어서 목소리가 덜덜 떨렸다. 시간은 없고 뭐라도 얘기는 해줘야겠고. 어떻게 말을 해줘야 가장 현명한 답일까. 짧은 순간 많은 생각이 지나갔다.

"재희 씨가 잘못한 게 뭐가 있어요. 지금 업무를 준 것도 아니고, 지시 사항이 있었던 것도 아니고. 그냥 가만히 있었을 뿐인데. 아, 뭐 됐고. 하…."

재희의 이야기를 가만히 곱씹으려니 대표와 있을 때부터 꾹 참았던 울화가 치밀어 올라 한숨이 자꾸 튀어나왔다.

"일단 오늘은 대표님이 시키는 대로 하고 고 팀장님이 또 뭐라고 하면 나한테 와서 말해요. 그리고 아무 때나 '죄송하다'고 말하지 마요. 업무상에 큰 피해 입힌 거 아니면 '시정하겠습니다' 아니면 '알겠습니다'라고 해요. 머리 숙여가면서 사과하면 나중에 재희 씨 잘못이 아니어도 재희 씨가 다 덤터기 쓸 수 있어요. 판단 잘 해서 말하고 행동해요."

"네, 알겠습니다."

나는 해줄 수 있는 걸 다 했다. 혼자 지독하게 고생할 걸 따라와서 막아주었고, 쉽게 사과하는 버릇을 지적하면서 신입 사원의 입에서 나오기 힘든 대답도 일러주었다. 진짜 별거 아닌 것 같지만 회사에서 오래 살아남기 위해 꼭 필요한 조언이다. 이 진상들 소굴에서 자신의 줏대를 지키며 버티는 게 쉬운 일은 아니지만, 이런 말조차 해주지 않으면 이 열정의 신입 사원은 정말 대표의 지시대로 주말마다 임원 회의에 가서 서기이자 비서 노릇을 자청할 것 같았다.

임원 회의에 참석하면 그들에게 점수를 따서 회사를 편히 다닐 수 있을 것 같지만 실상은 전혀 다르다. 오히려 그 회의는 회사를 그만두고 싶게 하는 가장 큰 원인이라는 걸, 직접 겪어본 나는 알고 있다. 얼마나 기가 막힌 소리를 늘어놓을지, 또 얼마나 말도 안 되는 짓을 시켜댈지 뻔했다. 그래서 지난번에는 대놓고 가지 않는 방법도 알려주었는데…. 그런데도 이 친구의 눈에서 새어 나오지 않았으면 하는 속마음이 들려왔다.

'나, 이 회사 계속 다닐 수 있을까. 다녀야 하는 걸까…?'

"나 가운데 타도 안 불편하면, 내가 가운데 탈게."

순전히 호의로 한 말이었다. 팀장 직급이 운전하는 차를 회장님처럼 편히 타는 게 편치 않아서 세 명이 타야 하는 뒷자리를 택해 물어본 것인데, 질문을 받는 당사자가 대리와 사원이라니. 순전히 호의로 내뱉은 말도 팀장이란 내 직급 탓에 순식간에 말 돌려 지적하는 꼰대가 되었다.

"아, 아니에요. 제가 가운데 탈게요. 대리님이랑 팀장님이 창가에 앉으세요."

손사래를 치며 가운데에 앉겠다고 나서는 재희를 보니 더 되묻기도 애매했다. 다시금 반복해 물어보면, 더 못된 상사가 될 거란 걸 알았으니 그냥 포기하고 재희의 요청대로 차에 올랐다. 운전석에 앉은 홍보 팀장이 시동을 걸며 한숨 쉬기에 뒤에 앉은 내가 한마디 거들었다.

"좁게 타고 가도 우리끼리 가는 게 낫지요?"

"아우, 당연한 소리야. 대답하기도 귀찮아. 그래도 1박 하자는 거 겨우겨우 설득해서 당일치기로 밥 먹고 끝나는 줄 알아. 내가 얼마나 힘들었는지 알아? 이 망할 놈들 비위 맞춰서 평상 있는 계곡 식당 구하느라 진짜 개고생했다고. 평상철거된 지가 언젠데, 뭐 그런 걸 찾아오래. 아오. 진짜 하여간별 고까운 짓거리는 다 해요. 다."

출발 전부터 한숨 짓는 차 팀장에게 던진 질문이었는데, 대답은 옆에 앉은 인사 팀장에게서 돌아왔다. 조수석에 앉은 그녀는 한바탕 한풀이를 하더니 그새 팔짱을 끼고 눈을 감는 듯싶다가 갑자기 앓는 소리를 내뱉었다. 늘 투덜거리는 스타일인 걸 뻔히 알고 있으니, 지금 말을 걸어달라는 표시인 것 같아 선심 쓰는 척 말을 걸었다.

"전 팀장님, 왜요. 무슨 일 있어요?"

"아니, 아침에. 아… 아니야. 됐어."

말을 하려다 말아서 늘 수면 위로 남의 속마음을 끄집어내는 데 도가 튼 내가 결국 총대를 멨다. 어차피 지금 들어주지 않으면 전 팀장은 오늘 하루 종일 툴툴댈 위인이었다.

"아, 팀장님. 이미 말씀하시려고 맘먹은 거 같은데 그냥 시원하게 털고 가세요. 어차피 그런 얘기 하려고 편한 사람들끼리 가는 건데."

앞자리 시트를 두들기며 부추기자 그녀가 입을 열었다.

"아니, 고 팀장이 아침부터 대뜸 나한테 시비를 걸잖아. 하루 이틀 아니니까 그러려니 했는데 월권까지 2연타 치고 나오니까. 하, 나도 표정 관리 안 되더라고."

"고 팀장님이 왜요?"

사업 본부장과 같은 라인을 타고 있는 고 팀장은 직원들 사이에서 공공연한 빌런이었기에 가만히 운전만 하던 차 팀장까지 조심스레 대화에 끼어들었다.

"아침에 대표님이 개인 미팅 끝내고 바로 워크숍 장소로 시간 맞춰서 오신다는 거야."

"잘됐네. 자기도 의전 안 하면 좋은 거 아니에요?"

"아니, 근데 그 말을 전하면서 끝에 '어떻게 인사 팀장이 대표님 일정도 모르세요?'라는 말은 왜 붙는 거야? 아니, 내가 비서도 아닐 뿐더러 이거 지금 왜 자기한테 말 안 했냐고 따지는 거잖아. 정작 제일 먼저 알고 얘기한 건 자기면서… 아니지? 이거 지금 자기가 나보다 먼저 알았다고 티 낸 거잖아? 더 어이가 없네?"

전 팀장은 늘 말 안 할 것처럼 굴다가 결국 혼자서 술술 속내를 드러내는 편이었다. 늘 입꼬리가 축 내려가 있는 그녀의 속마음을 읽어보면 모든 사람이 다 자신을 주인공으로 만들어줬으면 하는 바람이 가득했다. 뒷모습만 보여서 생각을 읽을 수 없는 이런 상황에서도 이제 어떻게 해야 그녀의 기분을 풀어줄 수 있을지 정도는 식은 죽 먹기였다. 그녀의 장단에 맞춰 리액션만 적절히 해주어도 에피소드가 끝도 없이 줄줄 이어졌다.

"자기가 팀장님보다 대표님이랑 친하다 뭐 이렇게 얘기하고 싶었던 거 아닐까요?"

"아니, 그리고 인사팀은 난데 왜 자기가 사람을 더 뽑니 마니 하고 있냐고. 대표님이 사람 뽑게 정부 지원 사업 알아보라고 했는데, 왜 보고 안 하냐고 묻더라? 내가 보고를 안 해서 홍보팀 사람을 못 뽑는 거래. 아니, 지가 인사팀도 아니고 마케팅 담당자면 자기 일이나 할 것이지. 내가 대리, 사원도 아니고 같은 팀장인데 일을 하네, 마네. 뭔 평가질이야. 한국대 나오면 다 그래? 아주 다 자기 발밑이야?"

"대표님도 똑같잖아요. 뭘. 대표님 학벌에 대기업 좋아하는 거 모르시는 것도 아니면서."

차 팀장 역시 자기 팀 이야기가 나오니 운전대를 잡고도 대화에 열심히 참여하며 말을 거들었다. 그녀 역시 고 팀장의 학벌 때문에 사내에서 크게 민망했던 경험이 있어서 더 발끈했을 것이다.

"대표님은 직원들 이름은 모르고 출신만 기억하시니까. 그냥 저보고 '한국대'라고 부르시는 바람에 제가 한동안 이름이 없었잖아요."

"차 팀장, 그래도 자기는 전에 '프레아' 출신이라 가끔 대표님이 '프레아'라고 불렀잖아. 들어올 때부터 팀장이고. 나야말로 학교도, 대기업 경력도 없어서 이름이 없었지. 난 '야'였어. 야."

"그런 거 보면 강 팀장님은 진짜 대단하세요. 그 틈바구니에서 승진하고, 팀장까지."

"강다영이 독하긴 하지. 고 팀장이랑 대놓고 싸우는 애도 재밖에 없을걸. 아무튼, 고 팀장은 진짜 맘에 안 들어. 진짜, 진짜 너무 짜증 나 죽겠어. 화딱지 나서 대학원을 가든지 해야지."

열변을 토하는 두 팀장 뒤에서 대리와 사원을 끼고 앉아 있으니 이렇게 대놓고 관리자들이 회사 욕을 해도 되나 싶은 마음이 들어 옆자리에 앉은 재희와 최 대리를 바라보았다. 최 대리는 이미 창밖을 보며 마음을 집으로 보내둔 듯했고, 재희는 손가락을 꼬물거리며 입술을 뜯고 있었다. 심상치 않은 느낌에 고개를 살짝 기울여 재희의 눈을 바라보니 오늘 아침의 기억이 우수수 쏟아졌다. 그러나 차 안에서는 아무것도 해결할 수 없으니 사람들이 없을 때 이야기해야겠다 싶어 목적지까지 모른 척 조용히 입을 다물었다.

워크숍 장소에 도착해 보니 선발대로 먼저 온 사업 본부에서 평상 위에 직원이 앉을 자리를 하나하나 다 준비해 놓은 상황이었다. 당연히 제일 상석에 대표 자리를 두고 그 양옆으로는 핵심 부서를 가까이에 배치해 놓았다. 정확히는 먼저 도착한 사업 본부와 마케팅팀의 자리. 먼저 왔으니 그 정도는 이해한다지만 테이블마다 팀과 상관없이 여직원 자리를 마련해 놓은 건, 대체 무슨 근본 없는 센스인가. 모두 차에서 내려 영업팀 사원에게 테이블 자리 배치를 듣고 어이가 없어 헛웃음을 지었다. 고 팀장에게 가서 또 한바탕해야 하나 싶다가 옆에 있던 재희를 보고 정신을 차렸다.

"재희 씨."

"네, 팀장님."

"나랑 잠깐 얘기 좀 할까?"

"아, 네."

"저, 옆에 가서 커피랑 음료수 좀 사 올게요!"

'이제 이 정도의 분란은 니들이 알아서 해결해라'란 마음으로 직원들에게 호기롭게 말을 던지고, 재희에게 따라오란 손짓을 했다. 조용히 옆으로 다가온 재희와 말없이 눈짓을 주고받은 후 무리에서 떨어져 나와 어디에 있을지 모를 편의점을 향해 걸었다. 재희는 여전히 생각이 많아 3초에 한 번씩 주제를 바꿔가며 고민에 빠졌다. 이러다가는 밥 먹기도 전에 머리가 터져 큰일을 치를 것만 같았다.

"재희 씨, 무슨 생각을 그렇게 해."

"아…. 별일 아니에요…."

"아닌 게 아닌데? 아까 보니까 차에서부터 입술 엄청나게 뜯고 있던데?"

"아…. 습관이라서요."

"잔소리 같겠지만, 그거 진짜 안 좋으니까 웬만하면 습관 고치려고 해봐요."

"네…."

조용히 대답하고는 다시 입을 꼭 닫고 고민에 빠지려는 재희에게 생각할 틈을 주지 않고 다음 질문을 던졌다.

"아까 좀 불편했죠?"

"네?"

"개인적으로 팀장 이하 직원들 앞에서는 회사 욕 웬만하면 안 하려고 하는데, 뭐 워크숍 가는 길이기도 하고 다들 최 대리나 재희 씨나 믿고 편해서 이런저런 얘기 다 했네요. 너무 신경 쓰거나 머리에 담아두지 마요. 아직 회사나 사람에 대해서 평가하기에는 그간 회사 생활이 너무 짧으니."

"저, 사실 아침에 고 팀장님이 면담 요청하셨거든요."

재희의 머릿속이 고 팀장과의 대화로 가득 차 있는 건 말하기 전부터 알고 있었다. 그래서 담아두지 말라고 내가 말 꺼낸 거니까 이제 시원하게 말해주겠니? 평소답지 않게 속마음을 그냥 툭툭 내뱉고 싶은 걸 꾹 참으며 물었다.

"뭐 특별한 얘기하시던가요?"

"그런 건 아니고…. 사실 제가 회사에 좀 일찍 출근하잖아요. 팀장님이 일러주신 것도 있고, 대표님도 일찍 나오면 좋게 봐주시는 거 같고. 오늘도 8시쯤 출근해서 사무실에 아무도 없었는데, 딱 제 자리로 전화가 오더라고요. 그래서 전화를 받았더니 대표님이었어요."

"대표님이요? 재희 씨한테?"

대표가 들어온 지 몇 주 되지도 않은 신입 사원한테 이렇게까지 신경 쓴다고? 나야 우리 팀이니 나쁠 게 없다. 허나 늘 연줄에 연연하는 사업 본부나 마케팅팀 사람들에게는 여간 신경 쓰이는 일이 아닐 수 없으니 이야기의 시작부터 예감이 좋지 않았다.

"전화 받아보니까 일찍 와 있을 거 같아서 제 번호로 걸어봤다면서 미팅 갔다가 워크숍 장소로 바로 갈 거니까 그렇게 전하라고…."

"고 팀장님한테?"

"아, 아니요. 딱히 누구를 콕 집어 이야기하신 건 아니라서 그냥 일찍 오시는 분께 말씀드려야겠다고 생각했는데 바로 고 팀장님이 출근하시더라고요. 무슨 전화냐고 물어보셔서 그냥 통화 내용을 얘기해 드린 것뿐인데…. 인사 팀장님께 그런 식으로 전하실 줄은 몰랐어요…."

그러니까 정리해 보면, 고 팀장은 우리 팀 신입한테 들은 이야기를 가지고 마치 자기가 들은 것처럼 말해서 인사 팀장 속을 긁어놨다는 거잖아? 대체 뭐 하는 놈이야.

"아니, 근데 고 팀장님이랑 면담했다는 건 뭐예요?"

"대표님 워크숍 장소로 바로 오시는 거 내부에 공유하라고 했다고 말씀드리니까, 제 번호로 전화해서 말씀하신 거 맞느냐고 계속 확인하시더라고요. 약간 뭐라고 해야 하나…. '대표님이 너한테 전화를 했다고?' 이런 느낌이요! 그러다가 본부장님이 곧 오셔서 두 분이 사업 본부 쪽에서 한참 이야기하시더니 옥상으로 따라 올라오라고 하셔서 거기서 면담했어요."

재희는 자기가 말해놓고 자기가 내뱉은 단어에 꽂혔다.

'면담? 면담이 맞으려나….'

무슨 대화를 했기에 저렇게 헤매는 걸까. 내가 이어 물었다.

"가서 혼났어요?"

"혼난 건 아닌데, 잘 모르겠어요. 홍보팀 수연 씨 나가서

TF팀 힘드냐고 물어봐서 그냥 좀 바쁘다고 했는데…. 팀장님도 기억나시죠? 지난번에 콘퍼런스 끝나고 돌아오는 차 안에서 대표님이 흘리듯이 말씀하신 거 있잖아요. TF팀 인력 충원 때문에 지원 사업 알아보고 있다고."

기억이 안 날 수가 없다. 그날, 우여곡절 끝에 콘퍼런스가 끝나고 돌아오는 차 안에서 기회를 틈타 내가 나서서 홍보팀 충원을 요청했으니까. 평소 같았으면 직원 충원을 먼저 요청하지 않는 내가 말을 꺼내서인지, 대표도 바로 그 자리에서 답을 줬다. 정부 지원 사업으로 뽑을 거니 기다리라는 말. 분명 그 대답을 고 팀장도 들었고, 재희도 들었다. 우리 모두가 똑같은 기억을 가지고 있다.

"기억나죠. 제가 물어봐서 대답해 주셨던 거니까."

"그때 고 팀장님도 같이 계셨잖아요. 그걸 기억하시는 거 같은데, 왜 전 팀장님한테 얘기를 그렇게 전달하셨는지 잘 모르겠어요. 당장 다급한 업무 지시도 아니고 며칠이나 지난 이야기였는데…."

아침에 있었던 이야기를 한참 풀어놓던 재희의 눈동자가 잠깐 흔들리더니 말을 멈췄다. 그사이 그녀 머릿속에는 고 팀장의 말 한마디가 반복해 맴돌았다.

'대표님이 말씀하시는 거는 앞으로 나한테 제일 먼저 말해. 그것만 하면 돼.'

얼마나 강렬하게 남았던 건지, 재희 속마음에서 흘러나오는데도 그의 목소리가 들리고 표정까지도 얼핏 보였다. 아주 헛소리를 했구나. 네가 결국 남의 팀 막내를 데려다 놓고 정치질을 했어.

"다른 얘긴 안 하셨어요…?"

"어…."

대답을 머뭇거리는 재희 머릿속에 방금 전과 또 다른 그의 목소리가 들렸다.

'회사에서 제일 나쁜 게 뭔지 알아? 줄 타고, 정치질 하는 거야. 그런 거 안 하려면 일만 하면 돼. 사원은 시키는 대로만 해도 절반은 가요. 왜? 회사에 하도 이상한 사람들이 많거든.'

재희의 눈을 통해 들리는 고 팀장의 말에 내가 다 기가 찼다. 그는 여태껏 변한 게 없다. 내가 대리였던 시절, 그때도 똑같은 이야기를 한 적이 있었다. 이전 팀장이 나에게 이 놀라운 저주를 물려주어 혼란에 빠졌을 때, 내가 자신의 생각을 읽는다는 건 전혀 모르고 그저 사수가 나가서 끈 떨어진 연 보듯 나에게 말했다.

"팀장도 없는데, 네가 혼자 뭘 할 수 있어? 너 이 회사 얼마나 다닐 수 있을 거 같아? 회사 생활? 다 일 잘해야 오래 다니는 거야. 정치 이런 거 하는 인간들? 오래 못 간다."

밑도 끝도 없이 던지는 당찬 말과 달리 속마음은 꽤나 타

들어가고 있었다.

'아, 이 기집애가 팀장 되면 복잡해지는데⋯. 그전에 내 밑으로 라인 확 잡아야 하는데. 아 대표님은 왜 골머리 쓰게 여자애를 팀장 시킨다고 하는 거야!'

겉과 속이 판이한 그를 보며 처음으로 내 서주가 초능력임을 깨달았다. 아마 이 능력이 아니었더라면 나는 고 팀장을 이겨먹겠다는 생각을 하지 못했을 것이다. 내가 발악한다고 눈 깜짝할 거 같지 않아 보였으니까. 그러나 그가 내뱉는 말이 머릿속 생각과는 영 딴판이어서 허탈하기 그지없었다. 내가 잘나서 불안한 마음에 괜히 으름장을 놓는단 걸 알고 나니, 그간 회사에 다니면서 단 한 번도 떨쳐버리지 못했던 겁을 그날 야무지게 던져버렸다.

그 덕분에 나는 더 영악해졌다. 그의 머릿속에 있던 아이디어를 먼저 제시해 선점하고 성과를 내 디자인 팀장이 되었고, 그 후엔 TF팀도 맡았다. 묘하게 마케팅팀의 영역까지 한 발 걸쳐놓고 일하면서 실적을 쌓아왔다. 같은 아이디어를 가지고도 단 한 번도 먼저 펼치지 못한 그는 억울하게 무능한 팀장이 되어갔다. 그러니 그 잘난 학벌에 더 기대어 연줄에 연연하고, 같은 한국대 출신인 본부장 라인을 탈 수밖에. 내가 잘나가는 모습을 보면서 아니꼽다고 생각하려나? 아니. 그 못돼먹은 생각을 여전히 고치지 못한 걸 보면 아직도 멀었다. 유치한 질투 때문에 고작 20대 중반인 사원을 이렇게 나 또 괴롭히고 있다니.

"고 팀장님이 정치질 하지 말라고 하던가요? 대표님 지시 사항은 자기한테 보고하라고?"

"어…?"

재희는 자신이 말하지 않은 이야기를 훤히 알고 있는 나를 신기하게 바라보았다.

'어떻게 알았지?'

정확히 예상했던 속마음이 또 들렸다.

"어떻게 알았냐고 생각했죠? 방금."

"네…."

'와, 소오름…. 나도 다른 사람 생각을 읽을 수 있으면 회사 생활이 좀 편해지려나….'

뭐라고? 순간적으로 튀어나온 재희의 반응에 어이가 없었다. '신기하다', '무섭다', '놀랍다'가 아니라 저도 그랬으면 좋겠다고?

"진짜 그렇게 생각해요?"

"네?"

"사람 생각을 알 수 있으면 회사 생활이 쉬울 거 같아요?"

"오오오! 어떻게 아셨어요?"

그제야 신기함에 호들갑을 떠는 재희. 그녀에게 솔직하게 대답해 주는 게 나을지, 아니면 예전에 나처럼 모르고 있다가 어느 날 갑자기 능력이 생기는 게 나을지 생각하다 지금은 결정할 수 없겠다 싶어서 말을 다른 방향으로 돌렸다.

"'강다영이 여잔데 그래봐야 얼마나 오래 가겠냐', 'TF팀이 천년만년 가나', '강다영이 너 챙겨줄 것 같냐' 이런 소리도 했네?"

"우와… 대애박…."

재희는 두 손으로 입을 틀어막으면서 놀란 눈으로 나를 바라보았다. 익숙한 반응이었다. 비밀을 알려주었던 다른 인턴들도 늘 같은 반응이었으니까. 그래서 하려던 이야기를 마저 꺼냈다.

"그래, 고 팀장님이 흔들어서 고민돼요?"

"네? 아, 아니에요!"

극구 손사래를 치며 아니라고 말하는 재희에게 단도직입적으로 물었다.

"이렇게 피곤한 조직인데도 여전히 남고 싶어요?

재희가 답을 하기 전에 기대를 잔뜩 했다. 그래도 너라면. 여태껏 말도 안 되는 상황들을 다 잘 버틴 너라면 지금까지의 인턴이나 사원 들과 달리, 내가 기대했던 다음 사람이 되어줄 수 있을 것 같은데. 재희의 대답은 '예', '아니요'가 아니라 조금 특이했다.

"피곤하다기보다는…. 제가 사람들 의중을 잘 못 읽는 것 같아요. 눈치가 없는지 아니면 센스가 부족한지…. 눈치든 센스든, 부족한 게 채워지면 저도 좀 나아질까요? 팀장님?"

질문이 되돌아올 거란 생각은 못 했다. 나아지겠냐고? 센스를 채우면 나아지겠냐고? 여태까지 회사 생활을 하면서 봐온 사람들 중에 이렇게까지 생각과 말이 똑같은 사람이 있었던가. 하물며 인턴들도 어떻게 하면 집에 빨리 갈까 생각뿐이던데. 이 신박한 캐릭터는 대체 뭐지…?

"사람들 생각을 읽을 수 있으면 상황이 바뀔 거 같아요?"

"뭐… 다 바뀌지는 않겠지만…. 그래도!"

상상의 나래를 잠시 펼쳐보던 재희의 눈이 초롱초롱하게 빛나더니 그 희망찬 눈으로 나를 보며 대답했다.

"팀장님도 계시니까 더 잘 할 수 있을 거 같아요."

"네?"

"팀장님, 멋있어요. 일도 잘하시고 능력도 있으시고. 저 우리 회사 서브 브랜드 만든 거 대표님이나 고 팀장님 프로젝트인 줄 알았는데, 팀장님 작품이라길래 회사 들어와서 한 번 더 놀랐거든요. 앞으로 더 많이 배우고 싶어요!"

이건 생각하지 못했던 대답인데? 나를 당황하게 만드는 그녀의 말. 그리고 그녀의 속마음. 겉과 속이 완전히 똑같은 말은 정말 오랜만이었다.

"아니, 윗사람이 없어야 더 크지. 내가 사람들 생각 읽는 법을 알려주고 갈게요. 그럼 재희 씨가 일을 더 잘할 수 있을 거예요. 인정도 받고, 나보다 더."

"음…. 그래도 팀장님 밑에서 계속 일하면 안 될까요? 저 아직은 팀장님 밑에서 배우고 싶어요!"

양자택일이 아예 불가능한 친구잖아? 재희의 대답에 모든 것을 떠넘기고 떠나려 했던 내 계획이 뒤엉켜 버렸다. 그러니 분명 난 실망하고, 좌절해야 마땅하다. 그만큼 이곳을 떠나고 싶었고, 이 모든 것이 지긋지긋했으니까. 그런데 지금 마주한 재희의 얼굴을 보고 있으니 어딘가 가슴이 뭉클해져 오는 건 뭘까. 누군가가 내 일을, 우리가 함께하는 일을 이렇게 진심으로 바라고 기대한 적이 언제였지? 시기, 질투, 경쟁 이런 것들 없이 대화할 수 있는 동료가 얼마 만이지. 여태껏 이 회사에서 다른 사람의 속마음을 읽고 눈치 보며 지내오느라 한 번도 느껴본 적 없는 감정이 스멀스멀 올라왔다. 뭐라고 설명할 수 있을까. 대학교를 막 졸업했을 때 느꼈던, 설레고 새롭다는, 이제는 너무 낯설어진 바로 그 느낌.

"안녕하세요. 좋은 아침입니다."

"팀장님, 저 오늘 1일이에요!"

늘 하던 인사인데, 돌아오는 재희의 목소리가 유달리 활기찼다. 재희는 수습 기간 세 달을 보내고 정직원이 되어 계속 함께하게 되었다. 진짜 우리 식구, 정식 후배. 그리고 놀랍게도 나 역시 회사에 쭉 남아서 그녀와 함께 근무를 하고 있다.

"응, 알아. 오늘 1일이지. 그게 백 일 되고, 천 일이 될 때까지 남아서 대리도, 팀장도 다 제쳐라. 응?"

"그럼요. 요청하신 자료 다 찾아 정리해 두었습니다. 말씀하신 건 늘 3일 이내로 꼭 찾으시잖아요."

"오, 말 아직 안 꺼냈는데 귀신 다 됐네."

담담하고 투박하게 던지는 칭찬이었지만, 실상 마음속에서는 그보다 더 기특하게 여기고 있다. 친구들에게 어찌나 자랑을 했는지. 눈치껏 직원 성향을 파악하고 일 처리를 똑 부러지게 하는 후배가 생긴 덕분에 회사 생활이 꽤 새로워졌다. 아, 물론 이 친구의 눈치가 빨라졌다고 해서 내 초능력을 멋대로 던져주지도 않았다. 그저 내가 알고 있는 직원들의 속마음을 슬쩍 알려주어 그녀의 사내 정치를 훨씬 수월하게 만들어주는 좋은 선배가 되었다.

나는 맘에 드는 후배가 원하던 대로 이 회사에 남아 좋은 멘토가 되기로 마음먹고, 여전히 저주받은 귀신으로 살고 있다. 내가 그 삶을 살아보니, 이 저주를 그녀에게 넘겨서 지금 가지고 있는 패기와 창의력을 다 날려버리기엔 아깝다는 생각이 들었다. 그녀는 처음 회사에 들어올 때 본인의 말처럼 신선한 자극을 주는 팀원이어서 말라버릴 대로 메마른 내가 생각하지 못했던 허무맹랑한 제안들을 가끔 던졌다. 그 아이디어 중에 아직 쓸 만한 건 절반도 안 되지만, 잘 다듬고 키우다 보면 언젠가는 홈런을 칠 수도 있지 않겠어?

나 역시 다른 사람들의 생각을 신경 쓰는 대신, 팀을 꾸리고 사람을 가꾸는 데 온전히 집중하면서 새로운 자극을 받는다. 여태 회사를 다니며 한 번도 제대로 후배를 키워보겠다고 마음먹어 본 적이 없었는데 내 능력을 이용해 이런 쪽으로도 색다른 도전을 할 수도 있을 것이다. 다행인지 불행인지, 재희는 사람들의 마음을 속속 읽어내는 내 능력을 특별히 신기해하거나 놀라워하지 않았다. 여전히 이 능력이 일 잘하는 사람의 센스라고 굳게 믿는 것 같다. 그러니 이 거지 같은 능력은 당분간 내 몫으로 그대로 두는 게 좋겠다.

사실, 이 저주를 떠안고 버티게 된 가장 큰 이유는 남들이 내뱉는 같잖은 말들을 현실로 만들고 싶지 않아서였다.

'강다영이 여잔데 얼마나 가겠어? 너 천년만년 강다영이가 너 챙겨줄 거 같냐? TF팀 해체되면 실세는 마케팅팀이야.'

그날 재희가 직접 전한 말 외에도 눈을 통해 더 많은 걸 읽었다. 고 팀장과 같은 생각을 하는 이들의 말이 사실이 되도록 내버려 두고 싶지 않았다. 이 회사 사람들 입에서 '거봐 그럴 줄 알았다'라는 말이 나오는 걸 보고 싶지 않았다. 그게 내가 이 회사에 남기로 한 가장 큰 이유다. 회사에서만 통하는 이 전지전능한 능력으로 언젠가는 내가 키운 후배들이 모두를 다 밀어버리고 진짜 실세를 차지하는 날이 오겠지. 나는 이미 잘 하고 있고, 그런 내가 키우는 후배는 남다를 테니까 스케일 큰 꿈을 꿔본다.

초능력 덕분에 커리어에 큰 성과들을 이루었지만, 한 번도 다른 사람을 위해 이 능력을 사용해야겠다고 생각한 적은 없었다. 내 성장이 멈췄다는 생각이 들 때 제2의 강다영으로 키워보고 싶은 후배가 나타나 초능력으로 누군가를 돕게 되니, 이제야 전쟁터였던 회사 생활에 활력이 도는 느낌이다.

물론 사람을 내 맘대로 움직이거나 조종할 수 없으니 언젠가는 이 선택을 후회할 수도 있다. 철석같이 믿은 사람에게 배신당하거나, 누군가에게 욕 한 바가지를 뒤집어쓰는 날이 올 수도 있지만 아직은 모르는 일이니까. 진심을 다해서 해보지 않았던 일이니 나의 저주가, 나의 초능력이 내가 아닌 우리에게 승리의 열쇠가 되길 바라는 마음으로 커피를 한잔 마시고 오늘도 평소처럼 하루를 시작하자.

학교를 졸업한 게 언제였더라. 손가락을 접어가면서 세다가 말았다. 이걸 세는 게 무슨 의미가 있어. 그냥 대충 생각해 봐도 이미 10년이 훌쩍 넘는 게 확실한데. 마치 학교에 등교한 학생처럼 반듯하게 줄 맞춰진 책상과 의자에 앉아서 수업을 듣고 있으려니 자꾸만 딴생각이 든다. 수업을 열심히 들을 생각은 애초에 있지도 않았다. 그냥 시간을 채우려고 앉아 있던 터라 손에 든 펜을 두어 번 획획 돌려보고 조용히 생각에 잠겼다가 머릿속에 떠다니는 해야 할 일들을 종이 한 귀퉁이에 쓱쓱 적어 내렸다.

○ 콘텐츠팀 4주 차 기획안 검토

○ 틴트 5차 샘플 체크, 점도 확인

○ 팔레트 금형 샘플 확정

○ 회계 정산, 부가세 신고 검토

○ 10월 임직원 급여 신고

써 내려가다 마지막 항목이 마음에 걸려 생각의 흐름이 더 뻗어 나가지 못했다.

○ 10월 임직원 급여 신고

한 번 더 밑줄을 그으며 멍하니 생각에 빠졌다. 이번 달에도 제품 출시가 미뤄졌는데 자본금은 떨어져 가고, 수익은 없으니 어떻게 채워야 하지. 법인 대출 상담이라도 받으러 가야 하는 건가. 은행 미팅 약속을 잡아달라고 회계팀에 얘기해야 할까. 들고 있던 펜으로 책상을 톡톡톡 치며 생각에 빠지니 반복되는 소리에 사람들의 시선이 나에게 쏠렸다.

"거기, 모자 쓰고 흰색 블라우스 입으신 대표님?"

눈빛은 이미 집중력을 잃은 지 오래였고 턱까지 괴고 삐딱한 자세로 수업을 듣다가 콕 집어 나를 부르는 강연자의 목소리에 헛기침하며 자세를 고쳐 앉았다.

"아, 네."

"우리 대표님, 직원과 소통을 위해 어떻게 하시나요?"

생각지 못한 질문을 받고 재빠르게 머리를 굴렸다. 나는 지금 창조경제센터에 있고, 정부 지원을 받기 위해 중소기업 창업가 대상의 교육 프로그램을 이수하러 왔다. 앞뒤 양옆에는 각각 회사 대표라는 공통점 이외에는 20대부터 50대까지 나이도 다르고 업종도 다른 사람들이 앉아 있었다. 고로 이 강의는 다양한 대표들을 아우르는 강의가 되어야 했고, 그래서 원론적인 이야기만 풀어놓고 있었다. 질문을 듣고 시선을 살짝 올려 강사 뒤로 보이는 화면 속 제목을 힐끔 읽었다.

[젊은 기업을 위한 조직 커뮤니케이션]

젊은 기업이라. 한 번 더 오늘 수업이 지루할 수밖에 없는 이유를 깨달았다. 내 옆에 앉은 50대쯤으로 보이는 남자분이나 앞에 앉은 머리가 서서히 하얗게 변해가는 사장님까지, 모두 소위 꼰대 소리 안 듣고 좋은 대표가 되기 위해 열심히 이 수업을 듣고 있겠지만, 강의를 듣는다고 해결될 문제라면 애당초 MZ세대라는 말도 없었을 거다. 우리 또래 애들을 묶어서 세대가 다르다며 선 그을 필요 없었을 테니까.

"저는 소통을 위해서 직원들에게 말을 걸지 않습니다."

나는 답답함을 엉뚱한 대답으로 표현했다.

"어떤 의미인지 한 번 더 여쭤봐도 될까요? 대표님?"

"직원들은 업무상 필요하면 말을 할 테니까 대표는 먼저 말을 안 거는 게 낫지 않을까요? 회사에서 굳이 일이 아닌 이야기를 나누고 싶어 하는 직원들은 없을 테니까요."

"와. 역시 젊은 대표님이셔서 그런지 굉장히 신선한 대답이네요."

내가 어떤 대답을 했어도 강연자는 긍정적인 반응을 보였을 것이다. 그러니 앞에 서 있는 강연자의 리액션이 아니라 주변에 앉은 사람들의 반응을 보아야 진짜 사람들의 생각을 엿볼 수 있다. 다소 도전적인 대답에 누군가는 위아래로 나를 흘겨보았고, 누군가는 감탄하며 빈 노트에 감상을 끄적였다. 이 각기각색의 인간 군상들이 '청년 사업가'라는 이름으로 모여 강의를 듣는 것이 세대 문제를 해결하는 데 정말 도움이 될까? 어차피 중소기업 지원을 위해 정부 예산으로 만든 프로그램이라면 대표들에게 당장 필요한 건 모름지기 회사를 굴릴 자본일 테니 차라리 직접 현물 지원을 해주는 게 나을 텐데. 아쉬움이 남는다.

물론, 이렇게 아쉬움을 말하는 나도 완벽한 대표는 아니다. 여기에 앉아 있는 대표들이 모두 하나같이 꼰대라고 단정 지어 말할 수도 없다. 모두 다 마음만은 젊은 대표로서 직원들에게 허물없이 다가가고, 좋은 마음으로 같이 성장하길 바라며 강연을 듣고 있겠지. 그래도 사람이란 늘 자신의 관점에서 타인을 판단하기 때문에, 똑같은 사람이 어떤 이에게는 좋은 대표지만 또 어떤 사람에게는 지상 최악의 빌런이 되기도 한다. 그러니 다들 그저, 자기 직원들에게는 꽤 괜찮은 대표이길 바라는 마음으로 노력하는 거지.

회사를 차린 지 고작 몇 개월. 처음엔 이렇게까지 사업을 펼칠 생각이 없었는데 조금씩 욕심을 더 내다 보니 여기까지 왔다. 대학 시절 취미로 시작했던 블로그를 꾸준히 운영한 덕분에 사람들의 인정을 얻었다. 또 우연히 영상 편집 수업을 듣고 시작하게 된 유튜브 덕분에 화장품 회사에 입사했다. 입사 전부터 채널 운영을 같이 하던 크루가 있어 회사에 다니면서도 꾸준히 유튜버로 활동하는 게 어렵지 않았다. 채널이 성장하고 구독자 수 증가에 가속도가 붙으면서 크루는 조직이 되었고 작은 개인 회사로 성장했다.

거기까지만 해도 괜찮았을 텐데 좋아하는 것을 만드는 재미에 빠져버렸다는 게 문제라면 문제였지. 시작은 공구 마켓, 그 뒤에는 브랜드 콜라보와 브랜드 기획까지. 나는 색조 화장품을 좋아하는데 회사에서는 스킨케어 제품만 줄기차게 맡기니 결국 원년 크루의 응원과 부추김에 힘입어 다니던 회사를 그만두고 본격적으로 내 사업에 뛰어들었다. 나는 백만 명의 선택을 받은 믿을 만한 유튜버니까, 내 이름 걸고 소개할 수 있는 품질 좋고, 성분 좋은 색조 화장품을 만들 자신이 있었다.

그런데 막상 직접 회사를 차리고 나니, 그제야 회사원이 얼마나 값진 직업인지 절실히 다가왔다. 들쑥날쑥 예측되지 않는 수입이 아니라, 일정한 날짜와 시간에 정확히 약속한 만큼 입금되는 월급. 그리고 그 월급이 주는 안정감. 매일 봐서 지겹고, 가끔은 헛소리를 해서 화도 나지만 내일 또 만날 동료가 있다는 소속감. 아침마다 습관적으로 커피를 수혈해 주지 않으면 숨도 쉴 수 없을 것 같은 피곤함에도 꿋꿋이 출근함으로써 유지되는 인간다운 생활 리듬. 이 모든 걸 다 내던지고 멋진 CEO가 될 줄 알았는데, 그 끝엔 '대표이사'라고 쓰고 '이 구역의 빌런'이라고 읽는 이름표가 나를 기다리고 있었다.

강연이 끝나니 수업 인증서를 받으려는 줄이 길게 늘어졌다. 그사이에 몇몇은 지금이 기회다 싶은지 서로 연락처를 주고받았다. 하지만 수업 중 너무 파격적인 의견을 제시했던 탓인지 내 명함을 달라고 다가오는 사람은 한 명도 없다. 어차피 큰 도움을 주고받기에 나는 너무 새내기 대표이니 도움이 안 된다고 생각할 수도 있지. 밀린 일들이 떠올라 인증서를 받고 어서 카페로 가서 결재 서류나 처리해야겠다고 생각한 순간, 익숙한 목소리가 뒤에서 나를 불렀다.

"라희야! 너 라희 맞지?"

고개를 다 돌리기도 전에 눈앞에 혹 나타난 손에 깜짝 놀라 뒷걸음쳤다. 정신을 차리고 보니 한때 같은 유튜버 기획사에 소속되어 친하게 지냈던 나미 언니였다. 사람들 사이를 잘도 헤치고 다가와서는 덥석 손부터 잡고 반가운 듯 흔들었다. 언니도 유튜버 하면서 사업한다는 건 알고 있었지만, 여기서 이렇게 만날 줄은 상상도 못 했다.

"야, 아까 너 보고 엄청 놀랐어. 너도 온지 몰랐지."

"언니도 프로그램 이수 중이에요?"

"나도 사무실 이 근처니까! 뭐야. 이번 기수였으면 같이 다닐걸!"

낯선 이들 속에서 비슷한 부류의 사람을 만나서 한껏 신난 듯했다. 그러자 내 앞뒤로 줄 서 있던 사람들이 당황스러움에 우리를 힐끔힐끔 쳐다봤다. 시선이 느껴지니 이대로 있기는 민망해 내가 나서서 언니에게 말했다.

"언니, 저 인증서 받고 1층 카페로 갈게요. 먼저 가 있어요. 시간 있으면 차 한잔해요!"

"그래. 먼저 가 있을게. 천천히 와!"

잠시 후, 커피숍으로 가보니 이미 언니가 앉은 테이블은 커피뿐 아니라 오만 일거리로 가득했다. 펼쳐진 노트북과 업무 수첩, 그 위에 쌓인 서류들. 그리고 내가 커피를 주문하고 다시 자리에 앉을 때까지 손에서 놓지 못하는 핸드폰까지.

누가 봐도 딱 청년 사업가였다. 이런 사람을 보고 '진짜' 청년 사업가라고 해야 맞는 거지. 초짜배기 사장인 나랑은 확연히 달라 보였다.

"언니 왜 이렇게 바빠요? 전화 끊으면 또 오고, 끊으면 또 오고. 제가 시간 뺏은 거 아니에요?"

"아니야, 아니야. 점심시간이니까 이제 좀 여유 있을 거야."

"난 언니도 왔을 줄 몰랐지. 이미 회사 세운 지도 꽤 되었고 자리도 잘 잡은 것 같았는데 웬 지원 사업?"

"사업에 자리 잡는 게 어디 있어. 온통 가시밭길이지. 알고 지내는 대표 중에 열이면 열 다 자기 죽겠다고 하지, 살 만하다고 하는 사람은 한 명도 못 봤어."

"하긴 뭐. 숨만 쉬어도 돈 들어오는 거 아니면 다들 뭘 하든지 불안한 건 어쩔 수 없으니까."

"그러는 너는 뭐야. 난 너 회사 그만뒀다는 거 소문인 줄 알았는데 진짜 그만둔 거야?"

"왜 소문인 줄만 알았어요?"

"회사 지겨워도 월급 포기 못 하겠다며! 지난번 물어봤을 때도 얼마나 단호했는지 아직도 생생하다, 야."

언니가 해주는 이야기에 그 시절의 내가 생각났다. 맞는 말이다. 회사를 다니는 게 맘에 들진 않았어도 이 회사를 박차고 나갈 일은 없다고 모든 사람들에게 단언하고 다녔던,

그랬던 때가 있었다. 회사 대표는 아무나 못 하는 거라고 생각했으니까. 나같이 즉흥적인 사람이 사장이 되면 직원들 굶어 죽이기 딱 좋으니, 세상을 위해서라도 그러면 안 된다고 말하고 다녔다. 어쩌다 넘어선 안 될 강을 건너버렸는지, 이젠 돌이킬 수 없이 멀리 왔다.

"유튜버 하면서 같이 일하는 친구들이 좋았어요. 편집 맡은 친구들이 점점 전업으로 전환하길 바랐는데, 계속 같이 일하려면 제가 결정을 해야겠다 싶더라고요. 그 사람들 믿고 지른 거죠. 저도 어쩌다 이렇게 되었나 싶네요."

"넌 믿을 게 없어서 직원을 믿어? 너를 믿는 것도 아니고? 와, 대단하다."

"워낙 오래 같이 했으니까…. 언니도 예전 편집자들 지금 회사에 그대로 있지 않아요?"

"있는 사람도 있고, 없는 사람도 있고…. 야, 사람 마음은 다 똑같을 수가 없어요."

말을 하며 언니는 어딘가 아쉽다는 듯 입맛을 다셨다. 내가 알고 있는 크리에이터로서의 언니는 통통 튀는 사람이었는데, 3년 차 회사 대표가 된 언니는 사뭇 느낌이 달랐다. 한층 달라진 언니의 모습이 그제야 보였다.

"그래도 언니네 회사 정도면 규모도 크니까 다들 커리어에 도움이 되잖아요. 오래 있으면 좋을 텐데."

"그것도 전부 사장 생각이지. 막상 직원들 생각은 그렇지도 않아. 옛말 틀린 거 없어. 열 길 물속은 알아도 한 길 사람 마음은 모르는 거야."

언니는 어딘가 더 단단해졌고, 한편으로 끝없이 시니컬해진 것 같았다. 내가 이전에 알고 있던 유튜브 화면 속의 언니와는 분명 달라졌다.

"너도 직원 관리 잘 해. 결국, 다 사람이 하는 일이더라."

"우리 애들은 다 착해서 괜찮아요."

"회사에 착한 사람이 왜 필요해. 아까 말할 땐 똑순이 같더니만 순 맹탕이구나, 너."

언니는 사람들을 각각의 부류로 나눠서 구분하는 듯 말했다. 이 언니가 이렇게 사람에 대해서 단정 지어 말했던가. 어쩌다 이렇게 변했지?

"뭐 직원들 때문에 신경 쓸 일 있어요?"

"사람은 세 명만 모여도 정치라는 걸 해요. 내가 직원도 아니고, 대표가 되면 사내 정치 때문에 머리 아플 일은 없을 줄 알았거든? 와 근데 이건 이제껏 겪어본 적 없는 문제야. 환장한다. 너도 곧 겪게 될걸."

"저희 회사는 아직 몇 명 없어서 괜찮아요. 그리고 나이도 다들 비슷하고, 생각도 비슷하니까."

"사람이 다른데 어떻게 생각이 비슷해. 그거는 진짜 말도 안 되는 소리야."

고개를 내저으며 테이블에 있던 커피를 벌컥벌컥 마시는 언니를 보며 꽤 사람들에게 치였구나 싶다가도, 회사 생활을 한 번도 안 겪고 대표가 된 거라 더욱더 힘들어할 수도 있겠다는 생각이 들었다. 규모와 관계없이 조직의 일원으로 일해 봤다면 직원들이 무슨 생각을 하는지, 뭘 바라는지 대충 가늠할 수 있을 텐데. 아까 내가 말을 걸지 않는 것이 직원들에게 가장 좋은 소통 방법이라고 말한 것도 실제로 내가 직원일 때 그렇게 느꼈기 때문이다.

대표는 자기 돈으로 회사를 만들었으니 돈을 버는 게 목표고, 직원은 계약 조건에 명시된 대로 일을 하고 정해진 월급을 받는 게 목표이니 같은 목적지를 향해 달려 나가길 바라는 건 애초에 말이 안 됐다. 다만 이 차이를 줄이기 위해 난 오래 보아온 사람들과 함께 일하고 있고 또 우리 팀원들은 회사를 만들자고 오히려 먼저 제안한 사람들이니까. 다르겠지, 좀 다를 거야.

신기한 건, 언니는 사람에 대한 피곤함을 토로하면서도 더 이상 직원들에 대한 이야기를 더 자세하게 꺼내놓지 않았다. 그런 걸 보면 조직 생활에는 서툴러도, 결국 회사에 대한 직원의 불만이 언젠가 약점이 될 수도 있는 걸 아는 어엿한 대표 같았다. 어쨌든 언니의 고민은 나 같은 신출내기 대표에게는 그저 배부른 고민처럼 느껴졌다. 회사가 알아서 잘 굴러가고, 자금이 들어오고 나가는 게 당장 급급하지 않으니 저런 고민을 하는 거지. 나는 교육 점수 맞춰서 지원금 신청하려고 여기 온 거니까. 지금 내 상황을 생각하느라 언니 이야기를 가만히 듣고만 있다 보니 나도 모르게 표정이 굳었고, 그걸 본 언니가 내게 질문을 던졌다.

"너는 어때? 회사 운영해 보니까 할 만해?"

"운영할 만한 회사가 어디 있어요. 지금 당장이라도 다시 회사원으로 돌아가고 싶은 마음인데….."

"난 그냥 다 싫고 돈 많은 백수나 하고 싶다."

"최고죠. 돈 많은 백수. 최고의 꿈이다. 나도 돈 많으면 좋겠다….."

나도 모르게 말끝이 흐려지는 게, 숨기려고 해도 마음처럼 자금에 대한 걱정을 떨쳐버릴 수가 없었다. 그렇다고 대충 모양만 갖춘 제품을 내놓자니 여태껏 쌓아 올린 백만 유튜버 자존심이 허락을 안 하고, 이걸 버티려니 자금이 계속해서 모자란다. 직원들 월급이랑 식비, 샘플 생산비에 사무실 임대료, 공과금까지. 가만히 숨만 쉬고 유지하려는 데도 이렇게나 돈이 많이 든다니.

"자금 사정 어려운가 보구나?"

그저 한탄만 내뱉었을 뿐인데, 정곡을 콕 찌르는 언니. 앞서 걸어본 길이라서 뻔히 보이는 건지, 아니면 사람 보는 눈이 도가 터서 척 보면 딱인지.

"지금은 뭐…. 쉽진 않네요."

"일단 버텨. 버티면 다 때가 온다."

"일죠. 아는데 그 버티기가 어려워서 그렇지…."

심각한 이야기를 하다 보니 습관처럼 입술을 앞으로 삐죽였다. 그걸 알아차리고 다시 꼭 다물 땐 이미 마주 앉아 있는 언니가 씩 웃으며 나를 귀엽다는 듯 보고 있었다.

"내가 웬만하면 안 알려주는 방법인데, 너는 알아서 잘 할 거 같으니까 괜찮은 지금줄 하나 알려줄까?"

"지금줄?"

"기다려봐."

말을 끝낸 언니는 테이블에 올려놨던 핸드폰을 집어 들고는 혼자 한참을 두드리더니 보여주지도 않고 그대로 다시 화면을 끄고 테이블에 내려놓았다. 동시에 내 핸드폰에서 알림이 울렸다.

"내가 메시지 하나 보냈는데, 집에 가서 한번 봐봐."

"이게 뭔데요?"

핸드폰을 집어 들어 메시지를 보니 언니로부터 URL 하나가 덜렁 와 있었다. 발신자에 언니 이름이 적혀 있지 않았더라면 스팸으로 오해하기 딱 좋은 듣도 보도 못한 URL이었다.

"아, 집에 가서 보라니까."

"아니, 요즘 세상이 어떤 세상인데 뭔지는 알려줘야 보든지 말든지 하죠."

의심이 잔뜩 끼어 나도 모르게 미간을 찌푸렸다. 그런 얼굴로 바라보니 언니는 혼자 낄낄 웃어댄 후에야 술술 이야기를 풀었다.

"팔로워 백만 명 이상인 인플루언서들만 들어갈 수 있는 온라인 교환소야."

"온라인 교환소?"

"나도 아는 사람한테 소개받은 거라 어디서부터 시작돼서, 어떻게 운영이 되는지는 잘 모르는데 확실한 건 담보 대출도 아니고, 신용 대출도 아니고 아는 사람만 아는 교환소야."

"뭘 교환하는데요?"

"팔로워랑 현금이랑."

"에엥?"

예상치 못한 대답에 내 입에서 오묘한 소리가 나왔다. 그런 반응도 예상했다는 듯 언니는 계속 말을 이어갔다.

"한 명당 100원이야. 최소 기준은 1만 명. 사이트에 들어가서 네 유튜브 계정 아이디 넣고 계좌번호 입력하고 교환할 팔로워 수만 입력하면 끝. 몇 분 안에 통장으로 돈이 들어오고 다음 날 팔로워 수는 줄어들어 있을 거야."

"그게 된다고요? 진짜로? 아니 왜?"

말도 안 되는 프로세스에 질문을 마구 쏟아냈지만, 그녀의 대답도 어디 하나 명확한 구석이 없었다.

"모르지. 나도 전해들은 거라 정확히 모른다니까. 근데 해보니까 되긴 돼. 진짜 돈이 들어오더라고. 팔로워도 그냥 줄어들기만 하고 뭐 없어. 악플이 달리는 것도 아니고. 그 뒤로 돈을 갚아라 하는 것도 없이 조용하더라고. 그래서 아주 급할 때 사용했었지. 지금은 안 쓰지만."

"에이, 그럼 도움 없이도 사업이 잘 굴러간다는 말이네. 언니, 부럽다."

"이게 네 사업에 득이 될지 실이 될지는 네가 직접 해봐야 알 테니까 일단 해봐. 손해 볼 건 없잖아. 너도 어차피 사업하는 입장이면 투자라는 개념을 모르진 않을 텐데."

도통 믿을 수 없는 이야기를 하는 언니의 입꼬리가 여전히 올라가 있었다. 그저 부딪혀 보라는 말인 듯한데 그 뜻을 내가 다 알 길이 있을까.

메가 크루 온라인 교환소

까만 화면에 배너가 반짝반짝 빛나고, 그 아래에는 언니가 설명한 대로 정보 기입란만 몇 개 있었다. 아주 간단한 디자인의 사이트. 집에 돌아와 찬찬히 다시 봐도, 더 살펴볼 것도 없을 만큼 딱 설명한 게 전부다.

아무리 오래 알고 지내온 언니고, 믿을 만한 회사의 대표라지만 세상이 흉흉한데 뭘 믿고 이런 데 함부로 내 정보를 남기겠어. 어디 개인 정보 유출돼서 사기당하는 건 아닐까. 한참 고민하다가 노트북을 닫고 한숨을 쉬었다. 의자 등받이에 기대 천장을 바라보니, 분명 빈 천장을 보고 있는데 왜 눈앞에 숫자들이 아른아른한 건지. 나도 모르게 입술이 샐쭉 나온 걸 느끼고 아랫입술을 꼭 깨물었다. 곧이어 울리는 알림음에 핸드폰을 보니 샘플 요청했던 공장에서 연락이 왔다.

수원 공장 정 실장님 | 대표님, 이번에 보내드린 샘플 검토하셨을까요?

시계를 보니 아직 근무 시간이었다. 전화를 걸어 상황을 파악하는 게 낫겠다 싶어 핸드폰을 들어 통화 버튼을 눌렀다.

"실장님. 안녕하세요. 최라희입니다."

"네, 최 대표님. 기획팀 연락드리니 오늘 외근이라고 하셔서 문자 남겼는데 미팅은 잘 마무리하셨어요?"

"네. 근데 제가 사무실로 안 가고 바로 집으로 와서요. 샘플 도착한 거는 들었는데 확인을 못 했어요. 아마 내일이나 내일모레 직원들이랑 검토하고 답변드릴 수 있을 것 같아요."

"아, 기획팀에서 대표님한테 연락하라 해서 메시지 남겼던 건데…."

수화기를 통해 들려오는 아쉬움이 가득 섞인 목소리. 정 실장은 내가 단번에 답을 내려주길 기대하고 전화를 한 듯싶지만, 물건도 안 보고 어떻게 결정을 할까. 하루 이틀 일하는 것도 아닌데 그걸 모르나? 그보다도, 나한테 연락하라고 했다는 사람은 누구야. 박 팀장인가? 박 팀장이 그렇게 대책 없이 나한테 전화하라고 했을 리는 없는데. 내가 아무리 최종 의사 결정권자여도 그렇지, 회사에 있는 사람이면 내가 샘플 확인을 못 한 상황이라는 거 정도는 알지 않아? 뭐 이렇게 융통성 없게 일을 하는 거야. 네가 대표니까 알아서 다 하라는 거야 뭐야. 진짜 황당하네. 사무실에 안 나가면 제대로 돌아가는 게 없잖아?

"늦어져서 죄송해요. 자꾸 샘플만 수정 요청해서 죄송하고요…. 이번에는 진짜 꼭 결론 내서 연락 빨리 드릴게요."

"네, 이게 샘플이 픽스되어야 저희도 견적서를 확정할 수 있어서요. 아시죠…?"

슬며시 던지는 질문에는 결국 '돈 내라'는 의도가 담겨 있다. 아마도 전화를 걸어 이렇게 재촉하는 가장 큰 이유가 돈 때문일 테니까.

"아, 네. 알죠. 내일 꼭 연락 다시 드릴게요."

"네, 알겠습니다. 감사합니다."

"네, 감사합니다. 수고하세요!"

전화를 끊고 숨을 한 번 크게 들이마셨다가 내쉬며 호흡을 골랐다. 지금 내 몸이 사무실에 앉아 있지 않다고 해서 업무에서 벗어날 순 없다. 내가 사장이니까. 내가 대표니까. 하나부터 열까지 내가 다 벌인 일이고 최종 수습도 결국 내 몫이니까. 사업은 어쩌면 남들 일할 때는 물론이고, 남들 놀 때도 일하려고 벌이는 거라 해도 무리는 없을 것이다. 핸드폰을 손에서 내려놓기가 무섭게 전화가 다시 또 울렸다.

"네, 최라희입니다."

"대표님, 저 회계팀 수민인데요."

"네, 이 팀장님."

"내일 급여일이라서 미리 정산하고 있는데, 생산 쪽 대금 언제까지 미룰 수 있는지 여쭤보려고요. 샘플비 지급하면 급여 지급이 어려울 듯싶어요."

"아…."

내가 탄식을 내뱉으면 안 되는 위치라는 걸 너무나 잘 알지만, 다른 사람의 입을 통해서 확인한 현재 자금 상황에 마음이 급해졌다. 탄식을 듣고 있는 수화기 너머의 직원도 할 말이 없으니 우리 사이에는 정적이 흘렀다.

"안 그래도 방금 실장님이랑 통화했어요. 내일은 샘플을 확정 지어야 하니 아마 금주에 견적 비용 지출돼야 할 거예요. 급여는… 일단 먼저 처리해 주세요. 이번 달부터 인턴들 다 정직원 전환되었죠?"

"네. 세 명이요."

"필요한 금액 정리해서 카톡으로 보내주세요. 1시간 내로 다시 답변 드릴게요."

"네…. 저 근데, 대표님."

어딘가 꽤 무거운 말투. 그녀의 입에서 무슨 말이 나올까. 아직 듣지도 않았는데 그다음 말이 두려웠다.

"네, 말씀하세요."

"가수금으로 처리하시려는 거지요?"

"어, 아마 이번에도 그렇게 해야 할 거 같아요. 개인 계좌에서 법인으로 입금할게요."

"가수금 이미 좀 있어서 이거 다음 분기 전에는 정산해야 해요. 계속 쌓이면 재무제표에도 안 좋아서…. 일단은 참고해 주세요."

"네, 알겠습니다."

"금액 정리해서 카톡 보내드릴게요!"

전화를 끊고 핸드폰을 그대로 테이블에 툭 올려두었다. 대단히 힘을 쏟아야 하는 논쟁을 벌인 것도 아닌데 힘이 쭉 빠져 두 손으로 얼굴을 감싸고 한숨을 푹 쉬었다. 이럴 줄 알았으면 자본금 좀 더 모아서 시작할걸. 아니야. 이미 끌어당길 수 있는 만큼 모았는데 예상처럼 일이 안 굴러가서 이렇게 된 거지. 회계 공부를 더 해야 했을까? 전에 회사 다닐 때 경영 기획팀이랑 더 친하게 지낼걸. 절친이라도 하나 만들어둘

걸 그랬다. 어쩜 봐도, 봐도 회계는 놓치는 게 생기는지. 일하다 보면 결국 놓치는 것 천지였다. 그나마 회계팀 직원이 믿음직스러워서 다행이란 생각도 잠깐, 이 친구는 이런 상황에서 나를 얼마나 믿고 따를 수 있을까 생각하니 아득해진다. 정신을 차리고 다시 고개를 드니 닫아버린 노트북이 눈에 들어왔다.

손을 뻗어 다시 노트북을 끌고 와 펼치니 닫기 직전의 화면이 보였다. 은행 가기에는 틀려먹었고, 지금 해결하려면 지인 찬스뿐인데 어차피 지인들에게 연락을 돌릴 거라면 그전에 속는 셈 치고 한번 테스트나 해보자. 이제 정보 유출이고 그런 거 신경 쓸 처지가 아닌 것 같다. 시간이 엄청 필요한 것도 아니니 자판 위에 손가락을 올려두고 조심스레 아이디와 패스워드를 적었다. 곧이어 메시지 알림도 울렸다.

회계팀 수민	대표님, 임직원 일곱 명 19,653,650원입니다.
	1천만 원 정도만 메꾸면 될 듯합니다.
	이번 달도 대표님 월급 무급 신고하면 될까요?
나	네, 그렇게 해주세요. 1시간 내로 입금할게요.

답장을 보낸 뒤, 반짝반짝 배너가 빛나는 화면을 멍하니 바라보며 생각에 잠겼다.

교환 희망 금액

짧은 시간, 조금 더 고민하다 결국 숫자 키를 하나씩 눌렀다.

10,000,000원

입력하니 금액에 따라 환산된 팔로워 수가 자동으로 계산되어 화면에 떴다.

10만 명의 팔로워가 차감됩니다.

될지 안 될지 모르니까 속는 셈 치고 해보는 거지. 뭐, 안 되면 친구들에게 연락을 돌려야 하니 책장에 처박아둔 명함집을 꺼내 와야겠다. 마른침을 삼키고 '등록하기' 버튼을 클릭했다. 한동안 가만히 화면을 바라봤지만, '신청 완료' 이외에 다른 화면이 뜨지도 않고 핸드폰도 조용할 뿐 별다른 변화가 없었다. 1, 2분 정도를 더 그렇게 있었더니 혹시나 했던 마음도 사라지고 긴장이 풀려버렸다. 그래, 그럼 그렇지. 세상에 그런 게 어디 있어. 피식 웃음이 새어 나왔다. 요행을 바라면 안 되지. 이렇게 돈 버는 법이 어디 있겠어. 헛웃음을 삼키며 자리에서 일어나 명함집을 찾으러 방으로 향했다.

책장 한구석에 꽂힌 명함집. 오랫동안 손이 닿지 않아서 먼지가 뽀얗게 쌓였다. 그만큼 명함집 속 사람들은 꽤 오래된 인연들이라 연락을 받을지 모르겠다. 그냥 친한 친구들에게 한 번 더 부탁하는 게 나을까 싶다가 그래도 혹시나 하는 마음에 명함집을 들고 다시 테이블로 나와 노트북 앞에 앉았다. 그대로인 노트북 화면을 힐끔 보고는 테이블 구석으로 밀었다. 한 손으로 명함집을 넘기며 다른 손으로 핸드폰 화면을 켜보니 은행에서 알림이 와 있었다.

신우은행 | 16시 45분 교환소 10,000,000원 입금

알림을 보고도 믿기지 않아 은행 앱에 들어가 잔액을 한 번 더 확인했다. 손가락으로 하나하나 세어보며 자릿수를 확인하니 진짜 문자 그대로 들어와 있는 1천만 원의 돈. 얼떨떨한 마음을 뒤로하고 바로 노트북을 끌고 와 유튜브에 접속했다. 지난달 기준으로 백만 명이 넘었던 팔로워 수가 지금은 90만 명이 조금 넘었다. 정확히는 몰라도 줄어든 건 확실하다. 하루 아침에 10만 명이나 빠져나갈 만큼 내가 사고 친 건 없으니. 어떻게 이런 일이 가능한지는 알 수 없어도 언니 말대로 교환소는 명확히 제시한 조건대로 등가교환을 완료했다.

직원들은 모르는 기가 막힌 밤이 지나갔다. 이 아침 내가
눈뜬 세상이 어제까지 알던 세상이 맞는지, 새삼 모든 게 의
심스러웠지만 내 역할에 최선을 다하기 위해 아무 일 없는
것처럼 출근길에 올랐다. 혼란스러운 마음은 매일 하던 대로
쌓인 결재 메일을 확인하니 사르르 사라져 버렸다. 세상도,
회사도, 모든 것이 그대로라는 걸 늘 앉아 있던 자리에서 일
하며 깨달았다. 어제 딱 하루, 교육 때문에 사무실을 비웠더
니 밀린 결재는 둘째 치고, 회의가 아침부터 저녁까지 빽빽
이 채워져 있었다. 이번 달은 이리저리 넘어갔지만, 다음 달
엔 어떻게든 수입으로 고정비를 메꾸고 싶으니 바싹 달려야

한다. 다른 사람들보다 먼저 회의실에 들어가 미리 보고 자료를 확인하려 웹하드에 접속했지만, 어디에도 오늘 회의 자료가 올라와 있지 않았다. 더욱이 회의실엔 아직 아무도 없어서 누구에게 물어볼 수도 없고, 나만 다급한가 싶어 벽에 설린 시계를 보며 기다렸다.

출근 시간은 9시 반. 회의는 10시. 내가 보고 있는 시계의 분침은 10시 정각을 막 넘어가고 있었다. 그때부터 하나둘 회의실로 들어와 인사를 건네며 자리를 채웠는데 그 와중에도 몇 명이 없었다. 사원급 직원들이 보이지 않아 의아한 마음에 팀장을 부르려는 찰나에 회의실 문이 열리며 사원 세 명이 우르르 들어왔다. 저마다 커피를 하나씩 들고 자기들끼리 옹기종기 수다를 떨면서 들어오는데 그 모습이 회사가 아니라 대학교 동아리방에 들어오는 듯 보여 멍해졌다. 자리에 앉은 사원 3인방 중 하나가 손에 들고 있는 커피 캐리어를 내려두니 대리가 일어나 하나씩 꺼내 사람들에게 나누어주고는 내 앞에도 커피를 한 잔 턱 하니 놓았다.

"대표님은 콜드브루 좋아하시죠?"

씽긋 웃으며 자리에 앉는 오 대리의 모습에 기가 막혔지만 웃는 얼굴에 침 뱉을 수 없어 말을 아꼈다. 이걸 지금 센스 있는 회의 준비였다고 칭찬해 줘야 하는 건지, 공사 구분하라고 한 소리를 해야 하는 건지. 핸드폰을 들어 시계를 보니 벌써 시간은 10시 10분을 넘어가는 중이었다.

"아니, 다들 이렇게 커피를 좋아했어?"

"아우, 대표님. 아침에 커피 한 잔은 직장인에게 필수죠."

"맞아, 맞아. 팀장님, 어제 덕분에 집에 택시 타고 편하게 갔어요. 감사합니다!"

까르르 웃으며 손에 쥐고 있던 법인 카드를 책상 건너편에 있는 박 팀장에게 건네는 유주. 대놓고 건네는 카드를 안 받을 수도 없으니 박 팀장은 뭔가 할 말 있는 듯한 찝찝한 표정으로 카드를 받아 들었다. 여기서 내가 한마디 하면 이전 회사에서 흔하게 만났던 직장 꼰대가 되는 건가? 아무리 그렇다고 한들, 지금 이건 회사가 아니라 거의 학교나 대학교 동아리 같은데? 누가 이렇게 일을 하지? 요새 애들은 이렇게 일을 하는 건가. 이렇게까지 해서 자유로운 분위기를 만들어야 해?

"아니, 유주 씨, 푸름 씨, 다솔 씨. 오늘 왜 이렇게 신났지?"

천진난만하게 까르르 웃는 세 사람을 향해 웃음기를 지우고 질문을 던졌지만, 세 사람은 생글거리는 미소를 지우지 않고 연신 손만 내저었다.

"아, 아니에요!"

"아니야. 지금 엄청나게 신났어. 출근하는 게 그렇게 좋아요? 오늘 대체 뭐가 그렇게 좋은 걸까?"

"아, 그런 건 아닌데…."

"아침 회의 10시라고 분명 미리 말했는데, 커피 좀 더 일찍 가서 살 수 있지 않나?"

"아, 넵…."

감정은 배제하고 메시지만 전달하려 목소리의 높낮이를 최대한 없애고 차분히 말했다. 그렇게 말하니 의도와는 달리 꽤 묵직하게 중저음의 목소리가 튀어나왔다. 마치 쉬는 시간에 정신 못 차리고 놀다가 담임선생님의 말에 집중력이 싹 모이는 것처럼 방금까지 저 높은 곳에서 방방 뛰놀던 사원들의 분위기도 순식간에 내려앉았다.

"아니, 신나게 하루 시작하는 건 당연히 좋은데 우리 기본은 좀 지키면서 즐기는 게 좋지 않을까. 시간은 맞춰야죠."

"네, 알겠습니다."

어떻게든 좋게 말해보려 해도 듣는 사람 입장에서는 결국 혼나는 게 되어버렸다. 그렇다고 말을 안 할 수도 없었다. 이 자리에서 지금 한 소리 할 수 있는 유일한 사람이 나였고, 나마저도 이걸 넘어간다면 정말 그렇게 해도 되는 조직이 되어버릴 테니. 아무리 젊고 자유로운 분위기라지만, 자유로운 거랑 무책임한 거는 구별을 해야지. 학교도 아니고. 감정을 누르고 눌러 겨우 딱 한마디 한 거라 속엣말을 다 하지 못한 답답함이 밀려오는데, 그걸 아는지 모르는지 다들 대답을 한

뒤론 펜을 잡고 고개를 푹 숙인 채 각자 태블릿 PC에만 시선을 고정하고 있다. 대체 이 친구들의 분위기를 어떻게 맞춰야 하는 거지? 고작 그래 봐야 대여섯 살 차이인데 이렇게 다를 수 있나. 골머리가 아파지려는 찰나 박 팀장이 말을 걸었다.

"대표님, 저 화면 띄우고 보고해도 될까요?"

"네. 진행하세요."

노트북을 연결해 스크린에 띄우자 그제야 보고 자료가 보였다. 순간 한 가지 궁금증이 머리를 스쳐 박 팀장에게 물었다.

"박 팀장님, 원래 회의 전에 공유 폴더에 자료 올리지 않나요?"

"아, 맞습니다."

"오늘은 안 올라왔던데."

"오늘 자료 취합이 좀 늦어져서 못 올리고 바로 가지고 왔습니다."

대답을 듣자마자 입 밖으로 탄식이 새어 나왔다. 박 팀장의 이야기에도 누구 하나 시선을 그녀에게 돌리는 사람은 없다. 다들 여전히 테이블 어딘가에 시선을 두고 손에 든 펜을 꼼지락거릴 뿐. 조용히 회의를 진행시키니 박 팀장은 준비한 자료를 하나씩 보여주었다. 어떤 친구의 아이디어였고 어떻게 발전시키면 좋을지 그간 기획팀이 논의한 사항에 대해서 일목요연하게 정리해 전했다. 회의 중 자기 이름이 거론되어도 여전히 태블릿에서 눈을 떼지 못하는 사원들을 보고 있으니 내가 모르는 무슨 새로운 기능이 있나 싶어 시선이 자꾸만 사원들의 태블릿으로 향했다.

"대표님?"

자리에서 반쯤 기울어진 자세가 되자 옆에 앉아 있던 박 팀장이 나를 불렀고, 덕분에 다시 똑바로 자세를 고쳐 앉았다.

"뭐 필요한 거 있으신가요?"

"아니요. 어, 그래요. 잘 들었고, 그러면 섀도 컬러는 A안으로 결정하고 금형은 샘플 오는 거 보고 결정합시다."

애매한 분위기를 지적할까 말까 고민하다 다른 말로 마무리를 지었는데, 결국에는 말해야겠다는 생각에 입을 열었다.

"그리고, 이 자료 기획팀 다 같이 준비한 거 맞죠?"

내 질문에 직원들의 시선이 드디어 나에게로 모였다.

"네, 맞습니다."

"근데 왜 박 팀장님 얘기에 다들 아무 반응도 없고 자기 태블릿만 보고 있어요. 덧붙이고 싶은 의견 있으면 더하라고 일부러 모여서 이야기하는 건데…?"

질문에 대답은 없고 조용해진 회의실. 내가 물어보지 말았어야 하는 말을 던진 건가? 묘하게 분위기가 싸했다. 결국 대답 듣기를 포기하고 업무적인 방향으로 질문을 바꿔봤다.

"어제 틴트 샘플 온 거 다들 확인하고 의견 모은 거 같은데 지금 다시 확인해 보는 건 어때요."

"저…."

그러자 살며시 다솔이 손을 들고 말했다.

"대표님, 저 의견이 있는데요."

"얘기해 봐요."

"저희 팀은 기획 회의 자주 하고, 한 번 할 때마다 오래해서요. 대표님 보고는 웬만하면 팀장님이랑 두 분이서 하시는 게 시간도 줄이고 효율적일 것 같은데, 어떠세요?"

"네?"

다솔의 의견이 어떤 의도를 가지고 하는 말인지 바로 이해되지 않아 되물으니 옆에 있던 유주가 의견을 덧붙였다.

"저희끼리는 이미 다 했던 얘기고, 대표님이 회의 들어오시면 똑같은 얘기 반복해서 또 듣는 셈이라서요. 더할 의견이 있었으면 이미 팀 회의에서 나왔을 거예요. 대표님이랑 팀장님이 결정해 주시면 저희는 거기에 따라가면 되는데, 이렇게 매번 기획팀 회의 다 하고 나서 다시 대표님이랑 논의하는 건 시간 낭비라고 생각합니다."

그 순간, 회의 시간 내내 패드만 보고 있던 사원들이 초롱초롱한 눈빛으로 나를 바라봤다. 그제야 막힌 듯한 궁금증이 풀렸다. 빤히 바라보는 시선에 피할 데도 없고 당황스러운 마음에 박 팀장을 보니 이번엔 박 팀장이 입을 꾹 닫고 손에 쥐고 있는 펜을 만지작거렸다.

"그러니까 정리하면 기획팀 회의는 팀 회의로 끝내고, 보고는 박 팀장님한테 받고, 결정은 의견 참고해서 윗선에서 했으면 좋겠다는 거, 맞나요?"

"네!"

직원들의 대답이 나오는 데 단 1초도 걸리지 않았다. 이토록 원하는 바가 명확하다니. 그리고 그걸 솔직하게 입 밖으로 내놓을 수 있다니. 여태 유튜버로 활동하면서 직장 생활도 겸하고 꽤 다양한 환경에서 일했다고 생각했는데, 내가 만든 조직이지만 이 업무 환경은 신선하다 못해 당황스러웠다. 그래도 건의 사항이 들어왔으니 대답은 해야지.

"어, 애기한 건의 사항은 박 팀장님이랑 다시 한번 이야기해 보고 결정할게요. 시간 낭비라든지, 효율성이라든지 어떤 의도로 의견을 제시한 건지는 충분히 이해했으니까. 긍정적으로 검토하고 업무 시스템에 적용할 수 있도록 할게요."

"네, 감사합니다."

다시 한번 생글생글 웃어 보이는 사원들을 보니 생각이 많아졌다. 솔직히 욱하는 마음엔 다들 뺀질거리는 거 같고 근무 태만이 아닐까 싶었지만 회의 중 슬쩍 보인 틴트 자국들에 의심이 사라졌다. 너나 할 것 없이 모든 사원들의 손등이 여전히 빨갛게 물이 든 모습을 보면, 분명 어제도 밤늦은 시간까지 샘플 테스트를 했다는 걸 미루어 짐작할 수 있으니까. 나와 방식이 다를 뿐, 직원들이 분명 최선을 다하고 있고 회사 망하라고 이런 의견을 내는 게 아니라는 걸 아는데, 머리로는 이해하면서도 마음이 따라가지 못했다. 갑자기 펼쳐진 상황에 당황해 더 말을 잇지 못하다가 겨우 회의를 끝냈다.

"어…. 그럼 회의는 마무리하죠. 박 팀장님은 저랑 따로 얘기 좀 할까요?"

"네."

박 팀장이 대답하자마자 하나둘 일어나 '수고하셨습니다' 하는 인사와 함께 재빠르게 회의실을 빠져나갔다. 내 뒤로 지나가는 직원들이 자기들끼리 웃으며 이야기 나누는 걸 보니 즐거운 마음으로 일하고 있어서 그래도 다행이라고 생각해야 하는지, 아니면 나 모르게 무슨 작당 모의라도 하나 걱정해야 하는지…. 마음이 심란했다. 모두가 회의실을 나가고 회사를 만들기 이전부터 함께 일했던 박 팀장이 자리에 남아 나를 빤히 바라봤다.

"미리 얘기해야 했는데, 죄송해요. 어제 외근이셔서."

"어떤 얘기요?"

박 팀장은 어떻게 말을 해야 할지 고민하는 듯 고개를 돌려 힐끗 회의실 밖을 잠시 살폈다. 그 모습에 나도 힐끗 회의실에 놓인 시계를 보니, 어느덧 점심시간이 가까웠다.

"우리, 점심 같이 먹을까요?"

사무실에서 나와, 멀지 않은 브런치 카페에서 둘이 거하게 주문해 놓고는 포크도 들지 않은 채 커피만 마시고 있었다. 결국 내가 먼저 말을 걸어야 이야기가 시작될 듯싶어 운을 띄워봤다.

"우리끼리 이야기 못 할 문제도 없으니까 편하게 얘기해요. 창립 멤버고, 같이 알고 지낸 지도 오래되었는데 박 팀장님까지 말하기 어려워하면 내가 더 불편해요."

"혹시 회사 자금 사정이 아주 어렵나요?"

"자금이요? 왜요? 무슨 얘기가 돌고 있나요?"

"팀장급끼리는 다들 원래 알고 지내던 사이니까 편하게 얘기하긴 하는데 이 팀장님 얘기 들어보니까 자금이 원활하게 돌고 있는 거 같진 않아서요."

"아, 그래서 다들 불안해하나요…?"

"아니요. 그보다는…."

'아니'라는 의외의 답변에 그다음 말이 더 걱정됐다. 만약 내가 손쓸 수 없는 수준의 문제가 있는 건 아닐까. 조마조마한 마음으로 박 팀장의 답을 기다렸다.

"제품 론칭 준비하면서 아이디어는 많이 내는데, 그에 비해서 바로 제품이 나오지 않으니 다들 일에 흥미가 떨어지는 것 같아요. 팀장들이야 제품 개발하는 데 시간이 꽤 걸릴 거라고 예상 못 한 거 아니지만, 우리 회사에 신입들이 많잖아요. 개발 과정 전체를 아우르지 못하는 팀원들 입장에선 일이 빠르게 진척되지 않으니까 사기가 금방 떨어지는 것 같아요."

한마디로 정리하자면, 프로젝트가 빠르게 진행되지 않아서 회사가 재미없어졌다는 소리잖아? 아니 회사를 재미로 다닌다고? 누가 회사를 재미로 다니지? 박 팀장의 이야기를 듣고 나니 오히려 억울한 마음이 밀려왔다.

"팀장님. 아니 언니, 제품이 생각처럼 뚝딱 나오면 저도 좋겠지만, 아시잖아요. 저 여태까지 유튜버 하면서 세상에 나온 모든 제품은 다 써봤는데, 이미 있는 거 비슷하게 만들어 낼 거였으면 사업 시작 안 했어요."

하소연 섞인 말을 하다 보니 예전에 쓰던 편한 말투가 툭 튀어나왔다. 이런 나의 마음을 모르지 않는 현진 언니도 한층 편한 말투로 대화를 이어갔다.

"아, 물론 이해하지. 알고 있고 나도 나름대로 팀원들 독려하는데, 일부러 우리 채널 구독자들과 같은 연령대의 젊은 친구들을 뽑은 게 장점이면서 단점으로 작용하는 것 같아. 단시간에 빠르고 효과적인 아이디어는 나오지만 그만큼 빠른 피드백을 원하고 흥미 요소의 전환이 빠르달까…. 그러니 길게 꾸준하게 해내는 게 쉽진 않아. 이게 팀장 입장에서 느끼는 솔직한 생각이야."

아무리 사장과 사원이라지만, 열 몇 살씩 차이가 나는 것도 아니었다. 한 손으로 꼽을 수 있는 나이 차인데. 겨우 생각을 쥐어짜서 다른 점을 생각해 보라면, 회사 생활을 몇 년더 하고 덜 하고 안 해보고의 차이일 뿐인데 이 작은 회사 안에서도 사람마다 스타일이 다르고 직급마다 생각의 폭이 달라진다는 걸 언니의 말을 들으며 깨달았다. 온전히 직원들의 입장에서만 생각해 본다면 지금 상황이 재미없다는 것도 어느 정도 이해된다. 나도 그런 시절이 있었으니까. 회사 운영에 대해서 생각하지 않고, 아니 그럴 필요도 없는 월급쟁이였으니 대표가 무슨 생각으로 밖으로만 나다니는 건지, 대체어떤 사람을 만나고 다니는 건지, 직원들 생각을 하긴 하는건지 한심해했으니까. 아마 우리 사원들도 내가 얼마나 대환장을 겪고 있는지 전혀 가늠할 수 없을 테지.

집에 돌아와 다시 어제와 같은 자리에 앉아 똑같은 화면을 열어놓고 현진 언니와의 대화를 곱씹었다. 이미 혼자 꽤 고민한 듯 보이는 현진 언니에게 해결 방안을 물으니 의외의 답변을 주었고, 이 때문에 고민이 깊어졌다.

"당연히 제일 빠르고 효과적인 건 기획 상품들의 출시 일정을 앞당겨서 빨리 론칭을 확정 짓는 거지. 근데 현실적으로 스케줄 당기는 게 어렵다면 브랜드 자체를 하나의 제품으로 생각해서 팬덤을 만들 수 있는 큰 규모의 캠페인을 기획하는 건 어떨까 싶어. 이제는 팬덤이 소비를 주도하기도 하고 인플루언서 브랜드로 시작했으니 더욱더 잘 맞는 방향이 아닐까? 우리 브랜드 자체가 더 많이 알려지면 직원들도 소속감을 가지고 일할 수 있지 않을까 싶었어. 문제는 예산이지. 그래서 처음에 물어본 거야. 전자든 후자든, 결국 필요한 건 원활한 자금 융통일 테니까."

한 번이 어렵지, 두 번은 쉽다고 했던가. 또다시 닥친 자금 문제에 제일 먼저 떠오른 건 지인 찬스나 은행이 아닌 교환소였다. 사이트에 접속해 고민에 빠졌다. 내 옆에 있는 사람들에게 믿음을 주기 위해 여태 나를 믿고 좋아해 준 구독자들을 자본과 맞바꾸어도 되는 걸까? 여기까지 오는 데 구독자들이 든든한 지지 기반이 되어주었는데, 그래서 성장한 건데 이 팔로워를 돈으로 바꾸고 나면 우리가 그 돈으로 다시 그만큼의 사람들을 모을 수 있을까?

아니야. 여태껏 잘 해왔고, 한 번 해봤으니 더 잘 할 수 있을 거야. 지금은 그렇게 믿고 선택할 수밖에 없다. 브랜드가 잘되면 구독자는 알아서 다시 모일 거고, 이 기회에 더 늘어날 수도 있는 거니까. 어제 교환한 뒤로 지금까지 별일 없었으니 괜찮겠지. 한 번 더 기회를 사용한다고 해서 뭔 큰일 나

겠어? 의자에 앉아서 한참을 고민하고 따졌던 어제와 달리
좀 더 과감하게 정보를 입력했다.

교환 희망 금액 : 30,000,000원

역시나 오늘도 숫자를 입력하니 자동으로 환산된 팔로워
수가 금액 아래에 제시됐다.

30만 명의 팔로워가 차감됩니다.

어제랑 오늘 합쳐도 아직 절반 이상이나 남아 있으니까.
다시 시작할 수 있을 거야. 괜찮아. 등록 버튼을 누르고 동시
에 각 팀장에게 메시지를 보냈다.

이 팀장님, 이번 가수금은 자본금으로 처리해 주시고, 1천만 원은
샘플 견적 건으로 바로 비용 처리해 주세요.

박 팀장님, 말씀하신 캠페인 진행해 주세요. 예산 2천만 원 확보했
어요. 내일 회의 진행해요.

　과감한 선택으로 당장의 문제들을 해결하니, 회사는 한동
안 평온을 찾았다. 이제 본격적으로 사업 진행에 박차를 가
하면 되겠거니 생각하며 평소와 다름없이 눈을 떴다. 헌데,
오늘 내 눈을 뜨게 만든 건 늘 듣던 시계 알람이 아니라 연이
은 인스타그램 DM 알림이었다. 계속된 미세한 진동에 나도
모르게 잠을 설쳤던 건지 찌뿌둥한 느낌을 덜어내려 쭉 기지
개를 켜고 이불 속에서 꼼지락거리며 핸드폰을 열었다. 평소
에도 아침에는 늘 DM이 쌓여 있었지만, 평균치보다 훨씬 더
많은 DM과 댓글들이 간밤에 쌓여 알림창 스크롤이 끝도 없
이 내려갔다.

re-라희 언니, 뷰갤 글 해명해 주세요.

re-언니~ 커뮤니티에 언니 글 떴는데 진짜예요?

re-왜 라방 안 해요? 해명 안 하나요?

Direct message

@mijl** | 스토리에서 회원님을 언급했습니다.

@eod**** | (최근 활동 : 4시간 전) 답변해 주세요.

@qoa12** | 사진을 전송하였습니다.

대뜸 해명을 하라는 글들이 쏟아져 당황스러운 마음에 자리에서 벌떡 일어나 찬찬히 글들을 하나씩 살폈다. 대부분의 댓글과 메시지에는 공통적인 링크가 존재했다. 링크를 누르니 어느 커뮤니티의 글이 나왔다. 이 게시 글이 캡처되어 SNS 탐색 라인을 장악했고, 예전에 올려뒀던 유튜브 영상의 댓글 창까지 점령되어 저 밑에 있던 과거 영상들이 끌어 올려지고 있었다. 말 같지도 않은 루머라서 대응할 가치도 없다고 생각했다가 곧 생각을 고쳐먹었다. 나는 이제 한 회사 대표이니까, 나만 괜찮다고 괜찮을 리 없었다. 나와 함께 일을 하고 있다는 이유만으로 직원들이 같이 욕을 먹고 있으니 서둘러 사무실로 출근해 팀장급 회의를 요청했다.

내 곁을 둘러싸고 앉은 팀장급 직원들은 적게는 1년, 많게는 5년도 넘게 알고 지낸 내 오랜 동료들이었다. 뷰티 블로거 시절부터 알음알음 알고 지내다 유튜브 채널을 같이 기획하고 꾸려온 크루이니 나에 대한 믿음이 그 누구보다 두터웠다. 그런데도 여태껏 겪어본 위기와 전혀 다른, 새로운 국면에 다다르니 다들 눈치를 보고 있는 게 회의실 공기만으로도 느껴졌다. 진실이 아니라는 걸 말로 하지 않아도 알 거라고 생각했는데, 누군가는 혹시나 하는 마음으로 나를 힐끔 쳐다보는 것 같기도 했다. 테이블 위에 정갈하게 프린트된 문제의 게시글을 찬찬히 읽어 내리니 입에서 절로 한숨이 나왔다.

제목 : 라희 채널 팔로워 수 조작 의혹

작성자 : lalala＊＊＊＊

유튜브 본사 관계자를 알거나, 구글 가계정으로 팔로워를 샀던 게 아니라면 현재 상황이 이해되지 않을 만큼 라희 채널 팔로워 수 급감은 비정상적임.

2주 전 채널 구독자 90만 명대로 1차 급감

그다음 날, 채널 구독자 60만 명대로 2차 급감

팔로워 수가 애초에 조작되었거나, 아직 공개되지 않았거나,

일부로 공개 안 하거나 못 한(?) 논란이 있는 게 아닐지?

댓글

: 이 정도면 업계에서 보이콧하고 있는 거 아님?

: 이번에 브랜드 론칭한다는데 타사 도용한 거 아니야?

: 혹시 얘도 학폭? 아님 주작? ㅋㅋㅋ 유튜버 논란 하루 이틀임?

: 새로 론칭하는 브랜드는 자기가 만든 거 진짜 맞음? 아무도 모를 일

: 또 멍청한 시녀들이 사주겠지? 한심 쯧쯧

: ㄴㄴㄴ 중국제 택갈이 하고 있다는 거 같은데

: 전문가도 아닌 게 갑자기 웬 제조? 하던 거나 잘하지. 그러니까 사람들이 다 구취하지. 뻐ㅇ

모두가 함께 눈으로 내용을 훑어보고는 말이 없었다. 회의실 안에서 숨소리가 느껴질 정도로 조용하다니. 무거워진 분위기를 깨고 홍보 팀장이 먼저 나섰다.

"대표님, 이거는 전후 상황을 파악하고 채널 커뮤니티에 입장 표명 글을 올리는 게 나을 것 같은데 어떠세요?"

"아니, 저도 해명을 하고 싶은데 자연적으로 팔로워들이 이렇게 빠져나간 상황을 설명할 방법이 없어요."

나라고 이 상황을 이해할 수 있는 건 아니었다. 처음 10만명, 그리고 그다음에 30만 명이 빠져나간 건 분명 내가 자초한 일이니, 계산대로라면 60만 명 정도의 팔로워가 남았어야

했는데, 지금 남아 있는 사람들은 겨우 30만 명 남짓. 예상한 수치보다도 반이 더 줄었다.

"며칠 사이에 줄어든 건, 대표님이 말씀하신 대로 자연적으로 줄어든 게 맞아요. 그렇게 급감하기 시작한 건 최초로 의혹이 제기된 커뮤니티 글이 베스트로 랭크된 시점부터도 맞고요. 글이 퍼지면서 제기된 의혹이 사실인가 아닌가 하는 여론이 형성되었고, 그 뒤 구독자가 급격히 줄어들어 현재 30만 명 수준으로 유지되고 있습니다. 그런데 게시 글에 쓰인 것처럼 초반 어떤 시점에 갑자기 몇십만 명의 구독자가 한꺼번에 감소한 건 사유가 파악되지 않는데, 혹시 대표님 짐작 가는 부분 있으세요?"

짐작이 아니라 확실한 이유가 있지. 처음 시작은 내가 팔로워를 교환소에 대가로 지불했기 때문이니. 그렇다고 사실대로 직원들에게 말하기는 뭐했다. 이런 얘기를 믿어줄까 싶기도 하고, 더욱이 그 사실을 공개하면 더 큰 논란이 발생할 테니 나는 아무런 말도 할 수가 없었다.

"최근에 채널에 신경을 못 쓴 건 사실이죠. 사업에 더 치중할 수밖에 없는 상황이었으니까. 그렇다고 해서 정말 여기 나온 대로 우리가 말도 안 되는 일들을 하진 않았잖아요. 제가 어디 업계에서 책잡힐 만한 일을 하지도 않았고요."

"그러면 이건 법적으로 소송 준비해요. 회사 차원에서도 루머는 바로 잡고 가야죠."

"그래요. 이건 법무 법인 섭외해서 해결할 만한 문제인 거 같아요."

돈을 써 해결할 수 있는 부분은 그렇게 할 수 있다지만 한 번 떨어진 신뢰도와 사람들의 의심은 대체 어떻게 바로잡지? 예상했던 것보다 훨씬 더 많은 구독자들이 빠져나간 걸 보면서 견고할 거라 믿었던 채널의 인기가 얼마나 가변적인지 깨달아야 했다. 이 사태로 인해 걱정되는 건 나보다도 앞으로의 브랜드 이미지였다.

"루머에 강경 대응하는 거야 언제든 할 수 있지만 지금 우리가 걱정해야 하는 건 브랜드 이미지예요. 우리가 강경 대응을 해서 오히려 더 루머를 부추기는 꼴이 될 수도 있어요."

강 팀장의 의견도 일리가 있다. 있는 대로 고소만 한다고 해서 이 상황이 나아질 거란 생각이 들지 않았다. 실제론 한 번도 만나본 적도 없는 누군가에게 쏟는 믿음이니, 영원할 것 같다가도 한순간에 종잇장처럼 가벼워질 수 있었다. 그걸 지금 눈으로 보고 있고, 앞으로 어떤 방식으로 역풍이 불어올지 전혀 예측되지 않았다. 그렇다고 쌓아온 것들을 주먹에 쥔 모래알처럼 다 흘러가 버리게 둘 수도 없는 노릇. 하루 아침에 날 믿어달라고 내 말을 들어주지 않는 세상에 외쳐야 하는 상황이 되었다.

"직원들 분위기는 좀 어때요⋯?"

나의 물음에 다들 시선을 피했다. 팀장들이라고 지금 이 상황에 별다른 대처법이 있을 리 없으니 본인들도 답답하겠지⋯. 특단의 조치가 필요한 상황이다.

"음, 일단 회계팀은 얘기 나온 대로 루머 소송 관련해서 법무 법인 알아봐 주시고, 홍보팀은 보도 자료 준비해 주세요. 온에어를 하든, 안 하든 일단 작성해 두고 상황 봐서 배포 시점 말씀드릴게요. 하루만, 하루만 더 지켜보고 방법을 다시 한번 얘기해 봅시다. 일단 해당 게시 글은 사이트에 명예훼손 신고로 내려놓은 상태니까."

"직원들 지금 관련 콘텐츠 클리핑하고 있는데 계속 작업할까요? 아니면 다른 업무 진행할까요?"

"오늘은 일단 클리핑이랑, 채널별로 댓글, 상담 등 고객 관리 쪽으로 전환해서 업무 진행합시다."

"네, 알겠습니다."

각자 자신이 맡은 역할에 최선을 다하겠지만, 평소와 달리 브랜드 위기관리에 투입되어 앞뒤 상황도 모르고 갑자기 브랜드와 대표를 대변하는 게 썩 기분 좋을 순 없지. 그 사실을 모르지 않는다. 조용히 사무실을 돌아보면 모니터를 보며 자판을 두드리고 있는 직원들이 평소와 달리 무표정으로 일하고 있다는 걸 단번에 알아차릴 수 있었으니까. 나 같아도 그럴 거야. 어느 회사에 소속되었다고 해서 자신의 회사 대표가 하는 일이 모두 옳다고 믿지 않을 텐데, 하물며 이런 루머가 퍼졌는데 진위도 모른 채 그저 대표가 아니라고 하니까 기계처럼 답을 다는 게 달갑겠어?

나 홀로 만든 결과물은 아니었지만 크루와 백만 구독자를 달성했을 때도, 그리고 함께 회사를 만들었을 때도, 소통 하나는 누구보다 끝내주게 잘하는 사람이라고 자부했는데 나는 이 조직의 리더로서 지금 어떤 역할을 하는 걸까. 매 순간 조직원들이 당장 필요로 하는 것부터 해치우다 보면 언젠가는 산더미처럼 쌓여 있는 장애물들이 다 걷히고 성공을 향한 열린 문이 우리를 기다리고 있을 거라 믿었다. 그러나 한참 달리다 보니 조직이라는 건 공장에서 찍어낼 수 있는 인형의 집이 아니라, 때마다 조금씩 손보며 가꾸어나가야 하는 살아 있는 정원과 같다는 생각이 들었다.

백만 명 중 반의반밖에 안 남은 구독자를 보며 그래도 남아 있는 사람들이 있으니 괜찮다고 해야 하는 건지, 나라는 그릇이 여기까지니 차라리 회사를 이쯤에서 정리하는 게 나을지, 정답 없는 질문을 계속 스스로에게 던졌다. 묘하게 이어지지 않는 직원들과 나 사이의 동상이몽은 어떻게 하면 그간극을 메울 수 있을까. 그냥 회사원이던 시절, 늘 조직 안에서 내 가치를 증명하며 리더에게 믿음을 주어야 한다고 생각했다. 그러나 반대가 되어보니 이 세계에선 직급의 고하를 막론하고 누구나 자신의 가치를 서로에게 증명해야만 같이 살아남는 거였다. 가장 최악의 상황, 나는 직원들에게 무엇으로 나를 증명할 수 있을까.

　사태가 발생하고 며칠이 지나도 상황은 크게 달라지지 않았다. 인터넷이란 공간은 그 안에서 만들어진 인플루언서를 쉽사리 내버려 두는 곳이 아니었다. 선택을 해야 했으니, 나는 타협할 수 있는 수준의 정공법을 택하기로 했다.

　"대표님?"

　팀장급 사람들을 모아 앉혀놓고 사실을 알려줘야 했다. 내가 제일 믿고 의지하는 사람들이었고, 실상 가장 미안한 사람들도 이 사람들이었다. 내가 자본과 바꾼 팔로워 수는 이 친구들과 함께 만든 노력의 결과였는데, 그걸 대표라는 이유로 내 멋대로 사용해 버린 셈이니. 차마 입이 떨어지지 않아 조용히 숨만 고르니 박 팀장이 나를 의아하게 바라보며 불렀고, 다시 한번 모두의 이목이 나에게 집중되었다.

"솔직하게 말할게요. 어차피 팀장급 사람들에게는 숨기려고 해도 다 숨길 수 없을 거라고 생각하니까. 사내 자금 사정이 어려워 돈을 구하게 되었는데, 그 과정에서 팔로워 이탈이 있었어요. 저도 인플루언서 지인에게 들은 방법이라 정확하게 설명해 드릴 수 없는 점은 미안하게 생각합니다. 다만, 이번 위기만 넘기면 다 복구할 수 있을 거라고 제가 너무 안일하게 생각했어요. 또, 대표로서 독단적으로 결정한 부분에 대해서도 함께 해준 팀원들에게 미안하다는 말을 꼭 전하고 싶어요."

내 말을 누군가는 이해하는 듯했고, 또 누군가는 이해하지 못하는 듯했다. 우리가 계속 우리끼리만 일을 해왔다면 아마 지금보다는 더 맘 편히 나도 상황을 말하고 그들도 이해해주었겠지만, 이제는 서로를 인간적으로만 보기에는 너무 큰 조직을 함께 운영하고 있었다.

"이 모든 것에 책임을 지기 위해 더 이상 이 유튜브 채널은 운영하지 않는 걸로 결론을 지으려고 해요. 물론 이 채널 덕분에 제가 성장할 수 있었고 회사도 만들 수 있었지요. 그렇지만 유튜버와 대표의 역할 중에 선택해야 한다면, 저는 앞으로 대표의 역할에 더 충실해야 지금 곁에 있는 직원들과의 약속을 지킬 수 있다고 생각해요. 제 결정에 따를 수 있다면 앞으로도 라이킷을 함께 이끌어가면 좋겠고, 만약 이 결정에 따를 수 없다면 퇴직금 정산과 함께 퇴직 처리를 요청해도 좋습니다."

내 이야기를 끝으로 숱한 말들이 오갔다. 이해되지 않는 것들을 해소하기 위해 질문은 끊이지 않았고 내가 할 수 있는 최선을 다해 답변해 주었다. 그래도 나와 함께 일했던 시간이 길고 성취를 함께 나눈 사람들이니까 어느 정도는 이해해 주지 않을까 기대를 했었다. 하지만, 일은 생각처럼 흘러가지 않았고 창립 때부터 함께했던 팀장급 직원 중 절반 이상이 회사를 나가겠다고 결정했다. 그리고 다음 날, 오래도록 공들여 만들어왔던 유튜브 채널 커뮤니티에는 긴 공지 글이 하나 올라갔다.

안녕하세요. 크리에이터 최라희입니다.

최근 저희 채널 구독자 수가 급감하면서 일부 커뮤니티 내에서 확인되지 않은 내용이 사실인 것으로 퍼지고 있습니다. 이로 인해 저뿐만 아니라 함께 일하고 있는 동료들 또한 많은 어려움을 겪고 있습니다.

원 글은 해당 커뮤니티를 통해 삭제 조치하였으며, 향후 이와 같은 문제로 저와 브랜드 '라이킷' 그리고 직원들을 향한 무분별

한 악플이 발견될 시 법적 절차를 통해 대응하려 합니다.

그간 구독자 및 유튜브 시청자 덕분에 크리에이터로서 큰 성장을 할 수 있었고, 직접 브랜드를 만드는 일에 도전할 수 있었습니다. 진심으로 이 모든 관심과 사랑에 감사 인사를 전하고 싶습니다.

하지만 이번 일련의 루머 사건으로 저희 회사 직원 모두가 힘든 시간을 보내고 있습니다. 이에 유튜버 라희보다는 대표 라희로서 책임감 있는 모습을 보여드리고자, 해당 채널 운영을 중단하려 합니다.

앞으로는 좋은 화장품을 만들어서 여러분을 새롭게 만나 뵙고, 그간 주셨던 사랑을 돌려드릴 수 있도록 최선을 다하겠습니다. 지금까지 채널 라희를 사랑해 주셔서 감사합니다.

좋은 모습으로 다시 만날 때까지 건강하세요!

-최라희 드림-

이 사과문을 끝으로 우리 회사 직원들은 더 이상 나와 유튜브 채널을 대변하는 데 시간을 쏟지 않게 되었다. 그게 내가 해줄 수 있는 가장 빠르고 확실한 방법이었다. 무너진 모래성을 보수 공사 하느라 시간과 노력을 쏟으니, 브랜드를 다시 새롭게 다지는 게 더 발전적일 테니. 모든 걸 알고도 남아준 사람들과 함께 내려놓을 것은 과감하게 내려놓고 앞으로 가보기로 했다.

그렇게 결정한 게 벌써 반년 전, 회사는 겨우 이전의 모습으로 돌아갔고, 나는 여전히 퇴사한 직원들의 퇴직금을 치러내느라 인풋으로 강연이며, 콘텐츠 제작 대행이며 투 잡, 쓰리 잡으로 살아가고 있다. 몸이 피곤하고 죽을 것 같아도 내가 저지른 실수에 대한 대가였고, 내 직원들에 대한 보상은 정확히 1원도 빼지 않고 해줘야 하는 게 도리니까. 덕분에 나의 출근 시간은 다른 직원들에 비해서 다소 늦지만, 남은 직원들도 어느 정도 나의 상황을 이해해 주었다.

출근해 자리에 앉은 지 얼마 되지 않아, 알림 소리가 울려 확인해 보니 홍보팀 사원으로부터 메시지가 왔다.

홍보팀 수이 | 대표님! 다음 주 신규 채널 콘텐츠 기획안입니당.

반년 전 유튜브를 정리하고는 다시는 유튜브 채널을 개설하지 않으려 했는데, 몇 달 전부터 사원급 친구들이 나서서 유튜브를 다시 하자는 의견을 내비쳤다. 이러나저러나 나와 관여된 채널이라는 게 알려지면 부정적인 이슈가 발생할 것 같아 걱정스러운 마음을 보이니, 오히려 그걸 더 이용할 수 있는 방법을 찾아보겠다나 뭐라나. 해보겠다고 아이디어를 내는데 굳이 막을 필요가 없어서 다 맡겨놓았더니, 슬슬 오는 반응에 재미를 붙였는지 회사 공식 채널이라고 믿을 수 없을 만큼 다채로운 시도들을 제안하고 있다. 보내준 기획안을 다 확인하기도 전에 한 번 더 울리는 알림 소리. 들어가 보니 미리 보기로 보였던 메시지보다 훨씬 더 장황한 내용이었다.

> **홍보팀 수이** | 장소 섭외 필요해서 헌팅 중이구요.
> | 픽스되면 예산안 다시 올리겠습니다.
> | 그리고, 대본은 한번 봐주시면 안 될까요?

다시 알림과 함께 도착한 사진엔 태블릿 노트에 손글씨로 열심히 회의록을 적어 내려간 흔적이 가득했다. 아이디어도 열심히 구상하고, 회의 직후에 바로 보고하려는 노력은 가상하다만 오늘도 이렇게 듣도 보도 못한 보고 체계에 헛웃음이 빵 터지고 말았다. 한바탕 킥킥 웃고는 이 총체적 난국을 어떻게 정리해야 할지, 보낸 내용을 꼼꼼히 살펴 최대한 기분 상하지 않게끔 답장을 써 보냈다.

> **나** | 수이 씨 보내준 내용 잘 봤어요. 그런데
> | 보고는 한눈에 볼 수 있는 게 좋으니 다음엔 양식에 맞춰 타이

핑해서 보내주세요.

| 콘텐츠 기획안

(일자/작성자/채널 명/콘텐츠 번호)

(출연자/장소/콘셉트/키 메시지/신 넘버&신 넘버별 레퍼런스)

내가 보낸 카톡에 1분도 되지 않아 답장이 왔다.

홍보팀 수이 | ㅜㅜㅜㅜㅜㅜㅜㅜ 넘 빡세여, 대표님.

지금 이 메시지가 사원이 대표에게 보내는 내용이 맞는 것인가. 두 눈을 의심할 만한 상황이지만 나는 개의치 않고 답장을 연이어 보냈다.

나 | ㅋㅋㅋㅋ 카톡으로 보내는 거까지는 인정하는데, 그래두 손글씨 말고 타이핑된 워드 파일로 보내주세요.

내가 회사일 이외에 여러 가지 일을 하다 보니 어느덧 카톡이 사내 공용 메신저로 자리매김해 있었다. 어떤 면에서는 편하기도 했지만 하루 종일 업무에 갇혀 있는 느낌을 받지 않을까 싶었는데, 요새 애들 생각은 또 나와 다른가 보다. 다들 카톡으로 문서도 보내고, 기획안도 보내고, 회의록도 보냈다. 잘 활용하는 걸 보면 또 신기하기도 하고, 그다음 세대의 직원들은 어떻게 일하게 될지 궁금하기도 하고. 보낸 메시지에 답장이 올 거라 생각했는데 예상과 달리 사무실 문을 두드리는 소리가 들렸다.

"네, 들어오세요."

"대표님, 지금 촬영은 괜찮으세요?"

"네, 지금 괜찮아요. 나갈게요!"

"네, 알겠습니다! 준비해 두겠습니다!"

이번에 만든 채널은 오피스 브이로그를 섞어 새로 입사한 신규 직원들이 적극적으로 참여해서 만들고 있다. 아마 이전의 채널은 창립 멤버들 위주로 기획과 제작을 하다 보니 보이지 않는 그들만의 유대가 형성되어 새 직원들에게는 큰 벽이 되었던 것 같은데, 이번에 만들어진 채널은 회사 전 직원이 참여했다.

MZ세대인 사원급 친구들이 자발적으로 만든 채널은 회사에 많은 변화를 만들어냈다.

"대표님, 오시면 됩니다."

부르는 소리에 문을 열고 스튜디오 룸으로 들어서니 의자 두 개가 나란히 놓여 있다.

"오늘 Q&A 콘텐츠 하기로 했었죠?"

"네!"

"아니 근데, 아무리 하이퍼 리얼리즘이라지만 질문지도 진짜 안 보여주고 하는 거예요?"

"아, 당연하죠. 그래야 당황하는 리액션이 살아 있죠."

"아우, 무서운데? 뭐가 나올지? 그래도 나 생각보다 꼰대력이 없어서 편집점 안 나오면 어쩌죠?"

"대표님 아직도 그런 희망을 품고 계신 거예요? 대표님 그냥 꼰대 맞아요! 질문은 살살 해도 편집은 알아서 살벌하게 할 테니 걱정하지 마세요."

웃으며 카메라 앵글을 확인하는 수이. 그리고 옆에는 기획팀 다솔이 큐 카드를 들고 다가온다. 새 채널을 만들기로 한 후로 우리 회사는 직급에 관계없이 서로에게 존댓말 쓰는 사내 규칙을 만들었다. 그리고 그 이외에 모든 사칙은 관리자가 아닌 사원들이 편한 쪽으로 바꾸는 사원 우선주의 시스템으로 바꿔갔다.

팀장이나 팀원이나 그다지 다르지 않으리라 생각했던 우리 중에서도 더 꼰대와 덜 꼰대가 있을 뿐, 상대적으로 자유로운 사원들 앞에서는 모두가 꼰대였다. 사원들이 윗사람들에게 맞추는 건 지난 세월 숱한 회사들이 해온 방법이니, 우리 회사만이라도 생각을 바꿔서 윗사람들이 아랫사람에게 맞춰보는 건 어떨까 싶었다. 그 덕분에 직원들은 더없이 허물없는 직장 생활을 하는 중이다. 그리고 이렇게 만들어진 수직관계가 서로간의 신뢰를 더 두텁게 만들었다. 나는 더 이상 직원들에게 숨기는 게 없고, 직원들은 그런 나를 불편해하지 않았다.

"다솔 씨, 이거 봐봐요. 아까 수이 씨가 나한테 기획안 이렇게 줘서 내가 답장 보냈더니 빡세다고 했다? 나 다솔 씨한테도 똑같이 얘기했었는데, 다솔 씨는 그렇게 얘기 안 했었잖아요."

"이게 빡세다고요? 아, 할 건 해야지. 수이 씨가 너무 급하게 보냈나 봐요."

"그래서 이걸로 다음 유튜브 콘텐츠 찍어보는 건 어때요? 댓글도 한번 받아보고!"

"대표님 요새 댓글 우호적이라고 방패막이 삼아서 조직 운영하시는 거 아니에요?"

"아니에요. 수이 씨가 동의 안 하면 안 올리죠."

시스템을 '사원 우선주의'로 개편하고 나니 오히려 이전엔 모두 '꼰대질'로 통했을 지적을 조언이나 개선점으로 받아들여 주는 경우가 많아졌다. 이마저도 내가 조직 개편을 잘해서라기보다는 워낙 괜찮은 팀원들이 잘 따라주었기 때문에 가능했다는 생각으로 모두에게 감사하고 있다. 보이지 않는 사람에게든, 보이는 사람에게든 크게 신뢰를 잃었던 경험이 있으니 내 사업의 남은 자산은 이제 사람뿐이었다.

"촬영 들어가겠습니다! 하이, 큐!"

"안녕하세요! 오늘의 MC 쏠입니다."

"안녕하세요. 라이킷 대표 라희입니다. 반갑습니다!"

카메라 앞은 이제 모든 직원들에게 익숙하면서 가장 편안한 자리가 되었다. 유튜브에 익숙한 세대이니 오히려 채널이 크고 회사가 유명해지면서 각자의 팬덤이 속속 생겨나는 걸 만끽하기도 한다. 틱톡을 오픈하는 친구들도 있는데, 대표로서 직원이 셀럽이 되어 나쁠 게 없으니 적극적으로 권장하는 중이다. 몇몇 친구들이 유명해진 덕에 라이브 커머스도 좋은 반응을 얻고 있어 직원과 회사가 같이 성장했다는 느낌도 있다.

이렇게 재미있는 회사를 만들어서 다른 조직으로 갈 수 없게 만드는 게 내가 할 수 있는 소속감 증진의 묘수였다. 직원들이 조직을 좋아해 주니 열심히 일하는 건 덤이고, 덕분에 구독자들도 우호적인 소비자로 브랜드를 바라봐 주고 있다는 게 댓글에서도 종종 티가 났다. 이 또한 아주 감사한 일이지.

"대표님, 오늘 Q&A는 댓글에서 뽑아온 것들인데 긴장 탈 준비되셨나요?"

"아, 뭐 이미 톱도 찍고, 바닥도 찍고 산전수전, 공중전 다 겪어봤는데 뭐가 걱정이겠습니까? 자! 가시죠!"

"자, 그럼 첫 번째 질문. 닉네임 샐리 님이 보내주신 질문입니다. 백만 유튜버 하시다가 십만 유튜버가 되셨는데, 기분이 어떠신가요?"

"어우, 여러분. 우리 라이킷 신규 채널이 십만을 달성했습니다. 이게 적은 게 아닙니다. 왜냐면 실버 버튼을 받기 때문이죠! 저는 실망하지 않습니다. 라희 채널 백만은 과거의 영광이고 우리 브랜드 라이킷 채널이 현재 비상 중이니 저는 그저 지금, 감사할 따름입니다."

"와, 멘트 완전 2천 년대 감성! 대종상 시상식 보는 거 같아요. 대표님."

가벼운 질문을 시작으로 폭격처럼 쏟아지는 질문에 대답을 이어갔다. 그리고 직원들의 필터링 없는 리액션은 덤이었다. 지난 악플과 루머 관련 질문에도 있는 그대로 솔직하게 답을 하고, 그 옆에서 직원들은 가감 없이 힘들었다는 소리를 쏟아냈다. 더는 좋은 모습만 보일 필요가 없으니 가끔은 잔소리하는 대표로, 공익광고 같은 멘트를 쏟는 교장 선생님으로 할 말을 하며 만들어온 덕분에 고객들 사이에서 쓴소리는 해도 거짓말은 안 하는 사람으로 알려져 굴레처럼 싸고 있던 루머를 지워낼 수 있었다. 분명, 쉽지 않았지만 지금은 고생 끝에 모두들 더 큰 가치를 배웠으니 다시는 똑같은 상황을 맞이하지는 않겠지.

퇴근하고 침대에 누워 예약 발행해 놓은 신규 영상을 보며 댓글을 확인했다. 여전히 아무 이유 없이 나를 미워하고, 회사를 믿지 못하는 사람들도 존재하지만 분명 이전보다 훨씬 더 우호적인 반응이 늘어나고 있다는 게 눈으로 보였다. 어떤 사람들에게는 믿을 수 없는 신기한 회사, 또 다른 이에게는 입사하고 싶은 회사라는 댓글들을 보면 기분이 좋아지는 동시에, 새로운 위기가 찾아올까 봐 불안한 마음도 든다. 처음엔 돈이 문제였고 그다음은 사람이 문제였다. 지금이 지나면 또 다른 문제가 기다리고 있을 테니 차분히 다음 스텝을 준비해야겠다고 생각하며 핸드폰을 베드 테이블에 올려두려는 순간 문자 한 통이 날아왔다.

메가 크루 교환소 | 휴면 계정 안내 메시지

제목만 보고 스팸인가 싶어 넘기려다 혹시나 하는 마음에 들어가 확인한 문자에 나도 모르게 잊고 있던 기억이 살아났다.

메가 크루 온라인 교환소에 장시간 접속하지 않아 계정이 휴면 상태로 전환되었습니다. 활성화를 원하실 경우, 사이트 접속 후 로그인을 통해 휴면 상태를 해제해 주세요.

문자를 읽고 오랜만에 아랫입술을 쭉 빼고 실룩거리면서 잠시 생각에 빠졌다. 그러고는 이내 링크를 클릭, 사이트에 접속했다. 오랜만에 보는 화면. 그리고 여전히 변하지 않은 정보 기입란. 처음 이 사이트를 사용했을 때는 보이지 않았던 화면 하단에 또 다른 버튼이 처음으로 눈에 들어왔고, 자신 있게 그 버튼을 눌렀다. 이렇게 이야기는 끝나고 다시 시작되겠지.

　계정 삭제

　이 책을 마무리 지으려는 지금, 처음 소설을 구상하며 어느 인물들에게 어떤 기억을 심어줄지 고민했던 순간들이 떠오릅니다. 가현, 나정, 다영, 라희까지 각기 다른 자리에서 서로 다른 일을 하는 인물들이지만, 그간 제가 회사에서 느꼈던 고민을 조금씩 녹여 누구나 공감할 만한 이야기를 만들고 싶었습니다. 직접 겪은 이야기라면 다른 이의 마음에 더 가닿을 수 있을 거란 생각으로 담담히 써 내려간 끝에 소설이 마무리되었습니다.

　햇수를 세는 게 의미 없을 만큼 꽤 오랜 시간을 회사원으로 살았지만, 여전히 첫 회사에서 느꼈던 감정들은 생생히 기억납니다. 입사의 설렘, 당황스러웠던 동료의 퇴사, 믿었던 사수의 이직, 사람들과의 관계 속에서 오가는 희로애락의 감정들. 하루하루가 반복되는 직장인이지만 한시도 다름없이 똑같지는 않아서 일에 치이고, 버거운 인간관계에 힘들 때면 '나만 이런 걸까?', 좀 더 잘하는 사람이 되고 싶은 마음도 '너무 섣부른 욕심일까?' 생각했습니다.

그 질문들에 답을 찾지 못한 채 묵묵히 직장인으로 시간을 쌓아보니 결국 이 모든 고민이 나만의 것은 아니라는 결론에 다다랐습니다. 나만 빼고 다 잘나 보여도, 돌아보니 사실은 다 같은 기쁨, 슬픔, 분노, 즐거움을 얻고 또 잃으며 지내고 있었습니다. 더욱이 세상을 살아가는 회사원 모두가 여느 드라마나 영화 속 주인공처럼 일을 해결할 수 없다는 걸 알았고, 평범한 회사원도 크게 모나지 않은 사회의 일원이라는 걸 알게 되었습니다.

경험이 쌓이고 나이가 들면서 나정이었던 적도 있고, 다영과 같은 모습이었던 적도 있습니다. 혹은 그런 모습이 되길 바랐을지도 모릅니다. 언젠가 라희 같은 리더가 되어 한 회사를 이끌 수 있을지 스스로에게 물어본다면 자신 있게 대답이 나오진 않는 평범한 회사원이 지금의 저입니다. 이 책에써 내려간 이야기들은 일상과 닮았으면서도 저 멀리 다른 세상의 이야기이기도 합니다. 그럼에도 네 명의 회사원들을 통해 '나라면 어떤 선택을 했을까?', '나는 어떤 생각을 했을까?'라는 질문을 여러분에게 남겼다면, 그래서 또 다른 사람과의 대화 속에서 새로운 이야기가 피어난다면 이 소설은 역할을 다했다고 생각합니다.

가나다라마바사…. 글자를 배울 때도 순서가 있듯이 회사 생활이나 삶도 마찬가지여서 그 끝에 다다르면 저도 꽤 괜찮은 사람이 될 수 있을 거라 기대합니다. 그렇게 하루하루를 나아가고 있다고 믿습니다. 가현, 나정, 다영, 라희, 그리고 더 많은, 더 다채로운 사람들이 그 길을 걸어가겠지요. 길의 끝에 선 누구라도 몸과 마음이 건강한 어른이 되기를 바랍니다.

덧붙여 이 지극히 평범한 이야기가 누군가의 마음에 닿을 수 있게 더 넓은 기회를 마련해 주신 분들께 감사 인사를 드립니다. 부디 지난 시절의 나, 또는 내일의 나와 닮았을지 모를 이 이야기로 여러분이 특별한 기억을 떠올릴 수 있기를 바랍니다.

2022년 여름을 지나며
민제이

회사원도 초능력이 필요해

2022년 9월 12일 초판 1쇄 발행

지은이 민제이
펴낸이 박시형, 최세현

책임편집 김혜정 **디자인** 임동렬
마케팅 양봉호, 양근모, 권금숙, 이주형 **온라인마케팅** 신하은, 정문희, 현나래
디지털콘텐츠 김명래, 최은정, 김혜정 **해외기획** 우정민, 배혜림
경영지원 홍성택, 이진영, 임지윤, 김현우, 강신우
펴낸곳 팩토리나인 **출판신고** 2006년 9월 25일 제406-2006-000210호
주소 서울시 마포구 월드컵북로 396 누리꿈스퀘어 비즈니스타워 18층
전화 02-6712-9800 **팩스** 02-6712-9810 **이메일** info@smpk.kr

ⓒ 민제이 (저작권자와 맺은 특약에 따라 검인을 생략합니다)
ISBN 979-11-6534-622-5 (03810)

쌤앤파커스(Sam&Parkers)는 독자 여러분의 책에 관한 아이디어와 원고 투고를 설레는 마음으로 기다리고 있습니다. 책으로 엮기를 원하는 아이디어가 있으신 분은 이메일 book@smpk.kr로 간단한 개요와 취지, 연락처 등을 보내주세요. 머뭇거리지 말고 문을 두드리세요. 길이 열립니다.